OLAF NÄGELE

Goettle und das Kindle vom Bussen

Olaf Nägele, 1963 in Esslingen geboren, hat nach langjährigen Aufenthalten in München, Stuttgart und Hamburg den Weg in seine Heimatstadt zurückgefunden. Dort feilt der freiberufliche Kommunikationswirt (KAH) an PR- und Werbetexten für seine Auftraggeber und verfasst als Journalist Artikel für diverse Zeitungen. Die Lust am Fabulieren und Geschichtenerzählen hat ihm zahlreiche Beiträge in Anthologien eingebracht, Hörspiele für den SWR folgten. Einige Bücher hat er bereits veröffentlicht. Auch durch seine satirisch angehauchten Lesungen hat Olaf Nägele sich einen Namen gemacht.

OLAF NÄGELE

Goettle und das Kindle vom Bussen

Oberschwaben-Krimi

SILBERBURG

Sollte dieses Werk Links auf Webseiten Dritter enthalten, so machen wir uns die Inhalte nicht zu eigen und übernehmen für die Inhalte keine Haftung.

1. Auflage 2018

Umschlaggestaltung und Satz:
Christoph Wöhler, Tübingen.
Coverfoto: © yudhistirama– iStockphoto.
Lektorat: Michael Raffel, Tübingen.
Druck: CPI books, Leck.
Printed in Germany.

ISBN 978-3-8425-2110-0

Ihre Meinung ist wichtig für unsere Verlagsarbeit. Senden Sie uns Ihre Kritik und Anregungen an
meinung@silberburg.de

Besuchen Sie uns im Internet und entdecken Sie die Vielfalt unseres Verlagsprogramms:
www.silberburg.de

1

»Viviana! Süße! Ich bin da!«

Roxane zog den Schlüssel aus der Wohnungstür, hängte ihre Jacke an die Garderobe und lauschte ihren Worten nach. Die Wände schienen sie aufgesaugt, sie in absolute Lautlosigkeit verwandelt zu haben. Unsicher schob sie sich den Gang entlang, blickte ins Wohnzimmer. Die Abendsonne goss ihr mattes Orange über die Polstergarnitur. Eine Wolldecke lag zurückgeschlagen auf dem Dreisitzer, als wäre sie nur kurz verlassen worden, und wartete nur darauf, sich wieder um einen Körper schmiegen zu dürfen.

»Viviana, bist du zuhause?«

Roxanes Stimme hörte sich eine Spur zu schrill an, in der Frage schwang Unheilahnendes mit. Ihre Schwester musste zuhause sein. Sie hatte zwar nicht auf ihr Klingeln reagiert, so dass sie sich mit dem Zweitschlüssel, den ihr Viviane für »alle Fälle« überlassen hatte, Zutritt verschafft hatte, aber sie hatte ihr Auto auf der Straße stehen sehen. Außerdem hatte Viviana ihr eine WhatsApp-Nachricht geschrieben. »Du musst kommen. Bitte«, lautete die knappe, aber unmissverständliche Botschaft. Nachrichten wie diese duldeten keinen Aufschub. Roxane hatte keine Minute gezögert, ihrer Chefin Bescheid gesagt, dass sie ihre Mittagspause vorziehe, und sich sofort auf den Weg gemacht.

Roxanes Hände begannen zu schwitzen, das Herz pochte ihr bis zum Hals. Einer inneren Stimme folgend stieg sie die Treppe zum Obergeschoss hinauf. Vielleicht hatte sich Viviana kurz ins Bett gelegt, sie war in der letzten Zeit oft sehr erschöpft gewesen. Die erfolglosen Versuche, schwanger zu werden, die Hormonbehandlungen, der Frust, wenn der Arzt wieder nur eine negative Mitteilung für sie hatte, dann die plötzliche Schwangerschaft, die Geburt und die ersten Monate mit dem Baby forderten ihren Tribut. So sehr sich Viviana und ihr Mann Alvin auch gefreut hatten, dass es nach vielen vergeblichen Versuchen doch noch geklappt hatte, ein Kind zu bekommen – mit den Aufgaben, die mit einem Säugling einhergingen, schienen sie oft überfordert.

Joshua weinte und schrie, oftmals die ganze Nacht, wenn man den Berichten der jungen Eltern Glauben schenken konnte. Und meist war es Viviana, die den Kleinen beruhigte, damit Alvin am nächsten Tag seiner Arbeit nachkommen konnte.

Umso unwirklicher war die Stille, die Roxane umgab.

War dem Kind etwas zugestoßen?

Die aufsteigende Panik mühsam unterdrückend, riss sie die Tür zu Joshuas Zimmer auf und spähte hinein. Es dauerte einen Moment, bis sich ihre Augen an die Dunkelheit gewöhnt hatten. Die Jalousien waren heruntergelassen worden, um die Hitze des Spätsommers abzuwehren. Sie näherte sich dem Bettchen, in dem der kleine Junge selig schlief. Regelmäßig gingen seine Atemzüge, ein leichtes Lächeln umspielte seine Gesichtszüge.

Roxane betrachtete ihn eine Weile, ließ sich von seinem Frieden anstecken, hauchte ihm einen Kuss auf die Stirn, schlich hinaus und schloss die Tür.

Aus dem Badezimmer drang ein kehliger Laut, geboren aus tiefstem Schmerz und Verzweiflung. Ein Laut, der ihr das Blut in den Adern gefrieren ließ.

Roxane hechtete zur Tür, prallte unsanft dagegen. Sie war verschlossen. Wie besessen betätigte sie die Klinke, schlug mit der Faust gegen das Holz.

»Viviana, um Gottes Willen, was ist mit dir? Mach auf!«

Ihre Schwester antwortete nicht, stattdessen hörte Roxane nochmals dieses markerschütternde Schluchzen. Ihre Nackenhaare stellten sich auf, sie schluckte trocken, um die Enge der Kehle zu weiten. Sie legte ihr Ohr an das Türblatt.

»Viviana, bitte. Ich bin doch da. Alles wird gut«, sagte sie sanft.

Erneut heulte ihre Schwester auf, ihr Weinen ging in ein knurrendes Maunzen über, und für einen Moment zweifelte Roxane daran, dass ein Mensch solche Töne hervorbringen konnte. Noch einmal klopfte sie, zaghaft dieses Mal, so als wollte sie der

Verzweifelten signalisieren, dass sie keine Angst haben musste, weil sie doch da war und ihr Trost spenden konnte.

Minuten verstrichen, dann hörte sie, wie Viviana Papier von der Toilettenrolle zog, sich schnäuzte. Die Wasserspülung wurde betätigt, wenig später der Schlüssel im Schloss gedreht. Viviana trat ihr entgegen. Ihre Augen waren geschwollen und rot umrandet, der Lidstrich bildete einen verwaschenen Schatten.

Black Tears. Schwarze Tränen.

Sie zitterte. Kraftlos ließ sie sich in die Arme ihrer Schwester fallen, klammerte sich an sie.

»Es ist so furchtbar«, stammelte sie.

Roxane drückte sie an sich, strich ihr über das Haar. Sie kämpfte gegen ihre eigenen Tränen an. Es tat ihr weh, ihre Schwester so leiden zu sehen.

»Was ist denn passiert? Was macht dich so traurig?«

Viviana wurde von einem erneuten Weinkrampf erfasst, ihre Beine gaben nach. Roxane hatte Mühe, sie zu halten. Für einen Augenblick schien es, als würde ihre Schwester ohnmächtig werden, dann jedoch richtete sie sich auf, löste sich aus der Umarmung und sah sie an. Leid und Angst schwammen in ihren Augen, ihre Lippen bebten.

»Alvin …«, brachte sie mühsam hervor. Nur dieses eine Wort.

»Was ist mit ihm?«, fragte Roxane, obwohl sie die Antwort eigentlich nicht hören wollte. »Ist ihm etwas zugestoßen?«

Viviana wurde bleich.

»Er ist tot«, flüsterte sie.

Ihr Blick wanderte rastlos umher, richtete sich schließlich auf die Tür zum Kinderzimmer. Langsam hob sie den linken Arm und zeigte auf Joshuas Raum.

»Er wird mich auch töten. Und schuld daran ist dieser kleine Teufel. Er ist ein Abgesandter der Hölle.«

»Oh Gott, sie verliert den Verstand«, dachte Roxane. Sie versuchte, ihre Schwester wieder an sich zu drücken, doch die versteifte sich und entwand sich der Umarmung. Sie ging einige

Schritte auf das Kinderzimmer zu, doch dann blieb sie abrupt stehen.

»Er wird auch uns ins Verderben stürzen. Wir müssen etwas unternehmen«, kreischte sie.

Roxane riss ihre Schwester an den Schultern herum. Vivianas Augenlider flatterten, die Mundwinkel zuckten, ein dünner Speichelfaden bahnte sich den Weg Richtung Kinn. Sie stand ganz offensichtlich unter Schock.

»Was ist mit Alvin passiert? Wieso ist er tot?«

Wortlos ging Viviana an ihrer Schwester vorbei. Roxane folgte ihr, die Treppe hinunter, ins Wohnzimmer.

Viviana sah sich um, als müsste sie sich in einer neuen Umgebung orientieren, als wäre sie in der eigenen Wohnung zu Gast. Dann nahm sie Kurs auf die Couch und ließ sich fallen.

Roxane nahm neben ihr Platz.

Stockend begann Viviana zu erzählen. Diffus, ohne chronologische Ordnung, es klang, als reihte sie unzusammenhängende Bilder aneinander, als schilderte sie die Eindrücke eines Traums. Manche Sätze gingen in wimmernden Lauten verloren, was es für Roxane nicht einfach machte, aus den Puzzleteilen die gesamte Geschichte zusammenzusetzen. Am Ende jedoch saß sie wie versteinert neben ihrer Schwester. Sämtliches Blut war aus ihrem Gesicht gewichen, sie kämpfte gegen die aufsteigende Übelkeit an.

»Oh mein Gott. Das habt ihr nicht wirklich getan«, murmelte sie tonlos. »Ihr habt eure Seelen verkauft.«

»An den Leibhaftigen«, antwortete Viviana. »Joshua ist ein Kind des Teufels.«

»Sprich nicht so von dem Kleinen. Das ist Unsinn«, unterbrach Roxane streng. »Was kann er denn dafür?«

Sie stand auf und ging im Zimmer auf und ab. Sie musste eine Lösung finden, wie eigentlich schon immer. Viviana war zwar die Ältere, ging jedoch schon seit Kindesbeinen mit einer an Naivität grenzenden Unbedarftheit durch das Leben. Probleme oder etwaige Schwierigkeiten blendete sie ohne weiteres aus, es zählte nur das »pro«, ein »contra« zog sie nicht in Erwägung.

Und so lief sie nicht nur einmal dem Unglück direkt in die offenen Arme, weinte bittere Krokodilstränen und wandte sich an ihre Schwester, die sich als Problemlöserin bewährt hatte.

»Du musst zur Polizei gehen und die Geschichte erzählen. Sie müssen dich und Joshua schützen«, sagte sie schließlich.

Viviana schüttelte vehement den Kopf.

»Das geht nicht«, antwortete sie schrill. »Die Polizei wird mir nicht glauben. Und er wird einen Fluch über uns sprechen und uns töten. So wie er Alvin getötet hat. Es gibt nur eine Lösung: Das Kind …«

Das Klingeln an der Haustür ließ die beiden Frauen zusammenzucken. Viviana rollte sich zusammen und hielt ein Kissen vor die Brust, als müsste sie sich schützen. Sie wimmerte.

»Wer kann das sein?«, flüsterte Roxane. »Erwartest du jemanden?«

»Das ist er«, keuchte Viviana. »Er kommt, um uns zu holen.«

Roxane zögerte kurz, dann ging sie zur Tür.

»Wer ist da?«, knurrte sie in die Gegensprechanlage, doch sie erhielt keine Antwort. Durch den Spion konnte sie niemanden entdecken. Vorsichtig öffnete sie, der Hausflur war leer.

Als sie sich umdrehte, bemerkte sie den Zettel, der an der Tür klebte. Es war eine Terminnotiz, wie man sie als Erinnerungsstütze beim Arzt bekam.

Sie riss das Blatt ab, kehrte zu ihrer Schwester zurück. Wortlos legte sie das Stück Papier auf den Tisch.

»Ihr nächster Termin: 15. August«, las Viviana und brach in Tränen aus.

In diesem Moment sprang das Babyfon an, das neben ihr lag. Joshua war offensichtlich aufgewacht.

Roxane fröstelte, als sie die Töne hörte, die aus dem Lautsprecher drangen. Joshua lachte. Laut und vernehmlich.

Und vor allem unheimlich.

2

»Oh Herr, es geschehen noch Zeichen und Wunder. Der Herr Pfarrer hot sei Brill uff.«

Andreas Goettle blickte seine Haushälterin Renate Münzenmaier missmutig über den Rand seiner Morgenzeitung an. »Wenn i gwisst hätt, dass i Sie heut Morga scho angugga muss, no hätt i se in meim Zimmer glassa.«

Seine ehemalige Haushälterin zog ihm eine Grimasse. Sie kannte die Morgenmuffeligkeit ihres ehemaligen Dienstherrn zur Genüge, wusste jedoch auch, dass sie sich mit jedem Schluck Kaffee nach und nach verflüchtigte. Es war, als ob das Koffein die herbeigeschlafene Grimmigkeit des Geistlichen niedermetzelte, und um diesen Vorgang zu beschleunigen, goss Frau Münzenmaier nochmals von dem Gebräu nach.

Andreas Goettle sah ihr dabei zu, zog kurz die Augenbrauen nach oben und vertiefte sich wieder in seine Zeitung. Die Haushälterin betrachtete ihn eine Weile und schüttelte den Kopf. Sie hätte den alten Bruddler vermisst, wenn er wirklich hätte ausziehen müssen, so wie es Bischof Timmermann von der Diözese Rottenburg in seinem Amtsenthebungsverfahren gegen Goettle gefordert hatte. Die Tätigkeit des Gemeindepfarrers als »Amateur-Kriminalist«, seine Verschrobenheit in der Amtsführung sowie ein vermeintliches Vernachlässigen der Gemeinde hatten den Erzbischof zu dem Urteil kommen lassen, dass dies ein »völlig unangemessenes Verhalten« sei, »das für die kirchliche Gemeinschaft schweren Schaden und Verwirrung verursacht«.

An den genauen Wortlaut ihres Dienstherrn, mit dem er diesen Vorwurf erwiderte, erinnerte sich Haushälterin Münzenmaier nur ungern. Er hatte mit seiner Fluch-Litanei »einige Heilige vom Himmel runtergeholt«, hatte den Erzbischof mehrfach im Tierreich verortet und stellte, wie schon so oft, die Grundsätze der katholischen Kirche in Frage.

»Da schickat se neunjährige Kender in die Beichte, die no gar net genau wissat, was a Sünde isch und irgendeinen Lellabebb daherschwätzat, Hauptsache, sie werdet bestroft. Die Priester dürfat koine Beziehunga führa, geschweige denn sich geschlechtlich betätiga, und wenn sie es doch net lassa könnat, dann wird sofort das Jüngste Gericht angerufen. Es isch verbota zu verhüta, was vor allem in de arme Länder Probleme mit sich brengt, weil es net gnuag zum Fressa für alle gibt. Die Kender werdet uff d' Stroß gschickt, um zu bettle oder um sich zu verkaufa. Do guckt mr dann großzügig drüber weg. Des isch in meine Auga unangemessenes Verhalta, das die kirchliche Gemeinschaft verwirren sodd. Aber wenn i dafür sorg, dass Recht und Ordnung aufrechterhalta werdat, dann kommt des einer Gotteslästerung gleich.«

Es lag eine gehörige Portion Stolz in seiner Weigerung, auf den rechten Pfad, der von ihm als Gemeindeseelsorger erwartet wurde, zurückzukehren. Schon zwei Mal hatte er der Kriminalpolizei in Biberach unter die Arme gegriffen. Beim ersten Mal, um die kriminellen Machenschaften rund um den Fußballverein FC Oberschwaben aufzudecken, und beim zweiten Fall, um die wahre Hexe vom Federsee in Bad Buchau überführen zu können.

An seinem kriminalistischen Tun wollte er nichts ändern. Im Gegenteil. Seine Detektivausrüstung, die er sich nach und nach über Spezialanbieter im Internet beschafft hatte, stand inzwischen dem Equipment des Geheimdienstes eines mittelgroßen Staates in nichts nach. Mittlerweile war er in der Kunst der Kostümierung so bewandert, dass ihn nicht einmal seine eigene Mutter erkannt hätte. Wenn er in seiner Obdachlosen-Tracht durch die Straßen Biberachs schlenderte, bewarfen ihn die Menschen mit Geldscheinen, so mitleiderregend kam er daher.

Goettle wusste, dass das Böse sich keine Pause gönnte, und sah sich berufen, es zu bekämpfen, wann immer er dazu in der Lage war. Kluge Sprüche von der Kanzel herab reichten in den meisten Fällen nicht aus. Nein, wenn es sein musste, dann gab es von dem Herrn Pfarrer persönlich »a gscheite Schella«, was selbstverständlich als Metapher zu sehen war, denn reale Ohrfeigen gab es von Andreas Goettle nur selten.

Gegen das Urteil der Erzdiözese hatte er natürlich Widerspruch eingelegt, aber es war ihm nicht erlaubt, während des schwebenden Verfahrens seine Tätigkeit als Gemeindepfarrer weiter auszuüben.

Stattdessen arbeitete er ehrenamtlich in der Seniorenresidenz Regenbogen und betreute dort die betagten Herrschaften. Vermittelt hatte ihm diese Tätigkeit Eva Stätter, die in dem Altenheim als Pflegerin tätig war und als Mitglied der »Grünen Minnen«, einer Frauenorganisation, die mit zuweilen ungewöhnlichen Methoden für die Interessen benachteiligter Menschen eintrat, des Öfteren für Furore gesorgt hatte.

Unvergessen war die Aktion der Minnen am Stadion des FC Oberschwaben, als sich die Damen barbusig an die Eingangstore gekettet hatten, um die Polizei abzulenken, während sich der Pfarrer Zutritt in die Sprecherkabine verschafft hatte, um die Fans über die kriminellen Machenschaften ihres Vorstandschefs aufzuklären.

Auch in seinem Kampf gegen die Amtsentlassung erhielt Goettle die Unterstützung der streitbaren Frauen. In nicht jugendfreien Nonnenkostümen, die im Grunde mehr von den Körpern preisgaben, als sie verhüllten, waren sie in Rottenburg aufgetaucht, um gegen die bigotte Herrschaft des Bischofs zu demonstrieren. Wieder musste ein großes Polizeiaufgebot für Ordnung sorgen. Die Beamten hatten ihre Mühe, die halbnackten Nonnen wegzutragen, die lauthals »Behaltet euren Gott. Wir wollen Goettle!« riefen. Einige der Angestellten, die sich der eigenen Aussage nach mit Sodom und Gomorrha 2.0 konfrontiert sahen, mussten psychologisch nachbetreut werden, und die Beichtstühle glichen in den Wochen danach Taubenschlägen.

Dass Andreas Goettle immer noch im Pfarrhaus wohnen durfte, war der Tatsache geschuldet, dass der neue Gemeindevorsteher Benedict Walcher seinen eigentlichen Amtssitz in Bad Waldsee nicht aufgeben wollte. Dort kam offenbar auch seine strenge Art, die Kirchenmitglieder auf dem rechten Pfad zu begleiten, sehr viel besser an. In Biberach wiederum schwänzten immer mehr Menschen die Gottesdienste, dem Kirchenchor liefen die Sängerinnen und Sänger davon, die keine Lust hatten, sich durch Psalme und den christlichen Kanon zu singen. Pfarrer Goettle hatte eine weit weltlichere Auffassung bei der Auswahl der Chorstücke vertreten, und dass er auch Stücke wie »Nothing else matters« von Metallica und »Highway to hell« von AC/DC im Repertoire führte, kam bei den jungen Gemeindemitgliedern sehr gut an.

Noch war der Kirchenvorstand von St. Joseph, der mit der jüngsten Entwicklung gar nicht zufrieden sein konnte, nicht bereit, in Sachen Andreas Goettle einzulenken. Schließlich hatte er selbst dafür gesorgt, dass die Amtsenthebung eingeleitet worden war, und ein Rückzug käme dem Eingeständnis des Irrtums gleich.

Andreas Goettle wiederum war mit seiner neuen Situation zufrieden. Die Damen und Herren, die in der Residenz Regenbogen wohnten, schätzten den Geistlichen, seinen Zuspruch und seine unkonventionelle Auslegung der Altenbetreuung sehr. Allein der morgendliche Kurs »Grüß Gott, lieber Gott«, bei dem Bewegungselemente aus Yoga, Tai Chi, Skigymnastik und Karate in Verbindung traten, barst fast aus allen Nähten, so beliebt war er. Und auch die Idee, einen sportlichen Dreikampf mit den Disziplinen Rollator-Hindernis-Lauf, Krückenbillard und Kirschkernweitspucken zu initiieren, kam bei den Heimbewohnern sehr gut an. Bei den Pflegekräften allerdings war die Euphorie gedämpft gewesen, was vor allem an der letztgenannten Kategorie lag, bei der die Haftcremes einiger Zahnersatzteile ihre Funktion aufgaben, so dass diese samt Kirschkern durch die Luft segelten. Die Zuordnung der Gebisse erwies sich schwieriger als angenommen, der Disziplin drohte kurzzeitig das Aus.

Wesentlich ungefährlicher wurde das Wissensquiz »Schlag die Demenz« eingestuft, bei dem die Anwohner einen kleinen Geldbetrag auf Teilnehmer setzen konnten, die sich tapfer den

Wissensfragen aus allen Lebensbereichen stellten. Dem Gewinner konnte somit ein monetärer Gewinn sowie eine Klinikpackung Ginseng geboten werden.

»Die alte Leutla brauchet Aufgaba«, lautete Goettles Antrieb. »Wer ständig vor sich hindämmert, muss sich net wundre, wenn irgendwann alles zappeduster wird.«

Aber er wusste auch, dass durch reine Bespaßung nicht jedes Problem gelöst werden konnte. Hier kam ihm seine seelsorgerische Ausbildung zugute, von der auch die Angehörigen der Heimbewohner profitierten. Für viele war es schwer, sich an den Gedanken zu gewöhnen, dass sie sich auf lange Sicht von einem geliebten Menschen verabschieden mussten. Andreas Goettle hatte für jeden das richtige Wort: »Wenn einer von dieser Welt goht, bleibt in ons vieles do. Aber er nimmt au von ons was mit, so dass die Verbindung nie abreißt.«

»Ond? Gibt's ebbes Neues im Städtle?«

Renate Münzenmaier schielte über die Schulter von Andreas Goettle, um eine Schlagzeile zu erspähen.

»Ja, hier stoht, dass Fraua, die besonders naseweis sen, künftig nur mit einem Holzfass bekleidet durch die Stadt laufe dürfa. I würd saga, sie solltet schon mal mit einem Küfer schwätza, damit er Holz bstella ka.«

Der Geistliche drehte sich von ihr ab, um seinen Unmut über die Störung deutlich zu machen.

»Overschämter Denger«, wisperte Frau Münzenmaier, stellte die Kaffeekanne mit betontem Knall auf die Anrichte und rauschte zur Türe hinaus.

»Des han i fei ghört«, grummelte es hinter der Zeitung hervor. Andreas Goettle war jedoch zu sehr an einem Artikel interessiert, um weiter auf die Laune seiner Haushälterin eingehen zu können. »Sieht so aus, als könnte die Polizei in Biberach mei Hilfe braucha«, murmelte er.

3

»Herrschaftszeita. Grad hot oiner aus Bad Waldsee angrufa, dass dieser Granadafetz scho wieder zugschlaga hot.«

Die Bartspitzen von Polizeiobermeister Fritz zitterten, wie immer, wenn ihn etwas sehr aufregte. Um seiner Empörung noch mehr Ausdruck zu verleihen, biss er krachend in einen Apfel.

»Meinen Sie unseren Enkeltrickbetrüger?«

Kommissarin Laura Behrmann sah von dem Protokoll hoch, das sie von der Befragung der zuletzt Geschädigten, Frau Stolte, anfertigte. Die alte Dame war völlig außer sich gewesen. Ein junger Mann hatte sich bei ihr telefonisch gemeldet und vorgegeben, der Sohn ihrer Schwester, die in Köln lebte, zu sein. Er hatte ihr erzählt, dass es seiner Mutter nicht gut gehe, dass sie dringend Medikamente benötige, die er aber nicht bezahlen könne. Er hatte sie gebeten, ihm 10 000 Euro zu leihen, nur vorübergehend, er erwarte eine größere Zahlung eines Auftraggebers, dann werde er seine Schulden sofort begleichen. Die Sache sei sehr eilig, der Schwester gehe es wirklich sehr schlecht, die Ärzte hätten die Hoffnung schon fast aufgegeben.

Die Nachricht von dem kritischen Gesundheitszustand ihrer Schwester hatte die allein lebende Dame so aufgewühlt, dass sie den Wahrheitsgehalt des Telefonats nicht in Frage stellte und zusagte, das Geld zu besorgen. Ihr vermeintlicher Neffe hatte einen sehr erleichterten Eindruck gemacht. Er hatte ihr mitgeteilt, dass ein Freund von ihm das Geld abholen würde, und tatsächlich stand am nächsten Tag ein junger Mann vor Frau Stoltes Tür, um die 10 000 Euro in Empfang zu nehmen. Die Rentnerin beschrieb ihn als angenehme Erscheinung: Mediterraner Typ, mittelgroß, schlank, sportlich bekleidet, modischer Kurzhaarschnitt und ein Bart, »wie ihn diese jungen Männer gerade alle tragen.«

Als sich ihre Schwester zwei Wochen später bei ihr telefonisch gemeldet hatte, war der Schwindel ans Tageslicht gekommen. Von einem Krankheitsfall konnte nicht die Rede sein, sie war putzmunter und kam gerade aus einem Kurzurlaub zurück. Frau Stolte schämte sich zutiefst für ihre Gutgläubigkeit und wollte die Angelegenheit zunächst nicht zur Anzeige bringen, doch ihre Schwester hatte darauf bestanden. Bei dem Versuch, ein Phantombild des jungen Mannes zu erstellen, wies die Erinnerungsfähigkeit der alten Dame plötzlich große Diskrepanzen zu ihrer bisherigen Aussage auf. Die modische Kurzhaarfrisur changierte in ihrer Beschreibung zwischen Wischmopp und Vollglatze, und auch beim Bärtchen war von der Oberlippenbeflockung bis Vollbart alles dabei.

»Dieses Mol hot er gsagt, er müsst an Kredit zrückzahla, der Gerichtsvollzieher sei schon do gwesa. 12 000 Euro hot der dem arme Mütterle abgnomma.«

Laura Behrmann ließ ihren Stift auf die Schreibtischplatte fallen.

»Es ist unfassbar. Das ist schon der vierte Fall in den letzten zwei Monaten. Ich möchte nicht wissen, wie viele alte Menschen er schon abgezockt hat. Ich fürchte, dass sich viele gar nicht melden, weil sie sich schämen zuzugeben, dass sie auf so eine Masche hereingefallen sind.«

Polizeiobermeister Fritz nickte.

»Was i net ganz begreif: Die Leutla müsstat doch ihre Verwandte kenna. Da muss mr doch misstrauisch werda, wenn sich oiner nach langer Zeit meldet ond an Haufa Geld will.«

Er schüttelte den Kopf und betrachtete den Apfelbutzen in seiner Hand, als könnte der ihm eine Antwort geben.

»Die Herrschaften, die betrogen werden, sind alt, leben meistens allein, haben wenig bis gar keinen Kontakt mehr mit der Außenwelt«, antwortete Laura Behrmann. »Da kommt es zu Verschiebungen in der Wahrnehmung, auch was die eigene Familie angeht. Die sind über jeden Kontakt glücklich. Darauf bauen die Täter. Außerdem werden zur Geldübergabe immer Freunde oder Bekannte geschickt, das heißt, der vermeintliche Verwandte tritt nie selbst auf. Sonst würde der Schwindel womöglich früher auffliegen.«

»A Sauerei isch des. Da sparet die Leut a Leba lang, werdet erscht von de Banka bschissa, die koine Zinse meh zahlet, und dann kommat solche Hurgler daher und klauet des hart verdiente Geld.«

»Ja, und offenbar weiß der oder wissen die Täter immer, dass bei den Opfern etwas zu holen ist. Das ist schon seltsam.«

Die Kommissarin blätterte in den Akten, die vor ihr lagen, überprüfte die Eintragungen und nickte schließlich.

»Das habe ich mir fast gedacht. Bei den bisherigen Fällen hatten die Opfer jeweils ein Bankkonto bei der Oberschwäbischen Volkssparkasse. Womöglich haben wir da einen Tippgeber sitzen. Oder deren Kundendatei wurde gehackt. Wie sieht es denn bei dem neu angezeigten Fall aus? Bei welcher Bank hat das Opfer sein Konto?«

POM Fritz zuckte mit den Schultern. »Koi Ahnung. I hab net gfrogt. Aber vielleicht isch es au oifach bloß Zufall. I moin, i hab au a Konto bei der Volkssparkass, und für die Leut, die dort schaffat, leg i mei Hand ins Feuer. Awa, boide Händ und die Fiaß no dazu.«

»Mit solchen Aussagen wäre ich an Ihrer Stelle ein bisschen vorsichtiger. Bei diesem Institut arbeiten meines Wissens mehr als 3000 Menschen in ganz Oberschwaben. Da kann schon ein Schlawiner dabei sein, oder nicht? Ich fahr da jetzt mal hin und höre mich ein bisschen um. Nur für den Fall, dass die Chefin nach mir fragt.«

»Wo isch die überhaupt? Die hab i no gar net gseha.«

Laura Behrmann lächelte verschwörerisch. »Sie hat heute frei genommen, um auf Amors Pfaden zu wandeln. Offensichtlich ist es dieses Mal etwas Ernstes.«

POM Fritz sah seiner Kollegin hinterher. »Naja, es wär ja an der Zeit, dass die mol oin abkriagt. Wenn se no a bissle älter wird, dann interessierat sich am End bloß no Archäologa für sie. Und des wär jammerschad.«

Make-up: dezent. Frisur: lässig. Outfit: Enge Ripped Jeans, die ihre gebräunten Beine durchscheinen ließen, schwarzes Top, darüber eine transparente Bluse, Sneakers.

Nicht zu sexy, aber doch auf eine gewisse Art und Weise verführerisch.

Greta Gerber drehte sich ein letztes Mal vor ihrem Spiegel im Schlafzimmer, betrachtete sich von allen Seiten und beschloss, dass es gut war, was sie sah: So konnte sie zu ihrem ersten Treffen mit Darius gehen.

Darius. Allein der Name versprach Besonderes. Darius. So hießen Helden in Filmen – oder noch besser: Verführer in erotischen Romanen. Ein Darius versprach Abenteuer, vielleicht sogar ein bisschen Gefahr.

Sie hatte den aparten Mittdreißiger auf dem Internetportal »Easy Date« kennengelernt und wusste, dass er auf Frauen stand, die ihre Attraktivität nicht zu vordergründig präsentierten. Zumindest hatte er das geschrieben, und irgendwie passte es zu seiner zurückhaltenden, höflichen und durchaus charmanten Art der Gesprächsführung. Er machte Komplimente, die nicht aufdringlich oder sofort durchschaubar waren, er gab Greta genug Raum, etwas von sich preiszugeben, ohne zu neugierig zu sein. Und er ließ sie an seiner Gefühlswelt teilhaben, was ja bei Männern eher ein seltenes Attribut war.

Dazu sah er noch gut aus: Markante Gesichtszüge, ein lässiger Haarschnitt, groß, sportliche Figur, eher ein Jeans- als ein Anzugtyp. Er arbeitete in der IT-Branche, was für Greta im Normalfall ein Ausschlusskriterium gewesen wäre, aber er war weit davon entfernt, ein Bit- und Byte-abhängiger Nerd zu sein. Er war in der Lage, ein Gespräch zu führen, ohne in den branchentypischen Jargon zu verfallen – das hatte Greta bei ihren Telefonaten, die dem E-Mail-Verkehr gefolgt waren, erfahren dürfen.

Und nicht nur das: Wenn sie sich unterhielten, hatte sie den Eindruck, dass sie mit einem alten Bekannten plauderte. Da war eine Vertrautheit, die sie lange vermisst, deren Existenz sie sogar inzwischen für unmöglich gehalten hatte. Er war ein einfühlsamer Gesprächspartner, interessiert und interessant, einer, der sich ausdrücken konnte, was auf eine gewisse Belesenheit hindeutete, weitgereist und weltgewandt. Allein der Klang seiner

Stimme machte Greta schwurbelig, und sie hatte schon daran gedacht, ihr Pseudonym, unter dem sie sich angemeldet hatte, für ihn zu lüften. Denn: Sie hatte sich gegen ihren Klarnamen entschieden. Über sie und ihre Tätigkeit als Hauptkommissarin existierten unzählige Einträge im Internet, die nur allzu leicht abrufbar waren, und wer wollte schon mit einer sehr beschäftigten Polizistin eine Liaison eingehen? In nahezu allen Fernsehkrimis scheiterten die Beziehungen der Polizisten an den Anforderungen, die der Job an sie stellte, und auch wenn dies nicht ganz auf die Realität übertragen werden konnte, ein Körnchen Wahrheit lag schon darin.

Für ihre »Easy Date«-Präsenz hatte sich Greta unter dem Namen Maya Krämer angemeldet. Maya nach ihrer Lieblings-Chocolaterie Maya, die schräg gegenüber von ihrer Wohnung lag und entsprechend oft von ihr besucht wurde. Und Krämer, weil dies ein herrlich unverbindlicher Nachname war.

Auch bei ihrem Foto hatte sie ein wenig nachgeholfen. Sie hatte ein paar Pfunde weggemogelt, ein paar Fältchen wegretuschiert und das Haar ein wenig nachgedunkelt. Eigentlich sah sie auf ihrem Foto aus wie vor fünfzehn Jahren, so dass es ihr gar nicht wie ein Betrug vorkam. Im Grunde hatte sie nur die Zeit per Photoshop ein wenig zurückgedreht.

Der Erfolg gab ihr Recht. Zunächst konnte sie sich vor Zuschriften kaum retten, auch wenn einige Verehrer ihre rein erotischen Absichten recht deutlich zum Ausdruck brachten. Einer wollte sich mit ihr sogar in einem Swinger Club treffen. Um die Anonymität zu wahren, sollte Greta als spärlich bekleidete Vampirin erscheinen, während ihr Galan in der Pornoversion von Frankensteins Monster auftauchen wollte. Beides, der Gedanke an den Swinger Club sowie an die Verkleidung, ließ die Hauptkommissarin gruseln.

Andere wiederum waren das genaue Gegenteil von forsch. Einer hatte nach dem ersten schriftlichen Kontakt seiner Mutter die weitere Kommunikation überlassen, da sie »genau wusste, was für ihren Sohn am besten war.«

Am seltsamsten war ein Typ namens Enrique gewesen, der behauptete, Maya Krämer zu kennen. Er gab sogar vor, mit ihr im Bett gewesen zu sein. Greta konnte sich nicht daran erinnern, jemals einen Liebhaber namens Enrique gehabt zu haben. Womöglich benutzte auch er ein Pseudonym.

Enrique jedoch blieb bei der Behauptung, mit Maya eine Liebelei gehabt zu haben. Er gab sogar explizite Details ihrer sexuellen Vorlieben preis, und Greta musste zugeben, dass er ziemlich exakt das beschrieb, was sie antörnte.

Dennoch legte sie den vermeintlichen Spanier unter der Rubrik »Wichtigtuer« ab. In dieser Schublade lagen all die Sportcoupé-Fahrer, Yachtbesitzer, Goldkettchen-Träger, verhinderten Rockstars, Amateurfotografen, Möchtegern-Gurus, Weltverbesserer und Muttersöhnchen.

Und gerade als sie sich mit dem Gedanken trug, sich von dem Portal abzumelden, flatterte Darius' Kontaktmeldung ins virtuelle Postfach. Ein unverbindliches »Hallo«, ohne Gehabe, ohne Selbstbeweihräucherung, ohne übertriebene Vorstellung einer gemeinsamen Zukunft. Allerdings mit dem dringlichen Wunsch, sie näher kennenzulernen.

Greta hatte sich mit ihrer Antwort Zeit gelassen, doch dann nahm alles seinen Lauf. Sie schrieben sich lange E-Mails, es folgten Telefonate, in denen sie kein Thema ausließen. Sie sprachen über ihre Erfahrungen mit dem anderen Geschlecht, über Wünsche, Träume, über das Leben im Allgemeinen und die Liebe im Besonderen. Greta hatte sich schon lange nicht mehr so verstanden, so seelenverwandt mit einem Menschen gefühlt. Es war nur eine Frage der Zeit, bis der Wunsch nach einem persönlichen Treffen übermächtig wurde. Und ja, Greta hatte den ersten Schritt getan und Darius gefragt, ob er mit ihr etwas trinken gehen würde. Sie spürte es: Er war der Richtige. Zumindest konnte er es sein. Vielleicht. Sie musste es herausfinden.

Und nun war sie aufgeregt wie schon lange nicht mehr. Sie überprüfte abermals ihr Make-up, legte noch ein wenig Lippenstift auf, strich sich durch die Haare, warf ihrem Spiegelbild einen Handkuss zu und machte sich auf zum Alten Haus, wo sie Darius treffen wollte.

4

Am Tresen des Alten Hauses wechselte ein Briefkuvert den Besitzer. Ohne hineinzusehen, steckte Rafael den Umschlag in die Innentasche seines Sakkos und blickte sich nervös um.

»Wir müssen eine Pause machen«, flüsterte er seinem Nachbarn, der in Szenekreisen »der schöne Elias« genannt wurde, zu.

»Heute war bei uns die Polizei im Haus, und die Geschäftsleitung hat eine Rundmail verfasst, dass es auffällig sei, dass ausgerechnet Kunden unseres Instituts Opfer von Betrügern geworden sind. Alle sind angehalten, die Augen offen zu halten. Jeder Verdacht soll gemeldet werden. Seitdem bespitzelt jeder jeden.«

»Und?«, knurrte sein Gesprächspartner. »Gibt es schon einen Verdacht?«

Rafael zögerte. »Ich kann es nicht genau sagen, aber es ist unwahrscheinlich. Ich habe sämtliche Spuren beseitigt. Ich weiß ja schließlich, wie man so etwas macht.«

Er deutete ein Lächeln an, das selbstbewusst wirken sollte, das jedoch sofort in sich zusammenfiel. Sein Partner, mit dem er, der Not gehorchend, zusammenarbeitete, klopfte ihm anerkennend auf den Rücken.

»Na also. Dann kann doch nichts passieren.«

Elias nippte an seinem Wodka Lemon, fischte einen Eiswürfel aus dem Glas und steckte ihn in den Mund.

»Noch drei, vier Adressen. Dann können wir über eine Pause nachdenken. Es ist ja auch zu deinem Besten, mein Freund. Unser kleiner Deal entspannt unsere Beziehung. Außerdem habe ich mir erlaubt, deiner Provision einen kleinen Bonus beizulegen. Als Motivationsspritze sozusagen. Astreiner Stoff übrigens.«

Er legte die Hand auf Rafaels Sakko, auf die Stelle, wo er den Briefumschlag vermutete. Dass er den jungen Möchtegern-Dandy beteiligte, war reine Nächstenliebe. Normalerweise ging er mit seinen Kunden, die ihre Kredite nicht rechtzeitig zurückbezahlen konnten, nicht so zimperlich um. Für Elias gab es ein unumstößliches Geschäftsprinzip: Eine pünktliche Lieferung von einwandfreier Ware musste pünktlich bezahlt werden. Und wer ihn zu lange auf sein Geld warten ließ, dem musste geholfen werden, sich zu erinnern, mit welchem Geschäftspartner er es zu tun hatte. Ein mit einem Flaschenöffner gebrochener Finger oder der nächtliche Überraschungsbesuch in der Wohnung des Schuldners bewirkte oft wahre Wunder und beschleunigte den Zahlungsprozess kolossal.

Diese kleine Koksnase neben ihm jedoch, Sohn eines ehemaligen Schulfreundes und langjährigen Weggefährten, erinnerte ihn an die Zeit, als er in vollem Saft stand. An die Zeit, als die Frauen Nummern zogen, um mit ihm ins Bett zu kommen. Weil er eine große Nummer war. Im Bett, im Geschäft, im Leben und überhaupt.

Rafael war natürlich weit entfernt davon, eine große Nummer zu sein, aber er liebte das Leben mit allen Freuden, die es zu bieten hatte, und er war bereit, einiges dafür zu tun, um der Erbärmlichkeit seines täglichen Tuns als Banker zu entfliehen. Der Junge hatte Potenzial, das gefiel Elias. Da war er ganz wie sein Vater, der leider viel zu früh einer schweren Krankheit erlegen war. Und der würde sich im Grabe umdrehen, wenn er wüsste, dass sein Sohn den Schwanz einziehen wollte, obwohl es nicht den geringsten Grund dafür gab.

Rafael sah sich um und wischte Elias Hand beiseite.

»Es ist zu gefährlich. Die Kollegen sind jetzt auf der Hut. Lass uns eine Auszeit nehmen. Bis sich die Wogen geglättet haben.«

Seine letzten Worte fielen zu betont aus, doch offensichtlich hatte kein anderer Gast Notiz davon genommen. Lediglich eine attraktive Frau, die mit einem Mann an einem Tisch in der Nähe saß, hatte kurz in seine Richtung gesehen. Er machte eine beschwichtigende Geste, sie quittierte es mit einem Lächeln, dann wandte sie sich wieder ihrem Begleiter zu. Der Typ war um diese Frau zu beneiden, fand Rafael. Sie sah umwerfend aus.

Im nächsten Moment spürte er Elias' Griff im Nacken, der ihn wieder in die Realität zurückholte. »Jetzt pass mal auf, mein Freund. Wann wir eine Auszeit nehmen, bestimme immer noch ich. Oder fällt dir eine andere Möglichkeit ein, wie du deinen Kredit bei mir abzahlen willst?«

Der Schmerz im Nacken nahm zu, und Rafael unterdrückte mit Mühe den Impuls zu schreien. Seine Gedanken wirbelten wild durcheinander, und er wurde sich immer mehr der Aussichtslosigkeit seiner Lage bewusst. Der Typ neben ihm hatte ihn in der Hand. Wenn Rafael sich weigerte, ihn weiter mit Adressen von wohlhabenden alten Menschen zu versorgen, die er mit einem simplen, aber wirkungsvollen Telefontrick um ihr Geld erleichtern konnte, dann bedeutete das Abschiednehmen vom sorgenfreien Leben, von all den Annehmlichkeiten, die er mit dem geliehenen Geld beschafft hatte: Von dem Glücksrausch, der ihm von dem weißen Stimmungspulver verschafft wurde. Von seinem Triumph Spitfire, dessen aufwändige Restaurierung ein Vermögen verschlungen hatte. Von der eleganten Sitzgarnitur von Rolf Benz, von dem exklusiven Wasserbett, dem Chronographen von Tag Heuer, den maßgefertigten Hemden und Schuhen, von der modernen Computeranlage. Von den Geschenken für seine Verlobte ganz zu schweigen.

Roxane war eine Markenfetischistin, und zwar in allen Belangen. Sie liebte es zu shoppen, auch wenn das bei ihrem mageren Gehalt als Hotelfachfrau kaum möglich war. Ihr Traum war es, alle Länder dieser Erde zu bereisen, natürlich nicht mit Wanderstiefeln, Rucksack und Zweimann-Zelt. Nein, es musste schon etwas luxuriöser sein: Ein Hotel, das weniger als vier Sterne aufwies, galt in ihren Augen als Absteige.

Rafael liebte es, seine Freundin glücklich zu sehen. Also erfüllte er ihr fast jeden Wunsch. Mit Geld, das er nicht besaß und das er von seiner Bank auch nicht mehr bekam. Das er sich leihen musste, zu den ungünstigsten Konditionen, die man sich nur vorstellen konnte. Von einem Typen, der in der Ober- wie in der Unterwelt zu Hause war und der neben astronomischen Zinsen auch noch verlangte, dass Rafael ihn mit Daten von Bankkunden versorgte. Bei Geschäften hörte bei Elias die Freundschaft auf. Da bestimmte er die Regeln und sonst keiner.

Zunächst hatte alles problemlos funktioniert. Das Kreditinstitut hatte seiner Marketingabteilung aufgetragen, alle Kunden mit einem hohen Guthaben anzuschreiben, dass auf Beträge über 10 000 Euro ab Oktober ein Strafzins fällig werde. Damit gab die Bank die Kosten weiter, die ihr von der Europäischen Zentralbank aufgebürdet worden waren. Ein Guthaben zu haben, einst mit dem Gefühl der Sicherheit verbunden, war längst zum Makel geworden. Die Menschen sollten nicht sparen, sondern konsumieren. Es galt, das große Mühlrad der Konjunktur am Laufen zu halten, auf dass für jeden genug Krumen abfielen.

Allen ökonomischen Erwägungen zum Trotz empfand es Rafael als Ungerechtigkeit, dass Sparer für ihre Umsicht bestraft wurden. Die ihn maßlos aufregte, auch wenn er noch nie einen höheren Betrag besessen hatte. Und so hatte er sich nur einmal in Elias' Gegenwart hinreißen lassen, sich laut darüber zu echauffieren, und seinen Partner auf eine Geschäftsidee gebracht.

»Dann helfen wir diesen Menschen, ihr Geld loszuwerden. Dann haben alle etwas davon«, hatte er gesagt und Rafael in seinen Plan eingeweiht.

Vor allem auf ältere Menschen, die auf das Schreiben reagierten und höhere Geldbeträge abhoben, hatte es Elias abgesehen. Rafaels Aufgabe bestand darin, Bescheid zu geben, wenn ein potenzielles Opfer dem Anliegen der Bank nachgekommen war.

Ein Kinderspiel. Als Mitarbeiter der Marketingabteilung hatte Rafael Einsicht in die Kundendatenbank des gesamten Unternehmens, und da er mit der Erfolgsüberwachung der Aktion betraut war, konnte er alle Kontobewegungen überprüfen, ohne Verdacht zu erwecken.

Der schöne Elias übernahm den Rest. Er nahm telefonisch Kontakt zu den Opfern auf, ersann eine Lügengeschichte und organisierte die Geldübergabe.

Rafael wurde mit fünfzehn Prozent an der ergaunerten Summe beteiligt. Ein Drittel davon erhielt er in bar, der Rest wurde mit seinem Kredit verrechnet. Ab und zu fiel ein Päckchen mit dem pulverförmigen Stimmungsaufheller für ihn ab.

Elias wusste genau, wie er seine Mitarbeiter gefügig machen konnte, und einmal mehr wurde sich Rafael bewusst, dass er keine andere Wahl hatte, als das zu tun, was Elias von ihm wollte.

»Okay, gut«, murmelte er, »du bekommst die Adressen. Aber wir müssen das Einsatzgebiet erweitern. Damit der Verdacht auf mehrere Filialen gestreut wird. Schlecht wäre es auch nicht, wenn man einen Hackerangriff simulieren könnte. Ich meine, du kennst doch bestimmt Leute …«

Der schöne Elias lockerte seinen Griff, tätschelte Rafaels Wange und lächelte. »Du machst das schon. Am besten gehst du kurz zur Toilette, puderst dir die Nase und denkst noch einmal über alles nach. Dann fällt dir sicher etwas ein.«

Elias stand auf, trank sein Glas aus und stellte es auf den Tresen.

»Er zahlt«, bellte er in Richtung des Barkeepers und raunte Rafael zu: »Und das gilt nicht nur für den Drink, mein Freund.«

6

»Es war wirklich ein schöner Abend. Ich kann mich nicht daran erinnern, wann ich mich zuletzt so gut unterhalten habe.«

Greta Gerber sah Darius liebevoll an, hob die Hand, um ihm über die Wange zu streichen, besann sich jedoch darauf, dass sie diesen Mann erst seit ein paar Stunden persönlich kannte und dass er eine solche Geste als zu intim empfinden konnte. Sie erstarrte in der Bewegung und zupfte sich verlegen am Ohrläppchen.

»Ging mir genauso. Es war, als würden wir uns schon ewig kennen.«

Darius lächelte und senkte den Blick.

Von der Stadthalle her war das Johlen von Jugendlichen zu hören, die den lauen Temperaturen huldigten, indem sie sich im Freien betranken und den Sternen ihre Lust am Leben zugrölten.

Greta fühlte sich von dem Geschrei um den romantischen Abschluss ihres Treffens betrogen und zog eine genervte Grimasse. Wie gerne hätte sie Darius zu sich nach Hause auf die obligatorische Tasse Kaffee eingeladen, ihre Wohnung lag nur wenige Gehminuten vom Marktplatz entfernt. Doch dann hätte er ihren Schwindel mit dem falschen Namen bemerkt, und sie hätte das Prickeln, das sie schon den ganzen Abend verspürt hatte, durch erklärende Worte zerstören müssen. Womöglich würde ihr Darius den Betrug nicht verzeihen und sich nie wieder melden, und das wiederum würde sie sich niemals verzeihen. Der richtige Moment würde schon noch kommen, um ihm die Wahrheit zu sagen. Aber wenn er sie jetzt fragen würde, ob sie mit zu ihm käme …

»Gut. Es ist wohl besser, wenn ich mich jetzt verabschiede. Ich habe morgen einen langen Arbeitstag vor mir und muss sehr früh raus«, sagte er.

Greta nickte und kämpfte gegen die aufwallende Enttäuschung an. Vernunft belegte im Eigenschaftsranking, nach dem sie ihren Traummann bewertete, einen der hinteren Plätze. Sie streckte Darius die Hand zum Abschied entgegen. Er ergriff sie, zog Greta an sich und presste seine Lippen auf die ihren. Greta war zu überrascht, um den Kuss erwidern zu können. Darius löste sich von ihr, machte einen Schritt zurück und blickte betreten drein.

»Entschuldigung«, murmelte er nach eine Weile. »Es war … ich dachte …«

»Es ist okay«, erwiderte Greta leise.

»Sehen wir uns wieder?«

Die Frage trug etwas Flehendes in sich, als wollte er Abbitte leisten für den etwas zu ungestümen Versuch, sie zu küssen. Dabei hätte Greta sich sehr gern von ihm küssen lassen, genau in diesem Moment. Doch er kam ihr nicht näher, hielt Abstand und sah sie schweigend an.

»Ja, ich möchte dich sehr gern wiedersehen.«

Seine Miene erhellte sich, und das Funkeln in seinen Augen, das den ganzen Abend nur ihr gegolten hatte, glomm wieder auf.

»Schön, ich ruf dich an. Oder schreib dir eine Mail. Oder eine SMS, eine WhatsApp. Ach was, ich schicke eine Brieftaube. Was auch immer. Also, ich gehe jetzt. Ich freue mich schon auf unser nächstes Treffen.«

Er drehte sich rasch um und überquerte den Marktplatz mit raschen Schritten in Richtung Theaterstraße. Greta sah ihm lange nach und seufzte.

Sie schlenderte noch ein wenig durch die Gassen Biberachs. Zu viele Gedanken wirbelten in ihrem Kopf durcheinander. Darius war ein fantastischer Unterhalter, sah großartig aus, war charmant, besaß einen bestechenden Humor. Wie konnte es sein, dass so ein Prachtexemplar von einem Mann noch Single war? Natürlich hatte es in seinem Leben auch Beziehungen gegeben, einmal stand er sogar kurz vor einer Hochzeit. Doch am Ende hatten sich die Frauen immer für einen anderen entschieden. Warum? Waren seine Ex-Freundinnen zu dämlich gewesen, um zu erkennen, was er für ein Juwel war? Oder gab es etwas, was Greta übersehen hatte? Hatte er womöglich ein dunkles Geheimnis?

Greta grinste. Still und heimlich hatte sich der berufsbedingte Argwohn der Hauptkommissarin eingeschlichen, stets bereit, romantische Empfindungen zu meucheln. Im Grunde konnte sich Darius die gleichen Fragen zu Gretas Liebesleben stellen. Auch wenn sie das nie von sich behauptete hätte, war sie eine attraktive Erscheinung. Ihre Eltern hatten sie offenbar mit guten Genen ausgestattet, denn obwohl sie selten Sport machte, war sie schlank. Zudem mit genau dem richtigen Maß an weiblichen Rundungen ausgestattet. Sie war in der Lage, ein intelligentes Gespräch zu führen, war einfühlsam, verständnisvoll, tolerant …

Warum gelang es ihr nicht, eine dauerhafte Beziehung zu führen? Was stimmte mit ihr nicht, dass sie von den meisten Kerlen nach kurzer Zeit sitzengelassen wurde? Konnte nur der stressige und zeitraubende Beruf als Ausrede dienen? Verliebte sich Greta immer nur in die Falschen, so dass der Blick für den Richtigen blockiert war?

Vielleicht war das bislang so gewesen, aber bei Darius war es anders. Sie fühlte eine angenehme Wärme in sich aufsteigen, wenn sie sein Bild abrief, ein Kribbeln in der Magengegend, wenn sie an ihn dachte.

Wie an einem unsichtbaren Faden war sie zu ihrer Wohnung gezogen worden. Sie bog in die Zwingergasse ein, und wieder einmal fiel ihr auf, welche Ruhe dieser Ort, den sie vor Jahren zur ihrer Heimat erkoren hatte, ausstrahlte. Und diese Stille, die Unaufgeregtheit der Stadt übertrug sich auch auf die Menschen, die hier lebten. Die Oberschwaben waren weit entspannter als die Zeitgenossen, die sie in ihrer Zeit in Freiburg gekannt hatte, und diese Stressresistenz übertrug sich langsam auch auf sie selbst.

Sie kramte in ihrer Handtasche nach dem Haustürschlüssel, grub mit ihrer Hand in den unendlichen Tiefen herum, bis sie das metallische Klimpern vernahm.

Ein Rascheln hinter ihr ließ sie herumfahren. Ein Schattenwesen huschte vorbei, um sich endgültig in der Dunkelheit aufzulösen. Greta dachte zunächst an ein Tier, an eine streunende Katze oder an einen Marder. Doch dann bemerkte sie an der Schwere der Schritte, die sich eiligst entfernten, dass es ein Mensch war, der sich in der Nähe ihrer Wohnung verborgen hatte. Um was zu tun?

Gretas Herz schlug bis zum Hals, sie zitterte. Bilder aus längst vergangenen Zeiten drängen sich in ihr Bewusstsein. Ein ehemaliger Freund hatte sie auf eine ähnliche Weise überraschen wollen und hatte von ihr ordentlich Prügel bezogen. Um genau zu sein, hatte sie ihn mit einem gezielten Tritt zwischen die Beine außer Gefecht gesetzt. Selbst schuld, sie hatte im Affekt gehandelt. Wer will schon auf diese Weise überrascht werden?

Aber dieses Mal war es unheimlicher. Warum lungerte eine Person vor ihrem Haus herum? Hatte sie einen vermeintlichen Einbrecher vor der Ausübung seiner Tat überrascht? Oder war es ganz harmlos – ein Obdachloser, der ein Schlafquartier gesucht hatte?

Greta ging in die Hocke, atmete tief ein und aus, bis sie sich wieder einigermaßen beruhigt hatte. Einen würdigen Abschluss dieses besonderen Abends hatte sie sich wirklich anders vorgestellt.

7

Lupus 666 an Araneus

Die Zeit ist eine unnachgiebige Einrichtung, werter Freund. Es gilt, den Pakt zu erfüllen.

Araneus an Lupus 666

Der Termin ist bekannt. Es sieht jedoch so aus, als müssten wir unserer Forderung mehr Nachdruck verleihen. Die Einsicht fehlt.

Lupus 666 an Araneus

Gut. Senden wir ein Zeichen, das unmissverständlich ist.

8

Im Speisesaal der Seniorenresidenz Regenbogen herrschte erwartungsvolle Stille. Bereits vor dem Mittagessen war angekündigt worden, dass Pfarrer Goettle zusammen mit einer Polizistin einen Vortrag halten wollte, der im Zusammenhang mit den Enkeltrickbetrügereien in Biberach und Umgebung stand. Viele Bewohner waren im Bilde, das intensive Studium der Tageszeitung gehörte bei einigen zur morgendlichen Routine; anderen wiederum hätte der Pfarrer auch den Struwwelpeter vorlesen können, sie wären mit der gleichen Vorfreude erschienen. Dem

Geistlichen zu lauschen oder seinen Ideen zu folgen, war an Unterhaltungswert kaum zu übertreffen.

Andreas Goettle hatte mit seiner Idee, Laura Behrmann zu fragen, ob sie über die Vorgehensweise der Enkeltrickbetrüger berichten wolle, bei der Polizistin wie auch bei der Leiterin der Seniorenresidenz, Cornelia Heise, offene Türen eingetreten. Die Vermutung lag nahe, dass einige Bewohner ihre Konten bei der Oberschwäbischen Volkssparkasse hatten und durchaus in den Fokus der oder des Verbrechers geraten konnten.

»Schön, dass Sie alle gekommen sind«, eröffnete Cornelia Heise die Veranstaltung. »Es geschehen schlimme Dinge in Biberach und Umgebung. Betrüger haben es auf das mühsam erarbeitete Geld von alten Menschen abgesehen.«

»Und, was geht ons das a? Mir sen doch no net alt.«

Vereinzeltes Kichern, aber auch zustimmendes Gemurmel war zu hören.

Cornelia Heise warf der Zwischenruferin, Edeltraud Scherrieble, einen strafenden Blick zu.

»Sicher«, fuhr sie fort, »die meisten von Ihnen würden einen Anrufer, der sich als ein Verwandter von Ihnen ausgibt, aber kein Verwandter ist, erkennen. Aber es ist besser, Bescheid zu wissen, wie diese Gauner arbeiten … Frau Oppermann, könnten Sie bitte aufhören, die Jalousien hoch- und runterfahren zu lassen. So sonnig ist es heute ja nicht.«

Die Angesprochene stocherte auf den Tasten der Fernbedienung herum, ohne sich um die mahnenden Worte der Heimleiterin zu kümmern.

»Des Deng isch he. Da muas oiner komma und des richta«, sagte sie, ohne ihr Tun zu unterbrechen.

»Nein, die Jalousien funktionieren einwandfrei. Wenn Sie allerdings die Fernbedienung überbeanspruchen, ist es durchaus möglich …«

Mit einem Britzeln gab der Motor seinen Dienst auf, die Jalousien donnerten mit Getöse nach unten und verdunkelten den Raum. Die Damen und Herren riefen aufgebracht durcheinander. Das Saallicht wurde angeschaltet, und Cornelia Heise bemühte sich, die Ruhe wieder herzustellen.

»Was i gesagt han. Des Ding isch he«, resümierte Frau Oppermann und legte die Fernbedienung beiseite.

Laura Behrmann konnte ihr Grinsen nur schwer unterdrücken.

»Die ist ja besser als jeder Comedian«, flüsterte sie in Goettles Richtung.

Der winkte ab. »Von dem Kaliber hem mir noch a paar«, antwortete er. »Mir könnat bloß hoffa, dass die heut spielfrei hen.«

Laura Behrmann erhielt das Wort und schilderte knapp und präzise die Vorgehensweise der Enkeltrickbetrüger. Die Senioren folgten gebannt ihren Ausführungen. Zumindest die meisten. Einige hatten bereits nach den ersten Worten den Kampf gegen eine aufkommende Müdigkeit verloren, andere starrten unbeteiligt vor sich hin, und Ernst Strohmeier, mit 94 Jahren der älteste Bewohner, nestelte an seinem Hörgerät herum.

»Ich will Ihnen ein Beispiel geben«, sagte Laura Behrmann und wies auf Winfried Günzel. »Haben Sie Kinder?«

Der alte Herr schien von dieser Frage überrascht.

»Ich? Nein. Wieso?«

Cornelia Heise gab ihm Hilfestellung. »Aber Herr Günzel. Natürlich haben Sie einen Sohn. Haben Sie das schon vergessen? Den Günter. Und nun mal angenommen …«

»Der Günter ist nicht angenommen. Er ist mein leiblicher Sohn. Sozusagen.«

Herr Günzel errötete und blickte unstet nach rechts und nach links, als erwartete er von seinen Mitbewohnern zustimmende Worte.

»Gut, wie auch immer. Jetzt stellen Sie sich doch nur einmal vor, jemand meldet sich am Telefon …«

»Wer?«

»Ein Mann, der behauptet, er sei Günter. Und er will Geld von Ihnen, weil er in einer Notlage ist.«

»Um Gottes Willen. Günter ist in einer Notlage? Ja, warum sagt er denn nichts? Ich muss sofort zu ihm …«

Langsam erhob sich Herr Günzel von seinem Platz. Cornelia Heise eilte zu ihm und legte ihm beruhigend die Hand auf die Schulter.

»Ganz ruhig, Herr Günzel, Günter geht es gut. Aber nur mal angenommen …«

»ER IST NICHT ANGENOMMEN. ER IST MEIN SOHN!«, brüllte der Alte. Seine Stimme überschlug sich, die Lippen zitterten.

»Aber wenn nun jemand anruft, der sagt, er sei Günter, aber es ist nicht Günter, und dieser Günter, der nicht Günter ist, erzählt Ihnen eine Geschichte, dass er, also derjenige, von dem Sie annehmen, dass er Günter ist, Geld benötigt und dies sofort holen will …«

»Also, wer ruft jetzt an?«

Hilfesuchend sah sich Herr Günzel um. Es stand ihm ins Gesicht geschrieben, dass er kein Wort verstanden hatte.

»Des wissat mir doch au net, Sackezement. Der Günter, der net Günter isch, aber behauptet, Günter zu sei … Ach, des kannsch doch vergessa.«

Andreas Goettle sah ratlos zu Laura Behrmann, die einen relativ gefassten Eindruck machte und sich Frau Scherrieble zuwandte.

»Stellen Sie sich mal vor, Sie bekommen einen Anruf von einem Mann, der behauptet, mit Ihnen verwandt zu sein, und der klagt, dass seine Mutter krank sei. Sie benötigt unbedingt eine ärztliche Behandlung, die sehr teuer ist. Und er bittet Sie um einen Kredit von 15 000 Euro. Was sagen Sie ihm dann?«

»Am Arsch hängt an Bolla, wenn d' willsch, kannsch en hola.«

Gelächter brandete auf, Cornelia Heise lief rot an, und selbst die bereits Eingedösten wurden kurz aus dem Schlaf gerissen.

Laura Behrmann grinste. »Nun, das ist vielleicht nicht unbedingt der Wortlaut, den wir empfehlen, aber die Richtung stimmt schon mal. Aber Sie könnten zum Schein auf seine Forderung eingehen, mit ihm einen Termin ausmachen und uns informieren. Dann können wir ihn in flagranti schnappen.«

»Ja, wo soll i denn 15 000 Euro hernehma? I han doch koin Geldscheißer. Der Typ soll gfälligschd seinen Arsch aus 'm Bett lupfa und schaffa ganga. I han au jeden Dreck macha müsse, um mit meine Jonge über die Ronda zu komma ...«

Frau Scherrieble lief dunkelrot an, blies vor Entrüstung die Backen auf.

»Frau Scherrieble, Sie müssen die 15 000 Euro nicht haben. Sie tun nur so, als hätten Sie das Geld. Also angenommen ...«

»Mein Günter ist nicht angenommen«, unterbrach Winfried Günzel. »Er ist mein leiblicher Sohn. Und meine Frau hat ihn immer behandelt wie ein eigenes Kind. Meine Cousine wusste halt nicht, wie sie ihn allein erziehen soll ...«

Betretenes Schweigen verbreitete sich im Saal. Winfried Günzel fuhr mit dem Zeigefinger auf dem Muster auf der Tischdecke entlang.

»Wenn i 15 000 Euro hätt, no dät i mol richtig die Sau rauslassa und gwieß net so nem Grasdaggl überlassa«, krächzte Frau Scherrieble und erhielt zustimmende Worte ihrer Mitbewohner.

»I glaub, des hot koin Wert«, flüsterte Andreas Goettle Laura Behrmann zu.

Die Kommissarin nickte. »Stimmt. Ein Betrüger, der versucht, hier Geld zu ergaunern, der braucht nach seinem Telefonat entweder psychologische Betreuung oder überfällt eine Bank.«

Goettle nickte. Und obwohl die Aufklärungsaktion nicht ganz wie geplant verlaufen war, erfüllte ihn das Resultat mit einer gewissen Beruhigung. Das Geld seiner Schäflein im Haus Regenbogen war sicher. Dafür würden die Seniorinnen und Senioren schon sorgen.

9

»Wie lange will deine Schwester denn noch bei uns bleiben? Und warum flennt sie den ganzen Tag? Die ist ja schlimmer als ihr kleiner Schreihals.«

Rafael warf Roxane einen mürrischen Blick zu. Sie stand nur mit Büstenhalter und Slip bekleidet neben ihm, sah in den Badezimmerspiegel und bearbeitete ihre Augenbrauen mit einer Pinzette. Dass Frauen sich dieser schmerzhaften Prozedur unterzogen, war ihm schon immer ein Rätsel gewesen. Er trat hinter sie, umschlang sie mit den Armen.

»Ich wäre gern mal wieder allein mit dir. Ich habe schon richtige Entzugserscheinungen«, flüsterte er ihr ins Ohr. Er küsste ihren Hals, ließ seine Hände über ihren Bauch streichen und umfasste ihre Brüste.

Sie ließ sich gegen ihn fallen, ihr Spiegelbild schenkte ihm ein verhaltenes Lächeln. »Ach Rafi, es ist nicht so einfach. Viviana hat wirklich große, große Probleme. Sie braucht mich, und so lange muss sie bei uns wohnen.«

Sie drehte sich zu ihm um, stellte sich auf die Zehenspitzen und küsste ihn. Ihr Becken drückte gegen seines, er bekam eine Erektion.

»Aber, aber Herr Mechanikör«, wisperte Roxane mit französischem Akzent, »isch abe gar kein Auto, wozu brauchen Sie einen Wagenhebär?«

Sie kicherte, küsste ihn nochmals. Er machte sich an dem Verschluss ihres Büstenhalters zu schaffen, doch sie löste sich aus seiner Umarmung, bevor er sein Werk vollenden konnte, und wandte sich wieder dem Spiegel zu.

»Nicht jetzt, Rafi. Viviana kann jeden Moment aufwachen, und ich will nicht, dass sie uns hört, wenn wir … während sie …«

Roxane verstummte. Die Farbe wich aus ihrem Gesicht, und ihre Mundwinkel zuckten. Sie tauchte einen Pinsel in ein Puderdöschen und strich sich über die Wangen.

»Viviana hier, Viviana dort. Alles dreht sich im Moment nur um sie und ihren brüllenden Balg. Ich scheine nicht mehr zu existieren«, knurrte Rafael. »Zum Kotzen ist das.«

Er beobachtete Roxane, die ihr Makeup beendete und mit einer Bürste ihre blonden kurzen Haare in Form brachte.

Eigentlich hatte er nichts gegen Viviana. Sie war eine außerordentlich attraktive Frau. Sie war interessiert, mit ihr konnte man über viele Dinge reden, auch wenn sie ihre einmal gefassten Meinungen kaum revidierte, so unausgegoren sie auch manchmal waren. Er mochte ihren Stil, sich zu kleiden, der ihre Weiblichkeit betonte. Wenn sie vorüberging, warfen ihr Männer verstohlene, die Frauen neidische Blicke zu. Und Viviana genoss diese Aufmerksamkeit, setzte sich gekonnt in Szene, war eine Meisterin der Pose.

Sie war oft bei ihnen zu Gast. Roxane war Schwester und beste Freundin zugleich, und so ließ es sich auch nicht vermeiden, dass sie am Wochenende oft zu viert ausgingen. Für Rafael war dies eine reine Liebestat. Während sich die Frauen bestens unterhielten, konnte er mit Alvins spröder Art nichts anfangen. Vivianas Mann interessierte sich nicht für Autos, nicht für Uhren, nicht für Musik, noch nicht einmal für andere Frauen. Er rauchte nicht, trank nicht, und es stand außer Zweifel, dass er niemals einer anderen Droge zugesprochen hatte, die stärker war als Baldriantee. Im Grunde genommen interessierte er sich nur für seinen Beruf. Er war freischaffender Architekt, der seine Aufträge überwiegend aus der öffentlichen Hand erhielt, und der Staub aus den Amtsstuben, der seine Projekte begleitete, hatte sich auch auf Alvins Persönlichkeit gelegt. Seine Humorlosigkeit war unübertroffen. Wenn er etwas erzählte, lief man Gefahr, bereits nach dem dritten Satz ins Wachkoma zu fallen. Lediglich, wenn er von Viviana schwärmte, kam Leben in ihm auf. Sie war sein Ein und Alles. Zum puren Glück fehlte ihnen nur noch eines: ein Kind.

Dieser Gedanke nahm vor allem bei Alvin manische Züge an. Lange Zeit hatte es kein anderes Thema mehr für ihn gegeben, und Rafael hatte sich oft aus den Gesprächen ausgeklinkt. Diese Geschichten von Hormonbehandlungen, von befruchteten Eizellen, von Abgängen und den missglückten Versuchen, ein Kind zu adoptieren, gingen ihm gehörig auf die Nerven.

Vor allem Viviana schien sehr darunter zu leiden, dass der Kinderwunsch nicht in Erfüllung gehen wollte. Sie hangelte sich von einer Depression zur nächsten, stand häufig tränenüberströmt vor der Tür und beklagte ihr Schicksal, schuld daran zu sein, ihrem Alvin dieses große Glück nicht gebären zu können.

An diesen Abenden war Rafael bei Roxane abgeschrieben, und oftmals blieb ihm da nur die Flucht in die Kneipen Biberachs. Dort ertränkte er seinen Frust, zog auch mal eine Linie, um seiner Wut auf Alvin Herr zu werden. In seinen Augen war Vivianas Mann ein Versager, der es nicht schaffte, seine Frau zu schwängern, und offenbar auch nicht in der Lage war, sie zu trösten. Was für ein Schlappschwanz.

Doch dann, wie aus heiterem Himmel, kam die Nachricht von Vivianas Schwangerschaft. Von »Gottes Segen« war die Rede gewesen, es fielen Begriffe wie »Gnade«, »erhörte Gebete« – die beiden hatten offenbar eine Tour zum Bussen unternommen, der als heiliger Berg bezeichnet wurde. Zu dessen Anhöhe pilgerten auch Paare, um in der dort stehenden Wallfahrtskirche um den Kindersegen zu bitten. Mehr musste Rafael nicht erfahren. Für ihn war klar, dass die beiden ihren Verstand verloren hatten. Und natürlich drehten sich fortan alle Gespräche nur noch um ein Thema: das Kind.

Die Einrichtung des Kinderzimmers, die Farbe der Wände, fair gehandeltes Spielzeug, ökologisch korrekt gefertigte Kleidung, gesundes Essen, die richtige Erziehung, die Anmeldung an einer Kindertageseinrichtung, die Auswahl von zu erlernenden Musikinstrumenten und so weiter bestimmten das Leben der angehenden Eltern. Wenn sie von ihrem zukünftigen Familienleben sprachen, glichen Viviana und Alvin wie Hauptdarsteller in einer Daily Soap. Heiler konnte ihre Welt nicht mehr werden.

Umso unglaublicher war demnach die Geschichte, dass Alvin Viviana nun so beleidigt hatte, dass sie mitsamt Joshua ausgezogen war. Das sah ihm gar nicht ähnlich. Und dass er noch keinen Versuch unternommen hatte, Kontakt zu seiner Frau aufzunehmen, schon gar nicht.

»Mich würde brennend interessieren, was Alvin eigentlich verbrochen hat. Warum ist Viviana so sauer auf ihn? Hat er eine andere?«

Rafael lachte. Der Gedanke war zu absurd.

Roxanes Miene versteinerte. Sie spuckte den Zahnpastaschaum ins Waschbecken, spülte den Mund aus und tupfte sich mit einem Handtuch die Lippen trocken. »Es ist schlimmer als das, viel schlimmer«, sagte sie. »Mehr kann ich dir im Moment nicht verraten. Ich hab es Viviana versprochen.«

»Aber vielleicht kann ich ja helfen«, erwiderte Rafael. »Ich kann mit Alvin reden. Von Mann zu Mann. Er ist doch ein vernünftiger Mensch. Und er liebt Viviana. Was immer es ist, die beiden bekommen das bestimmt wieder auf die Reihe. Allerdings müsste ich wissen, was los ist.«

Seine Worte zeigten Wirkung. Roxane legte die Stirn in Falten und klopfte ihm mit der Zahnbürste gegen die Brust.

»Du könntest tatsächlich etwas für Viviana tun. Ich fahre mit ihr und dem Kleinen ein paar Tage zu unserer Mutter nach Breslau. Sie muss auf andere Gedanken kommen. Sie braucht noch einige Sachen aus ihrer Wohnung. Könntest du sie holen?«

Rafael zog tief Luft ein. »Das ist ja schön, dass ich das auch erfahre. Ihr fahrt weg? Ohne mich? Und jetzt soll ich auch noch ihre Sachen packen? Das soll sie mal schön alleine machen.«

Roxane legte ihm eine Hand auf die Wange, doch er drehte sich weg. Geschwisterliebe hin oder her, was zu viel war, war zu viel. Viviana sollte sich nicht so anstellen. So ein Ehekrach war doch kein Weltuntergang.

»Rafi, bitte. Tu es für mich. Sie kann nicht in die Wohnung gehen. Es ist zu gefährlich.«

Rafael lachte laut auf. »Gefährlich? Warum? Hat sich Alvin in einen Zombie verwandelt und wartet auf Opfer, die er verspeisen kann? Oder hat er seine perverse Seite entdeckt und steht nur noch auf Sadomaso-Sex?«

Er senkte seine Stimme: »Komm her, damit ich dich bestrafen kann. Ich hau dich mit meiner Peitsche, bis du das Codewort sagst. Nein, das Codewort lautet nicht Kacka, das wäre ja ein Kotwort. Ich meine das Codewort.«

Er lachte.

Roxane schleuderte ihm ein Handtuch ins Gesicht.

»Gut, dann lass es eben bleiben«, fauchte sie. »Wenn es schon zu viel ist, mir einmal einen Gefallen zu tun. Dann mache ich es eben selbst.«Ruckartig drehte sie den Schlüssel im Schloss und rauschte zur Badezimmertür hinaus.

Rafael ging ihr hinterher. Er wusste nicht, warum sie so wütend auf ihn war, aber ihm war klar, dass es nur einen Weg gab, sie wieder zu besänftigen.

Er parkte seinen Triumph Spitfire in der Uhlandstraße. Vor dem Haus, in dem die Wohnung von Viviana und Alvin lag, wären zwar Parkplätze frei gewesen, doch er wollte es vermeiden, dass Alvin seinen Wagen sah, sollte er wider Erwarten früher von der Arbeit nach Hause kommen. Vivianas Mann war ein Langweiler, aber ganz sicher nicht bescheuert. Er würde von der Anwesenheit des Pkws darauf schließen können, dass Rafael in seiner Wohnung war, und damit wäre auch der Aufenthaltsort seiner Frau verraten. Er würde Rafael volllabern, ihn beschwören, Viviana und Joshua zurückzubringen, und ihm die Beschwingtheit rauben, die ihm die kleine Linie am Morgen verschafft hatte. Er wollte sich keinesfalls in einen Streit hineinziehen lassen.

Sein Auftrag bestand darin, den Hartschalenkoffer aus der Abstellkammer zu holen, mit Vivianas Wäsche und Kleidungsstücken sowie einigen Klamotten für Joshua zu füllen. Ganz gleich welchen. Er sah sich um. Auf der Straße war kein Mensch zu sehen, und auch die Vorgärten dämmerten im Nachmittagsschlaf dem Abend entgegen. Der Briefkasten von Alvin und Viviana quoll fast über, etliche Poststücke waren gewaltsam in den Schlitz gestopft worden, so dass es Rafael nicht gelang, die Umschläge herauszuziehen, ohne sie zu zerstören. Er gab es auf. Offenbar war Alvin schon lange nicht mehr in der Wohnung gewesen. Seltsam. Hatte er doch eine andere Frau, bei der er sich aufhielt?

»Alvin, du kleine geile Sau«, flüsterte Rafael und kicherte.

Er öffnete die Wohnungstür und lauschte. Das Fehlen jedweden Geräuschs schien unwirklich. Es roch muffig in dem Appartement, was wohl daran lag, dass schon mehrere Tage nicht mehr gelüftet worden war. Und da war noch etwas: Ein süßlicher Geruch, ein Hauch von Biotonne. Schwach nur, aber doch so intensiv, dass sich Rafael ein Taschentuch vor die Nase hielt.

Im Wohnzimmer waren die Jalousien heruntergelassen, durch die Ritze zwischen den Lamellen drang diffuses Licht, in dem Staubkörnchen tanzten. Alles stand an seinem gewohnten Platz, als harrten die Möbel der Rückkehr ihrer Besitzer. Und dennoch befiel Rafael eine gewisse Unruhe. Es fühlte sich falsch an, in der fremden Wohnung zu stehen, die so verlassen schien, als hätte hier schon lange niemand mehr gelebt.

Er schwitzte, als er den Koffer aus der Abstellkammer holte. Kalter Schweiß. Die Wirkung des Kokains ließ nach, die heitere Gelassenheit drohte, sich in Panik zu verwandeln. Er bewegte sich auf die Treppe zu. Es gab keinen Grund, dennoch schlug ihm das Herz bis zum Hals, sein Mund brannte vor Trockenheit. Stufe um Stufe näherte er sich dem Obergeschoss. Die Tür zum Schlafzimmer war einen Spalt breit geöffnet. Mit der linken Hand stieß Rafael dagegen, sie schwang auf. Kurzes Sondieren der Lage. Das Bett stand da, als wäre es eben frisch bezogen worden, ein aufgeschlagenes Buch auf dem Nachttisch wartete auf den Leser, über einem Stuhl hingen ein gebügeltes Hemd und eine geglättete Hose.

Rafael ging zum Kleiderschrank, öffnete ihn, stopfte wahllos Kleider, Hosen, Blusen, Slips und BHs in den Koffer.

Er eilte in Joshuas Zimmer, wich den gläsernen Blicken der Stofftiere aus, die ihn aus dem Regal heraus anglotzten. Ein Gruselkabinett in Plüsch.

Strampler, Jäckchen, Socken, Mützen und ein Stoffhase fanden den Weg in den Koffer. Rafael sah sich um, pflückte die Spieluhr in Mondsichelform, die über dem Bettchen hing, von ihrer Halterung. Er zog an der Schnur und lauschte den Tönen von »Schlafe, mein Prinzchen, schlaf ein.«

Das passte. Viviana und Alvin hatten ihrem Prinzen ein kleines Reich eingerichtet, das keine Wünsche offen ließ. Der Wickeltisch, das Bett, ein Regal und die kleine Wäschekommode waren von einem befreundeten Schreiner angefertigt worden. Um die Deckenlampe kreisten bunte Fische, weiße Schäfchenwolken plusterten sich auf der himmelblauen Tapete auf, ein runder Teppich mit lachenden Smileys bildete auf dem Laminatboden eine kuschelige Insel. Alles war mit Geschmack und Bedacht ausgewählt worden.

Er stopfte die Spieluhr in den Koffer, wuchtete das Gepäckstück in Richtung Treppe, stieß dabei gegen die Badezimmertür, die aufschwang. Der süßliche Geruch verstärkte sich augenblicklich, Rafael begann zu würgen. Auf den Fliesen, mitten im Raum, stand ein großer, weißer Plastikbehälter. Er wirkte wie ein Fremdkörper in dem Raum, in dem alle Gegenstände ihren eigenen Platz hatten.

»Du willst nicht wissen, was da drin ist, und es geht dich auch nichts an«, ermahnte er sich. Mit der Macht der geweckten Neugier lockte der Behälter Rafael zu sich. Er stellte den Koffer ab und näherte sich vorsichtig. Er erkannte etwas Pelziges, etwas Helles. Ein Tier? Rafael schob sich näher heran, um mehr erkennen zu können.

Es war kein Pelz, der zu einem Tier gehörte.

Es waren Haare, die strohig vom Kopf eines Mannes abstanden.

Alvins Kopf.

Alvins Kopf, der am Hals vom Körper abgetrennt worden war.

Die Augen geschlossen, die Lippen in stummer Klage geöffnet.

Rafael wollte schreien, doch es entfuhr ihm nur ein kehliger Würgelaut. Seine Beine gaben nach, er stürzte, er fiel vornüber in die Kiste und starrte dem toten Alvin direkt ins Gesicht. Er quiekte, spürte, wie sich sein Magen verkrampfte und übergab sich auf die Badezimmerfliesen. Er schnappte nach Luft, versuchte auf die Beine zu kommen, knickte jedoch immer wieder ein. Auf allen Vieren kroch er von der Wanne weg, doch das Entsetzen lähmte seine Muskeln, verwandelte sie in eine weiche gallertartige Masse, unfähig, sein Gewicht zu tragen.

Sein Blick fiel zum Spiegel über dem Waschbecken.

»Nächster Termin: 25. August!« stand dort in leuchtend roten Buchstaben. Sie schienen auf ihn zuzuschweben, so als wollten sie sich in sein Gehirn einbrennen. Rafael wimmerte, schob sich aus dem Badezimmer hinaus, stieß den Hartschalenkoffer um, der seinen Inhalt über die Treppe ergoss.

Er glotzte die Kleidungsstücke an, als wären sie Gegenstände aus einer anderen Welt, Stoff gewordene Kuriositäten, eine Installation eines Künstlers.

Irgendwie gelang es ihm, auf die Beine zu kommen. Er hechtete die Treppe hinunter, zur Wohnungstür hinaus.

Im Treppenhaus stieß er mit einer älteren Dame zusammen, die ihm den Weg versperrte und ihn misstrauisch beäugte.

»Wer sen Sie? Was wollat Sie hier?«

Er schubste sie zur Seite, hörte die Flüche, die sie ihm hinterherbrüllte, spurtete die Straße entlang, um die Ecke zu seinem Wagen. Er schwang sich hinein, zwang sich zur Ruhe, um den Schlüssel in das Zündschloss zu stecken. Er wollte einfach nicht passen. Als es ihm schließlich gelang, jaulte der Anlasser gequält auf. Rafael trommelte auf das Lenkrad ein, murmelte verzweifelte Beschwörungen, schimpfte, fluchte, bettelte, dann endlich sprang der Wagen an, und er raste davon.

10

»Ah, die Spusi ist schon bei der Arbeit.« Polizeiobermeister Fritz zeigte auf die in weißen Overalls steckenden Beamten der Spurensicherung, die sich an der ockerfarben umrahmten Eingangstür des Gebäudes Hölderlinstraße 5 zu schaffen machten.

Greta Gerber hob das Absperrband hoch, das den Tatort vor unberechtigtem Zutritt schützte, und ließ es hinter sich wieder fallen. Ein Schutzpolizist eilte auf sie zu. Greta hielt ihm ihren Ausweis entgegen. Unaufgefordert begann der junge Mann mit seiner Berichterstattung.

»Die Vermieterin, Helga Rebstock, hat in einer Wohnung im ersten Obergeschoss den Kopf eines Mannes gefunden. Sie sagt, es könnte Alvin Blank sein, der mit seiner Frau und seinem Kind dort wohnt. Also er hat dort gewohnt, seine Frau und sein Sohn wohnen noch dort. Frau Rebstock ist sich allerdings nicht sicher, ob es Alvin Blanks Kopf ist. Sie sagt, sie hätte ihn ganz anders in Erinnerung. Was in Anbetracht der Lage eine gewisse Komik hat. Schließlich fehlt der Körper des Mannes.«

Der Polizist schmunzelte, wurde aber sofort wieder ernst, als er merkte, dass sich die ernste Miene der Hauptkommissarin nicht aufhellte.

»Naja, die Zeugin steht unter Schock. Ist ja auch kein schöner Anblick, so ein abgetrennter Kopf. Da sagt man schon mal Dinge, die unfreiwillig komisch sind.«

»Ihren Humor möchte ich haben«, knurrte Greta Gerber. »Wo sind die Frau und das Kind?«

Der junge Polizist zuckte mit den Schultern. »Das wissen wir leider nicht. Es sieht jedoch so aus, als wollten die beiden verreisen. Vor dem Badezimmer lag ein Koffer, in dem sich Damenbekleidung und Babysachen befanden. Zumindest ein Teil davon, der Rest lag auf der Treppe.«

Greta Gerber sah nachdenklich zu Polizeiobermeister Fritz, der neben sie getreten war und sich Notizen machte.

»Vielleicht hot's an Kampf geba«, sagte er.

Der junge Polizist schüttelte den Kopf. »Bislang haben wir keine Hinweise auf einen Streit oder eine körperliche Auseinandersetzung gefunden. Wir sind dabei, die Nachbarn zu befragen, aber offenbar hat keiner etwas Auffälliges bemerkt. Die kleine Familie lebt noch nicht allzu lang in dem Haus und scheint eher ein zurückgezogenes Leben zu führen.«

Greta Gerber bedankte sich bei dem Schutzpolizisten und schritt auf eine ältere Dame zu, die trotz der sommerlichen Temperaturen in Decken gehüllt auf einem Klappstuhl vor dem Haus saß. Ein Herr stand neben ihr und massierte ihr die Schultern. Sie sah ziemlich mitgenommen aus: aschfahler Teint, bläuliche Lippen und ein gequälter Blick.

»Sind Sie Helga Rebstock, die Eigentümerin dieses Gebäudes?«, fragte Greta und hielt der Dame ihren Ausweis unter die Nase.

Helga Rebstock nickte.

»Und Sie haben den Kopf des Toten gefunden?«

»Gruslig isch des. I weiß gar net, was i sage soll. Mir fehlat die Worte«, antwortete die Vermieterin tonlos.

»Dass i des no erleba darf«, flüsterte der Mann hinter ihr.

Greta Gerber funkelte ihn grimmig an. Er verstummte und setzte seine Massage fort.

»I wollt doch bloß gucka, was da oba los isch, warum der junge Mann es so eilig ghabt hot. Der isch ja wie von der Tarantel gstocha an mir vorbei, hot mi fast die Stiaga nonder gschuckt. Dann bin i nauf, und in die Wohnung nei. Die Tür stand ja offa. Auf der Treppe laget Klamotte und da war mir klar, da isch ebbes passiert. Und als i ins Badezimmer guckt hab, hot mi schier der Schlag troffa. I moin, wer macht denn so ebbes? So was macht mer doch net.«

»Und der Kopf, den Sie gesehen haben … Sie sind also der Meinung, dass es sich dabei um Alvin Blank handelt?«

Helga Rebstocks Lippen zitterten. »Sicher ben i net. I moin, so hab i den ja no nie gseha. Beim letzta Mol war er …vollständiger.«

Greta Gerber nickte. »Sicher. Und was ist mit diesem jungen Mann, der Ihnen im Treppenhaus begegnet ist? Können Sie ihn beschreiben?«

Die alte Dame schüttelte den Kopf. »Noi, den han i hier no nie gseha. Ond es ging ja alles so schnell. Gott, isch mir schlecht. I glaub, i muss spucka.«

Greta wandte sich ab. Die Vorstellung, in den nächsten Minuten einen vom Körper abgetrennten Kopf ansehen zu müssen, genügte, um ihre persönliche Ekeltoleranz zu erfüllen, da musste sie nicht auch noch einer alten Dame dabei zusehen, wie sie ihr Mittagessen auf das Trottoir spie. Sie wandte sich POM Fritz zu.

»Wir nehmen Frau Rebstocks Aussage zu Protokoll. Machen Sie einen Termin mit ihr. Sie muss auf das Präsidium kommen, dann versuchen wir mit ihrer Hilfe ein Phantombild von dem Typen im Treppenhaus anzufertigen.«

In der Wohnung im ersten Stock herrschte emsiges Treiben. In allen Räumen suchten die Kollegen der Spurensicherung nach verwertbaren Hinweisen.

»Könnt ihr nicht warten, bis wir hier fertig sind?«, raunte eine Stimme hinter ihr. Sie gehörte Christian Lechner, dem Chef der Spusi.

Greta Gerber lächelte still in sich hinein, denn sie wusste, was jetzt kam.

»Nichts anfassen, möglichst auf Zehenspitzen gehen, flach atmen, ansonsten Schnauze halten und euch eure Arbeit machen lassen«, rezitierte sie den Standard-Wortlaut Lechners. »Hi, Chris, haben wir schon was?«

»Wie man es nimmt. Wir haben einen Kopf ohne Körper, eine kryptische Botschaft auf dem Badezimmerspiegel, eine ziemlich verlassene Wohnung, einen hektisch gepackten Koffer, der dann doch nicht mitgenommen wurde, und jede Menge Arbeit.«

»Gibt es Einbruchsspuren?«

»Negativ. Wer auch immer sich einen Zutritt zur Wohnung verschafft hat, der hat einen Schlüssel benutzt. Wenn ich nun bitten dürfte …«

Greta Gerber hob abwehrend die Hand. »Alles klar, schon verstanden. Ich störe euch nicht länger. Wenn was ist: ich bin oben.«

»Aber nichts anfassen, möglichst auf Zehenspitzen laufen …«

»Ja, ja, leg mal eine andere Platte auf.«

Je näher sie dem Badezimmer kam, desto intensiver wurde der widerliche Geruch, den sie schon beim Betreten der Wohnung wahrgenommen hatte. Sie presste sich ein Taschentuch vor die Nase und machte sich auf das Schrecklichste gefasst. Als sie die Tür aufstieß, ergriff sie das blanke Entsetzen. Vor dem Plastikgefäß in der Mitte des Raumes kniete Oliver Raible, seines Zeichens Gerichtsmediziner und Greta Gerbers Ex-Freund. Die Trennung war ganz und gar nicht einvernehmlich verlaufen, so dass die Wiedersehensfreude bei der Hauptkommissarin gegen Null tendierte.

Raible fotografierte den Fund von allen Seiten und diktierte anschließend seine Beobachtungen in ein Aufnahmegerät.

»Hallo, Oliver.« Gretas Stimme hörte sich kratzig an.

Raible blickte zu ihr. Er war offenbar ebenso überrascht, sie hier zu treffen. Greta wunderte sich. Wen hatte er erwartet? Kommissar Kluftinger?

»Hallo. Ich würde ja gern sagen, dass es schön ist, dich zu treffen. Aber angesichts der Umstände …« Er lächelte.

»Spar dir dein Süßholz für andere auf«, entgegnete sie. »Es gibt keine Umstände, unter denen ein Zusammentreffen von uns okay wäre. Das ist ja wohl Geschichte.«

Greta erschrak über die Schärfe ihrer Ansage und ermahnte sich zu mehr Professionalität. »Entschuldige. Aber ich hatte nicht mit dir gerechnet. Kannst du schon etwas zu dem Toten sagen?«

Sie warf einen schnellen Blick auf den Kopf, der sich in dem Behältnis befand. Hätte sie den abscheulichen Gestank ausblenden können, wäre er als Büste durchgegangen.

»Männlich, zwischen 40 und 50 Jahre alt. Der Schädel wurde sehr fachmännisch vom Rumpf abgetrennt. So etwas kann nur ein Chirurg. Oder ein Schlachter. Oder ein Gerichtsmediziner.«

Er grinste. »Und ich sag es lieber gleich: Ich war es nicht, ich habe ein Alibi.«

Wahrscheinlich hast du dir von einer deiner Assistentinnen den harten und freudlosen Labor-Alltag versüßen lassen. Greta schluckte die gehässige Bemerkung, die ihr auf der Zunge lag, hinunter. Stattdessen verdrehte sie die Augen.

»Schon gut«, fuhr Oliver fort. »Der Kopf zeigt erste Verwesungsmerkmale auf. Das heißt, die Operation liegt schon ein paar

Tage zurück. Und da wir hier keine weiteren Spuren gefunden haben, die auf eine Gewalttat in dieser Wohnung schließen lassen, gehen wir davon aus, dass der Schädel hierhergebracht wurde. Womöglich, um dieser Botschaft Nachdruck zu verleihen.«

Raible wies auf den Spiegel.

»Nächster Termin: 25. August. Klingt wie eine Erinnerung an einen Arzttermin. Welches Datum haben wir heute?«, fragte Greta.

»Heute ist der 16te.«

»Neun Tage bis zum nächsten Termin. Aber was geschieht am 25. August? Und an wen ist die Erinnerung gerichtet?«

»Keine Ahnung. Vielleicht an seine Ehefrau?« Raible wies mit dem Kopf in Richtung Treppenhaus. »Das würde auch den Koffer im Treppenhaus erklären. Offensichtlich zeigt die Drohung Wirkung. Sie hat Angst und versucht, diesem Termin zu entkommen. Und wenn du mich fragst, das würde mir ganz ähnlich gehen.«

»Vielleicht ist sie aber auch die Täterin? Vielleicht legt sie eine Spur zu ihrer nächsten Tat? Vielleicht haben wir es mit einer Serienmörderin zu tun? Andererseits, die Hausmeisterin hat von einem Mann gesprochen, der die Treppe heruntergestürmt kam. Vielleicht war das ihr Liebhaber?«

»Vielleicht wird alles viel leichter«, säuselte Oliver Raible. Er hob seine Kamera und drückte ab. »Du siehst so süß aus, wenn du nachdenkst.«

Greta machte einen Schritt auf ihn zu, war versucht, ihm die Kamera zu entreißen. Aber sie besann sich eines Besseren.

»Das kann man von dir nicht sagen. Was daran liegt, dass du selten nachdenkst«, knurrte sie. »Ich erwarte deinen Bericht. Und zwar schnell.«

11

Rafael lief im Wohnzimmer auf und ab. Er versuchte, einen klaren Gedanken zu fassen, die grauenvollen Bilder zu verdrängen. Alvins Schädel, die toten Augen, der stumme Schrei. Er hatte versucht, den Ekel mit drei Gläsern Gin wegzuspülen, doch das Grauen erwies sich als guter Schwimmer, sodass der Schnaps nur den Zugang zu einer klaren Idee, was zu tun war, versperrte. Zudem war sein Koksvorrat aufgebraucht; um neues zu beschaffen, fehlte ihm das Geld, außerdem hätte ihn dies im Moment überfordert.

Auf der Couch hielt Roxane ihre heftig schluchzende Schwester im Arm und säuselte ihr beruhigende Worte ins Ohr. Joshua lag in seinem Maxi Cosi und spielte mit seinen Zehen. Immer wieder war ein zufriedenes Glucksen von ihm zu hören, und einen Moment dachte Rafael, dass es dem Kleinen offensichtlich Spaß bereitete, seine Mutter so verzweifelt zu sehen. Er schenkte sich einen weiteren Gin ein und trat vor Joshua. Der Junge lächelte ihn an und stieß ein erfreutes Kieksen aus. Zum ersten Mal, seit Viviana bei Rafael und Roxane wohnte, schien er glücklich zu sein.

Er wandte den Blick ab und beobachtete die beiden Frauen. Viviana, die sich in ihrer Verzweiflung an ihre Schwester klammerte, und Roxane, die mit grüblerischer Miene ihre Schwester hin- und herwiegte.

»So eine verfluchte Scheiße«, brüllte Rafael und schleuderte sein Glas gegen die Wand. Glasscherben regneten auf das Parkett. Viviana heulte auf.

»Spinnst du jetzt komplett?«, raunzte ihn Roxane an. »Mach dir mal lieber Gedanken darüber, was wir jetzt machen sollen.«

Rafael schoss auf seine Freundin zu. »Was fragst du mich? Frag doch Viviana. Sie hat uns diesen Mist hier eingebrockt. Sie und ihr schwachsinniger Idiot von einem Mann. Wie kann man so blöd sein und sich auf einen solchen Deal einlassen? Das ist doch der Wahnsinn.«

Er war versucht, Viviana zu rütteln. Oder ihr ins Gesicht zu schlagen, und sei es nur, damit sie endlich aufhörte zu plärren. Ihr Geheul nützte niemandem, und wenn Alvin und sie auch nur einen Moment darüber nachgedacht hätten, was bei ihrem unsinnigen Vorhaben schieflaufen konnte, dann hätten sie sich das alles ersparen können. Alvin wäre noch am Leben, und Roxane und er müssten sich nicht den Kopf zerbrechen, wie sie den Schlamassel beenden konnten.

Viviana wurde von einem weiteren Weinkrampf geschüttelt, ihre Schwester drückte ihren Kopf an sich und streichelte ihr Haar.

»Ich fasse es nicht, dass man so bescheuert sein kann«, wetterte Rafael weiter. »Habt ihr mal einen Moment darüber nachgedacht, mit wem ihr euch da einlasst? Habt ihr wirklich gedacht, dass ihr einem fairen Partner gegenübersitzt? Einer, der solche Forderungen stellt, der kennt auch sonst keine Skrupel. Ihr seid so dämlich, dass es nicht zum Aushalten ist.«

Rafael trat gegen eine Stehlampe, die krachend umstürzte und Joshuas Bettchen nur knapp verfehlte. Viviana schrie, der Kleine quittierte die Aktion mit einem glockenhellen Lachen, das Rafaels Wut noch steigerte. Er trat vor Joshua und funkelte ihn mit wildem Blick an. »Lach nicht, du Teufelsbrut. Das hier haben wir auch dir zu verdanken. Man sollte dich …«

Er bewegte seine Hände auf den Kleinen zu, bereit, sie um den schmalen Hals zu legen und zuzudrücken.

Roxane schoss auf ihn zu, warf sich gegen ihn und riss ihn mit zu Boden. Er versuchte, sie von sich wegzuschieben und aufzustehen, doch er war zu betrunken, um seine Bewegungen koordinieren zu können. Roxane wiederum entwickelte die Kraft einer Löwin, behielt die Oberhand, setzte sich auf seinen Brustkorb, ihr linkes Knie drückte gegen seinen Adamsapfel und raubte ihm die Luft.

»Wenn du dem Jungen auch nur eine Wimper krümmst, dann findet die Polizei demnächst deinen Kopf in unserem Badezimmer. Von mir eigenhändig abgetrennt«, knurrte sie ihn an.

»Es bringt keinem etwas, wenn du hier jetzt durchdrehst. Also hör auf zu saufen. Wir brauchen jetzt eine Idee, wie es weitergehen soll.«

Roxane atmete schwer, lockerte den Druck ihres Knies, als sie merkte, dass von Rafael kein Widerstand mehr zu erwarten war. Er röchelte, rieb sich den Hals.

»Ihr seid doch alle irre«, krächzte er. »Und lebensmüde.«

Roxane ließ sich zur Seite fallen und blieb neben Rafael liegen. Sie schloss die Augen, dachte daran, wie erleichternd es wäre, aufzuwachen und festzustellen, dass es sich nur um einen schlimmen Traum gehandelt hatte. Ein wirrer Film, bei dem das Unterbewusstsein Regie führte, aber eben nicht mehr als ein Trugbild, das sich mit dem Erwachen wegblinzeln ließ.

Aber Vivianas Schluchzen, Joshuas murmelnder Baby-Singsang und Rafaels heiseres Husten waren akustische Hinweise darauf, dass sie sich nicht alles eingebildet hatte. In nur wenigen Stunden hatte sich ihr Leben in einen Alptraum verwandelt. So unfassbar in seinem Schrecken und doch real.

Sie öffnete die Augen und starrte zur Decke.

Ein Piepsen signalisierte die Ankunft einer SMS.

»Oh Gott, er ist es«, jammerte Viviana. »OhGottohGott.«

Roxane rappelte sich auf und sah zu ihrer Schwester. Mit vor Entsetzen geöffnetem Mund drehte sie das Display ihres Smartphones so, dass Roxane darauf blicken konnte. Irgendjemand hatte einen Film geschickt. Sie erkannte Alvin, der nackt auf einem OP-Tisch lag, Arme und Beine fixiert, den Mund mit einem Knebel verschlossen. Die Augen vor Angst geweitet. Schweiß stand ihm auf der Stirn. Er drehte den Kopf hin und her, spannte die Muskeln seiner Arme an, versuchte, seine Fesseln zu lösen. Die Bewegungen wurden hektischer, ein Skalpell schob sich ins Bild. Langsam, wie in Zeitlupe näherte sich die Spitze Alvins Hals, bohrte sich hinein. Blut sickerte aus dem Schnitt. Alvins Augäpfel traten noch mehr hervor, der Knebel schluckte sein Schreien und Winseln. Das Skalpell weitete die Wunde, trennte Fleisch und Sehnen. Mehr Blut, noch mehr Blut.

Alvins Bewegungen wurden schwächer, der Blick brach. Zoom auf seine starren Pupillen.

»Nächster Termin: 25. August« erschien in blutroter Schrift, dann die erlösende Schwärze.

Roxane sah zu Rafael, der sich neben sie gesetzt hatte, das Display des Smartphones anglotzte und Würgelaute von sich gab. Viviana rang nach Atem. Roxane erkannte, dass sie etwas unternehmen musste, bevor ihre Schwester hyperventilierte und ohnmächtig wurde. Sie rüttelte an ihren Schultern, befahl ihr, ruhiger zu atmen, und als dies alles nichts nützte, schlug sie ihr mit der flachen Hand ins Gesicht. Viviana sah sie verdutzt an, betrachtete ihr Smartphone in der Hand, als sähe sie es zum ersten Mal. Mit einem Schrei voller Abscheu schleuderte sie es von sich, rollte sich zusammen und wimmerte.

»Wir müssen zur Polizei«, würgte Rafael hervor. »Der Typ wird uns finden. Er kann Vivianas Smartphone orten, dann weiß er, wo sie ist. Und dann sind wir die nächsten auf seinem OP-Tisch.«

Mit einem Satz sprang Rafael auf und hastete zur Tür hinaus. Roxane hörte, wie er sich im Badezimmer übergab.

Rafael hatte Recht. Sie mussten etwas unternehmen. Viviana und der Junge mussten in Sicherheit gebracht werden. Allerdings schied der Gang zur Polizei aus. Ihre Schwester und ihr Mann hatten einen Weg beschritten, der in zwei Abzweigungen mündete: Die eine hatte kurzfristig in den siebenten Himmel geführt, die andere direkt in die Hölle. Offenbar gab es sogar eine Direktverbindung zwischen diesen Zielen. Umso wichtiger war, dass Roxane nun die richtige Entscheidung traf, denn von ihr hingen vier Leben ab. Von Rafael und von Viviana war keine Unterstützung zu erwarten, die beiden waren zu schwach. Sie allein musste den Überblick behalten. Sie musste der Gefahr kompromisslos entgegentreten, und so fasste sie in diesem Moment einen Entschluss.

Sie fand Rafael im Schlafzimmer. Er lag vollständig bekleidet auf dem Bett, starrte an die Decke und murmelte unverständliche

Worte. Es hörte sich an, als würde er beten. Roxane öffnete ein Fenster, um den säuerlichen Gestank, den er ausatmete, zu vertreiben. Wie er dalag, ihr großer, schöner, weltgewandter Freund. Dem normalerweise alles gelang. Der das Leben mit all seinen Facetten genoss, dessen ständig gute Laune fast schon enervierend war. Ihr Held, der ihr alle Wünsche erfüllte. Es schien, als hätte man sämtliches Leben aus ihm herausgepresst, als läge nur eine Hülle von ihm da.

Sie kniete sich neben das Bett, stützte ihr Kinn auf die Hände und sah ihn lange an. Er wendete sich ihr zu, seufzte und richtete den Blick wieder gegen die Decke.

»Viviana schläft. Ich habe ihr ein Beruhigungsmittel gegeben«, sagte Roxane. »Sie hat einen Schock, gehört eigentlich in ärztliche Behandlung, aber das können wir im Moment nicht riskieren.«

Rafael stöhnte, hob eine Hand und ließ sie sofort wieder sinken.

Roxane stand auf, schwang sich auf ihn, packte ihn am Kragen und rüttelte ihn sanft. »Wir müssen etwas unternehmen, Rafi. Viviana muss weg von hier. Ich bringe sie zu meiner Mutter, aber dazu braucht sie einen neuen Pass. Die Polizei wird sie suchen, und sei es nur, um sie zu dem Mord an Alvin zu befragen. Und dieses Monster ist auch hinter ihr her. Wir brauchen eine Waffe, für alle Fälle.«

Rafael verdrehte die Augen und kicherte irr. »Na klar, eine Kalaschnikow. Besorge ich dir, kein Problem, die gibt es doch an jedem Kiosk.«

Roxane nahm sein Gesicht zwischen ihre Hände und sah ihn ernst an.

»Bitte Rafi, hilf mir. Ich schaff das nicht alleine.«

Er stieß sie unsanft von sich, so dass sie von ihm herunterrollte und sich den Kopf am Bettgestell anschlug. Sie unterdrückte einen Schmerzensschrei. Rafael glotzte sie an, als hätte er eben ein giftiges Insekt neben sich entdeckt. Er setzte sich auf und rieb sich die Augen.

»Wie stellst du dir denn das vor? Wie soll ich denn an gefälschte Papiere und eine Waffe kommen? Und selbst, wenn ich das wüsste – diese Dinge gibt es nicht umsonst. Woher soll ich das Geld dafür nehmen? Kannst du mir das mal sagen?«

Wütend funkelte er seine Freundin an. Roxane hatte die Hände vor das Gesicht geschlagen und weinte. Sollte sie doch flennen. Rafael hatte gute Lust, sie, ihre Schwester und ihren Balg an die Luft zu setzen. Sollten sie doch sehen, wie sie alleine klarkamen.

»Und überhaupt. Was wird aus mir? Soll ich hier warten, bis der Typ hier aufkreuzt und sich an mir austobt, weil er Viviana nicht finden kann? Außerdem hat mich diese komische Alte im Hausflur gesehen. Was ist, wenn sie mich erkannt hat und demnächst die Polizei vor meiner Tür steht? Denkst du auch mal an mich?«

Er packte Roxanes Handgelenke, er wollte ihr seinen Zorn und seine Missachtung zeigen. Sie sollte ihm dabei ins Gesicht sehen. Er entdeckte die kleine Wunde auf ihrer Stirn, und seine Wut verwandelte sich augenblicklich in Sorge.

»Oh je, Schatz. Du blutest. Da an der Stirn.«

Er nahm den Zipfel seiner Bettdecke und wollte Roxane das Blut abwischen.

»Fass mich bloß nicht an, du Weichei«, kreischte sie und versetzte ihm einen Hieb, sodass er auf den Rücken fiel. »Du heulst hier rum wie ein Mädchen, anstatt dich wie ein Mann zu benehmen. Einen auf dicke Hose machen kann jeder, mein Schatz. Aber wenn's darauf ankommt, muss man halt auch mal zeigen, dass man Eier hat.«

Einen Moment lang saßen sie sich schweigend gegenüber, den jeweils anderen grimmig fixierend. Von unten drangen krähende Töne herauf. Joshua war erwacht. Roxane erhob sich und ging zur Tür.

»Okay, ich mache es.«

Roxane drehte sich zu Rafael um. Er hatte sich an die Bettkante gesetzt und starrte seine Füße an.

»Was machst du?«

»Ich besorge eine Waffe. Und die Papiere für Viviana und den Kleinen. Und ich entsorge auch ihr Handy.«

Roxane stürmte auf ihn zu, umarmte und küsste ihn.

»Das ist mein Rafi«, sagte sie. »Aber es gibt eine kleine Planänderung. Du besorgst eine Waffe und Papiere für Viviana. Um den Kleinen kümmere ich mich. Okay?«

Rafael nickte. »Okay! Ich mache alles, was du willst. Ich liebe dich.«

Sie schmiegte sich an ihn. »Ich weiß. Ich liebe dich auch. Sehr sogar. Und gemeinsam schaffen wir das, wie wir alles andere auch geschafft haben.«

Sie küsste ihn erneut, ließ ihre Hand auf seiner Wange liegen und sah ihn mit einer Liebe an, dass ihm warm wurde. Solange wir zusammen sind, kann nichts passieren, sagte dieser Blick.

»Wir schaffen das«, flüsterte er. »Zusammen schaffen wir das.«

12

Ein Blitz zerteilte die schwarze Wolkenwand am Himmel, und ein heftiger Donnerschlag brachte die Fensterscheiben zum Klirren.

»Jessas, isch der Alte heut wieder narred«, murmelte Andreas Goettle und blickte zum Fenster hinaus. Eine heftige Sturmbö bog die Bäume in seinem Garten, sodass sie mit der Krone fast den Boden berührten. Es schien, als verneigten sie sich vor der Naturgewalt.

Menschen hasteten vorüber. Die Köpfe unter hochgezogenen Kragen ihrer Jacken verborgen, durch Pfützen stapfend, Schattenwesen im Scheinwerferlicht der Fahrzeugkolonne, die sich langsam auf der Birkendorfer Straße voranschob.

Es war nicht das erste schwere Gewitter in diesem Sommer, aber zum Glück hatten die Regenfälle bislang nicht die Ausmaße des Jahres 2016 erreicht, als im Kreis Biberach mehrere Ortschaften unter Wasser standen und einige Bundesstraßen für den Verkehr gesperrt werden mussten.

Andreas Goettle ließ sein Buch sinken und wandte den Blick gen Himmel.

»Herr, was erzürnt dich so? Isch es der Hochmut und die Ignoranz der Politiker, die sich über die Gesetze der Natur hinwegsetzen, um die Habgier der Menschen zu befriedigen? Isch es die Zunahme der Wollust, die Männer und Frauen zu ekstatisch zuckenden Würmern degradiert, was, überall zur Schau gestellt, die Wurzel von Neid und Wut bildet. Oder …« Andreas Goettle blickte an sich hinab und tätschelte seinen Bauch. »… isch es die Völlerei, der sich auch dein guter Diener nicht entziehen kann?«

Ein tiefes Grollen schien den Geistlichen in seiner zuletzt geäußerten Annahme zu bestätigen.

»Was soll i macha? Die Münzenmaier kocht halt so guat. Du soddsch mal ihre Herrgottsbscheisserle … also, die Maultascha probiera …«

Als wäre es ihr Stichwort, tauchte seine Haushälterin in seinem Blickfeld auf. Sie eilte durch den Garten in Richtung Wäscheplatz und hielt einen Plastikkorb über den Kopf, doch Wind und Regen waren bereits eine Verbindung eingegangen, die es unmöglich machte, sich dagegen zu schützen.

»Jetzt versteh i, Herr. Du willsch di amüsiera«, sagte Andreas Goettle und sah Frau Münzenmaier zu, wie sie die klatschnassen Bettlaken von der Leine holte und sie mit Wucht in den Korb schleuderte. Dabei sprach sie unablässig mit sich selbst. Der Geistliche konnte zwar kein Wort verstehen, aber er vermutete, dass es keine Bibelstellen waren, die sie in diesem Moment zitierte.

»Die Arme. Des kannsch ja net mit angugga, wie die sich abschafft«, sagte er und ließ die Jalousien herunter.

Wenig später hörte er die schweren Schritte seiner Haushälterin im Flur.

»Um Himmels Willa. Was isch denn des?«, rief sie.

Augenblicklich befiel Andreas Goettle ein schlechtes Gewissen. Offensichtlich hatte seine Haushälterin seine Schuhe entdeckt, die er achtlos und schlammschwer im Gang abgestellt hatte.

»Herr Pfarrer, kommet Se schnell ond guggat Se sich des a.«

»I woiß doch, wie meine Schuhe aussehat. No net hudla«, murrte der Geistliche. Dennoch erhob er sich aus seinem Lesesessel und trat hinaus in den Hausflur, um sich der vermeintlichen Gardinenpredigt zu stellen.

Im Gang stand seine vor Nässe triefende Haushälterin. Den Wäschekorb mit den Bettlaken hatte sie vor sich platziert und blickte ihren ehemaligen Dienstherrn verwundert an.

Der zuckte die Schultern. »Da kann i jetzt au nix macha. Sie missat halt die Wäsche früher reihola. Dann werdat Se au net nass. I kann mi ja net um alles kümmra.«

Renate Münzenmaier winkte ab und wies neben sich. Dort stand ein weiterer Wäschekorb, in dem sich etwas bewegte und maunzende Töne von sich gab.

Goettle trat näher. Aus dem Gewühl an Decken und Kissen lugte ein kleines Köpfchen hervor.

»Was isch jetzt au des?«, fragte er verdutzt und wich zurück.

»A Segelschiff«, antwortete seine Haushälterin und schüttelte den Kopf. »Was wird des wohl sei? A Butzele, a Baby, a Kend.«

Sie beugte sich über den Korb und strich liebevoll über die Wange des Kindes. »Dutzidutzi, wie heisch denn du? Du bisch ja a ganz goldigs.«

»Wo kommt denn des Kind her? Von mir isch des net.«

Es sollte ein Scherz sein, doch so, wie der Geistliche es sagte, klang es, als wollte er sich rechtfertigen.

»Des will i schwer hoffa. Mir hen scho Ärger gnuag«, erwiderte Renate Münzenmaier und sah Goettle streng an. »Wartet Se, da isch a Briefle.«

Sie zog einen Umschlag aus dem Korb und reichte ihn an den Pfarrer weiter. Missmutig nahm er das Blatt aus dem Umschlag und entfaltete es. Er überflog die Zeilen, runzelte die Stirn und las laut vor.

»Mein Name ist Joshua, ein wahrhaftiges Kindle vom Bussen. Was Liebe ist, konnte ich nicht erfahren, die Krake des Bösen hielt mein Herz gefangen. Ich bitte dich: Lehre mich die Liebe und halte das Übel von mir fern. Auf dass ein Kind Gottes aus mir werde, über jedes Unrecht erhaben, bis meine Erlöserin kommt, die mir das Licht bringt.«

Goettle ließ das Blatt sinken. »Ziemlich verschwurbelt, des Ganze. Koi Ahnung, was des älles bedeuta soll.«

»A Bussenkindle, liab«, flötete Frau Münzenmaier und hob den kleinen Joshua aus seiner Schlafstätte. Der Kleine blinzelte und rieb sich mit den kleinen Fäusten die Augen.

»Ein wahrhaftiges Kindle vom Bussen. Was hoißt des?«, grummelte der Pfarrer. Er sah das Kind missmutig an. Ein Baby in einem Pfarrhaus, das versprach Ärger. Zumindest war es mit der Ruhe vorbei.

»Kennat Sie des net?«, unterbrach seine Haushälterin seinen Gedankengang. »Paare mit einem Kinderwunsch gehen zur Kirche St. Johannes Baptist auf dem Bussen und zündet a Kerze an, um einen Kindersega zu erhalte. Und wer will, kann sich im Anschluss a Bussakindle als Püpple oder als Zuckerle mitnemma. Aber die sind bestimmt net so süß wie du. Gell, Joshua?«

»Des woiß i au, was a Bussakindle isch«, herrschte Goettle seine Haushälterin an. »Aber warum stoht des in dem Brief? Und was hoißt des, dass die Krake des Bösen des Herz von dem Bua gfanga hält? Des isch doch bleeds Gschwätz.«

»Ois steht fest: Da isch jemand ziemlich verzweifelt. Vielleicht a Mutter, die von ihrem Mann misshandelt wird. Die koin andere Ausweg mehr gseha hat, um ihr Butzele zu schütza …«

Frau Münzenmaier stiegen Tränen in die Augen. Joshua gluckste und griff nach ihrer Nase.

»Gebat Se ihn mir. Sie sind ja ganz nass, und durch die Flennerei wird's au net besser.«

Andreas Goettle nahm ihr den Jungen vorsichtig ab, wiegte ihn in seinen Armen.

»Mir machat dich zu einem Kind Gottes. Des isch mei Spezialität. Da brauchsch koi Angst han.«

Joshua verzog das Gesicht, lief rot an und begann zu brüllen.

»Ha no, des isch doch net schlemm. Gugg mi a, aus mir isch doch au ebbes gworda. Da muss mr doch et schreia.«

»Im Gegensatz zu Ihne hot des kloine Gotteskend wahrscheinlich no nix zum Essa kriagt. Und dass mr oleidich wird, wenn mr Honger hot, des kennat Sie ja wohl am besta.«

»Aber i schrei dann net so.«

»Aber grätig sen Sie au.«

Renate Münzenmaier warf einen Blick in Joshuas Korb und zog eine Packung Milchpulver und ein Trinkfläschchen hervor. Sie hielt die beiden Utensilien wie Trophäen in die Höhe.

»Die geplagte Mutter hot an alles denkt. Hoffentlich isch ihr nix passiert.«

Sie wandte sich an Joshua, der sich durch Goettles Schaukelbewegungen nicht beruhigen ließ. »Jetzt sorga mir erst dafir, dass es dem Buale gut goht, gell? I gang jetzt in d' Küch und mach dir a Fläschle. Isch glei fertig.«

Andreas Goettle sah nachdenklich auf das schreiende Bündel in seinen Armen. Die Gesichtsfarbe des Jungen changierte ins Bläuliche, der gesamte Körper schien sich in Unbehagen verkrampfen zu wollen.

»Joshua, der Gottgesandte auf der Flucht vor dem Übel«, murmelte der Geistliche. »Klingt wie a Parabel aus der Heiliga Schrift.«

Im nächsten Moment verzog er die Nase. »Allerdings schmeckt des so, als hätt des Übel scho in der Windel an Platz gfonda.«

Mit großen Schritten, das Kind weit vor sich haltend, eilte Goettle seiner Haushälterin hinterher.

13

Zum wiederholten Male starrte Greta Gerber auf die Fotos vom Tatort, die an die Pinnwand geheftet worden waren, und versuchte, sich einen Reim auf den ominösen Fund in der Wohnung in der Hölderlinstraße 5 zu machen. Sie hatten die Mülltonnen durchkämmt, in den Gärten herumgestochert, um Alvin Blanks Körper oder Teile davon zu finden. Doch dieser hatte sich ebenso unauffindbar gezeigt wie seine Frau und ihr Baby.

Laura Behrmann hatte bei allen Krankenhäusern der Region angerufen, um zu erfahren, ob Viviana und ihr Sohn Joshua eingeliefert worden waren. Fehlanzeige. Auch eine Abfrage bei Hotels und Pensionen war ohne einen Hinweis auf den Aufenthalt der beiden verlaufen. Ein Mobiltelefon hatten die Ermittler in der Wohnung nicht gefunden, ein Laptop befand sich noch in der Auswertung. Immerhin waren dort einige E-Mail-Adressen von Geschäftspartnern und Freunden gespeichert, die befragt werden konnten. Eine erste Analyse ergab, dass Viviana und Alvin Blank nicht viele Bekannte in Biberach hatten, die meisten Kontakte waren über die ganze Republik verteilt. Dazu passte die Aussage von Helga Rebstock, dass die beiden noch nicht allzu lange in der Hölderlinstraße wohnten. Ihrer Schätzung zufolge konnte es sich maximal um ein halbes Jahr handeln. Die Frau sei schon schwanger gewesen, und kurz nach dem Einzug habe sie den Jungen zur Welt gebracht.

Gemäß der Geburtsurkunde hatte Viviana Blank in einer Privatklinik in Ravensburg entbunden. Eine Nachfrage hatte ergeben, dass man sich an die Patientin erinnere, aber aus Datenschutzgründen keine weiteren Auskünfte erteilen könne.

Greta drehte eine Locke um ihren Zeigefinger und starrte auf das Bild mit dem abgetrennten Schädel. So grauenvoll der Fund gewesen war, so unwirklich schien er ihr gleichzeitig. Abgetrennte Körperteile gab es in Kriminalromanen, in Horrorstreifen, aber nicht in dem oberschwäbischen Idyll, in dem der Mord am Kaiser von Biberach als das schwerste kriminelle Vergehen aller Zeiten galt. Ein abgetrennter Kopf erinnerte an Mafia-Morde, an perverse Sexualvergehen, an Freveltaten aus dem finstersten Mittelalter. Schandtaten, die zu der harmonieseligen Kulisse Oberschwabens nicht passen wollten.

»Der Bericht von der Gerichtsmedizin isch da, mit den besten Grüßen vom Raible«, unterbrach Polizeiobermeister Fritz ihre Gedanken und schleuderte eine Akte auf ihren Schreibtisch. Er sah zerknirscht aus, grau, mit dunklen Ringen unter den Augen, so als hätte er mehrere Nächte nicht geschlafen.

»Was steht drin?«, knurrte Greta Gerber. Allein die Erwähnung des Namens ihres Ex-Freunds hatte immer noch die Macht, ihr den Tag zu vermiesen. Lustlos blätterte sie in der Akte.

»Viel Blabla. Aber zumindest kennat mir sicher sei, dass der Kopf Alvin Blank gehört. Die Hoor, die einer Bürste entnomma worda sen, und die Hoor am Fundstück stimmat überein. Alles andere isch wenig überraschend.«

POM Fritz trat hinter die Hauptkommissarin, blätterte zu dem Bericht und wies mit dem Finger auf eine Textstelle. Der Kopf war professionell vom Leib getrennt worden, und zwar post mortem. Alvin Blank hatte demnach bei seiner Enthauptung nicht mehr gelebt. Sie hatte nicht in der Wohnung, sondern an einem anderen Ort stattgefunden.

»Es hot au koiner gseha, wie die Kiste ins Haus brocht worda isch. Zu de Fingerabdrück und den Haut- und Haarpartikeln, die in der Wohnung gfonda worda sen, lässt sich no nix sage. Da läuft der Abgleich no.«

Greta Gerber nickte. »Das ist ja mal wieder nicht sehr viel. Wissen wir irgendetwas über den jungen Mann, der das Badezimmer vollgekotzt und die Vermieterin im Treppenhaus zur Seite gestoßen hat? Konnte Frau Rebstock den Typen beschreiben?«

POM Fritz kramte in den Blättern auf dem Schreibtisch und zog ein Phantombild hervor. Es zeigte das Gesicht eines Mannes, der ohne weiteres auch als Til Schweiger durchgegangen wäre.

»Am Tag vor der Befragung isch der Film ›Keinohrhasen‹ im Fernsäh komma. A Wiederholung.«

Der Polizeiobermeister zog die Schultern resigniert nach oben.

Greta Gerber seufzte. »Haben wir irgendeine Spur zu der Ehefrau und dem Kind? Gibt es Freunde, Verwandte, Bekannte der beiden, bei denen sie sich aufhalten können? Gibt es Kontakte zu anderen Eltern? Oder müssen wir befürchten, dass wir schon bald auch ihre Köpfe irgendwo finden?«

Greta Gerber verstummte. Nein, daran durfte sie nicht einmal denken.

»Mir schaffet wie die Brunnaputzer, aber mir hen no nix Verwertbares gfonda«, antwortet Fritz.

»Das kann ich mir nicht vorstellen, dass Frau Blank und ihrem Sohn etwas zugestoßen ist«, schaltete sich Laura Behrmann ein. »Irgendjemand hat versucht, einen Koffer mit Klamotten aus der Wohnung zu holen. Das spricht doch dafür, dass Frau Blank und ihr Baby noch leben. Allerdings scheinen sie auf der Flucht zu sein. Fragt sich, warum, beziehungsweise vor wem. Was ist da nur passiert?«

Greta Gerber sah noch einmal an die Pinnwand. »Wenn ich das nur wüsste«, murmelte sie.

14

Das Kreischen einer Sirene riss Rafael aus dem Schlaf. Er blinzelte gegen das Licht an, das durch das Fenster einflutete, versuchte, sich zu orientieren, doch der pochende Schmerz unter seiner Schädeldecke zwang ihn, die Augen wieder zu schließen. Aus dem heulenden Ton formten sich Worte.

»Wo ist er? Joshua? Bitte sag mir, wo er ist?«

Viviana.

Rafael stöhnte, zerrte das Kissen unter seinem Kopf hervor und begrub sein Gesicht darin. Konnte sie nicht einfach verschwinden? Wie lange wollte sie ihm noch auf die Nerven gehen? Und wo war ihr Balg, den sie angeblich so sehnlichst vermisste?

Er versuchte sich an die letzte Nacht zu erinnern. Er hatte getrunken, viel getrunken. Und mit Roxane gestritten. Um was war es in diesem Streit gegangen? Viviana. Joshua. Alvins Schädel. Um Lösungen.

Er schrak hoch, in seinem Kopf wurde eine weitere Explosion gezündet, die ihn zurück auf das Kissen sinken ließ. Sein Magen rebellierte, mühsam unterdrückte er den Würgereiz. Wie spät war es? Er tastete nach seinem Smartphone auf dem Nachttisch, erwischte es.

9 Uhr 23. Mittwoch, 17. August.

Spät.

Viel zu spät für einen Mittwoch.

Als hätte er einen Stromschlag bekommen, fuhr er hoch, setzte sich auf, kam auf die Beine. Unsicher stand er im Raum, unfähig zu entscheiden, was er zuerst tun sollte. Duschen, anziehen. Oder sich krankmelden, ausschlafen, nachdenken. Über Viviana, Joshua, Alvins Schädel. Lösungen.

Vivianas Geheul war nur noch dumpf zu vernehmen, begleitet von Roxanes beschwichtigendem Singsang.

Hektisch tippte er die Nummer seines Kollegen auf dem Display ein. Er räusperte sich, knarzte ein paar Worte, bis er einen Ton gefunden hatte, der als krank eingestuft werden konnte. Es dauerte einen Moment, bis Frank Neustädter abhob.

»Hi Frank, hier ist Rafael. Ich kann heute nicht kommen, ich habe mir einen Virus eingefangen, üble Erkältung mit Magen-Darm, wenn du verstehst. Ich fühle mich echt beschissen.«

»Rafael. Alter. Wir haben schon gedacht, du hast die Biege gemacht. Die Fuzzis aus der IT prüfen gerade alle Rechner. Wegen dieser Enkeltrick-Kiste. Und bei dir haben sie besonders brisantes Material gefunden. Dass du dich nicht schämst.«

Rafael spürte, wie ihn die elektrifizierende Welle der Panik durchspülte. In seinem Kopf überschlugen sich die Gedanken. War er nicht vorsichtig genug gewesen, hatte er seine Spuren nicht sorgsam genug gelöscht? Was bedeutete: Brisantes Material?

»Ich weiß nicht, wovon du sprichst. Was meinst du?«

Seine Stimme klang schwach.

»Mann, ich weiß, dass du auf Frauen stehst. Aber dass sie nicht jünger sein dürfen als 72, das wusste ich nicht. Das wird ewig dauern, bis ich diese Bilder aus dem Kopf bekomme, die ich gesehen habe. Und dass du in deiner Arbeitszeit übelste Splatterfilme ansiehst, hätte ich von dir nicht gedacht.«

Rafael ließ die Worte auf sich wirken, versuchte einen Zusammenhang herzustellen, dann begriff er, dass sich der Kollege offensichtlich einen Spaß mit ihm erlaubte.

»Hör auf mich zu verarschen. Was soll der Scheiß?«, blaffte er.

Frank lachte. »Da hast du wohl kurz einen Schreck bekommen, was? Das geht gerade nicht nur dir so. Die Geschäftsleitung hat angeordnet, alle Rechner zu überprüfen. Die vermuten, dass der Täter einen Tippgeber hat, der aus unseren Reihen kommt. Ist natürlich völlig aus der Luft gegriffen, aber wenn sich so ein Hirnfurz mal festgesetzt hat, dann kennen die ja kein Pardon. Zumindest gibt es keine Hinweise, dass jemand unsere Firewall und Security-Systeme außer Kraft gesetzt hat. Die haben sogar die Erlaubnis, die privaten E-Mails zu checken. Und da kommen unglaubliche Dinge raus! Hast du gewusst, dass unser Edmund Wagner aus dem Finanzvorstand ein Verhältnis mit der Chica aus Human Resources hat? Du weißt schon, die mit den großen Titten.«

Rafael blendete Franks Plapperton aus und versuchte, sich zu konzentrieren. Okay, seine Kollegen aus der EDV checkten die Rechner. Und es war kein Geheimnis, dass er Zugriff auf die Bankkundendaten hatte. Den Kontakt zu Elias hatte er über sein privates Smartphone hergestellt, sein E-Mail-Account war sauber. Niemand konnte ihm etwas nachweisen. Er atmete geräuschvoll aus.

»Und du glaubst nicht, wie viele Schwachsinnige bei uns arbeiten, die denken, dass es nicht auffällt, dass sie während der Arbeitszeit den Kicker oder den Playboy online lesen. Aber die sind ja noch harmlos. Ein paar Jungs vom Vertrieb haben sich eine Abmahnung eingefangen, weil sie Pornoseiten aufgerufen haben. Ein paar haben auch Erotikchats besucht und richtig versautes Zeugs geschrieben. Ein Freund aus der EDV hat mir das gezeigt. Ich meine, wie blöd ist das denn? Wenn ich solche Seiten besuche, dann nehme ich doch meinen Privatrechner und nutze eine VPN-Verbindung oder gehe über den TOR-Browser. Dann kann ich mich auch im Darknet bewegen und richtig Abartiges aufrufen. Aber davon haben diese Flachpfeifen wahrscheinlich noch nie etwas gehört. Naja, Vertrieb halt, was will man erwarten.«

Als hätte Frank ihm einen Eimer mit Wasser ins Gesicht geschüttet, war Rafael plötzlich hellwach. »TOR-Browser? Darknet? Wovon sprichst du?«

Frank gluckste. »Muss ich dir das wirklich erklären? Die richtig harten Sachen bekommst du im Darknet zu sehen. Und wenn du über den TOR-Browser gehst, kann keiner deine IP-Adresse nachverfolgen. Du wirst über so viele Router weitergereicht, die deine IP-Adresse verschleiern, dass sich die Spur verliert. Es ist, als ob du eine virtuelle Tarnkappe trägst. Deshalb laufen auch viele krumme Geschäfte nur noch über das Darknet ab. Und die Polizei kann so gut wie nichts dagegen unternehmen. Also, nicht, dass ich mich da auskennen würde …«

»Und wie komme ich zu einem solchen TOR-Browser?«

Rafael biss sich auf die Lippen und verfluchte sich insgeheim für seine Dummheit, die Frage gestellt zu haben. Natürlich hatte er auch schon über das Phänomen Darknet gelesen, aber er hatte es bisher als Parallelwelt abgetan, die nicht für ihn und seinesgleichen bestimmt war. Politisch Verfolgte, Dissidenten, aber auch Terroristen nutzten dieses Netzwerk, um unerkannt Informationen zu tauschen. Journalisten nahmen Kontakt zu Informationsquellen auf, die entweder überwacht wurden oder deren Zugang zum freien Netz blockiert war. Zudem wickelten Kriminelle ihre Geschäfte über den TOR-Browser ab: Drogendeals, Waffenschiebereien, Menschenhandel – und nicht zuletzt wurden auch alle

Arten der Pornografie angeboten. Auch die Formen, die verboten, abscheulich oder hochgradig pervers waren. Mit einem solchen Umfeld wollte Rafael nichts zu tun haben.

Dennoch konnte er es nicht verhindern, dass ihn die Bilder des Vorabends bestürmten. Roxane, die auf ihm saß. Roxane, die ganz klare Forderungen stellte. Forderungen, die er für so abstrus gehalten hatte und die in diesem Moment greifbar wurden. Ein gefälschter Ausweis. Eine Waffe. Letztlich war dies alles nur noch ein paar Mausklicks entfernt.

Frank lachte. »Das interessiert dich, was? Mal schön ein bisschen im Darknet surfen und Anregungen für zuhause holen. Ich wusste doch, dass du es faustdick hinter den Ohren hast. Aber soll ich dir was sagen? Ich habe mich damit noch nie so richtig beschäftigt. Die Dinge, die da ablaufen, sind mir zu heiß. Wenn du mich fragst, ist das der virtuelle Vorhof zur Hölle. Aber mit ein bisschen Rechercheaufwand bekommst du schon raus, wie du ins Darknet gelangst. Und dann will ich natürlich einen umfangreichen Bericht.«

Rafael legte auf. Oh ja, er würde es in Erfahrung bringen, wie man sich Zugang zu diesem dunklen Marktplatz verschaffte, der die Lösung aller seiner Probleme versprach. Und ihm vielleicht auch einen Weg wies, wie er seine angespannte Finanzsituation lösen konnte.

15

Andreas Goettle saß im Garten und sah seiner Haushälterin zu, die seit einer geschlagenen Stunde Joshua durch die Gegend trug, in der Hoffnung, dass ihn die Erschöpfung in den Schlaf trieb. Der Junge erwies sich als Energiebündel, das all seine Kraft in die Stimmbänder legen konnte. Wenn er nicht an der Flasche hing oder schlief, brüllte er aus Leibeskräften. Vor allem die Nachtstunden hatte er als Lieblingszeit auserkoren, um seinem Unmut Luft zu machen.

Dabei hatten Andreas Goettle und Renate Münzenmaier wirklich alles dafür getan, dass sich das Kind wohlfühlen konnte. Der Geistliche hatte extra die Krippe aus dem Weihnachtsspiel vom Dachboden geschafft und das hölzerne Jesukind mitsamt des Strohs in einen Schuhkarton umgebettet, um Joshua eine angemessene Schlafstätte zu errichten. Renate Münzenmaier hatte aus Stoffresten eine Art Baldachin genäht, sodass der Junge auch bei strahlendstem Sonnenschein beschattet wurde. Die Haushälterin war es auch gewesen, die bei einem Kindersachenbasar hübsche Strampler, Mützchen, Spielsachen und einen Kinderwagen erworben hatte. Doch Joshua blieb von diesen Anschaffungen ebenso unbeeindruckt wie von der Fürsorge der beiden.

»Bei dem Gschroi wird der entweder Ausbilder bei der Bundeswehr oder Opernsänger«, murmelte Andreas Goettle und strich sich müde über die Augen. Wenn es mit der nächtlichen Ruhestörung so weiterging, dann musste er wohl über kurz oder lang zu seinem Freund Frieder ziehen, der auf einem Abstellgleis am Bahnhof Biberach einen Eisenbahnwaggon bewohnte. Die Aussicht, mit dem Aussteiger unter einem Dach hausen zu müssen, war zwar auch nicht sehr erbaulich, aber so langsam wusste er sich keinen Rat mehr, wie er zu mehr Schlaf gelangen konnte. Mittlerweile beeinflusste diese permanente Müdigkeit seinen gesamten Tagesablauf. Pfarrer Goettle konnte sich nicht erinnern, wann er zuletzt einen Blick in die Zeitung geworfen oder Nachrichten im Radio gehört hatte. Sobald er im Begriff war, sich hinzusetzen, brachte sich Joshua in Erinnerung und gab keine Ruhe, bis er Zuwendung bekam. Wenn es nach Andreas Goettle gegangen wäre, hätte er den Jungen längst bei der Polizei abgegeben, doch Frau Münzenmaier hatte ihn beschworen, ein paar Tage abzuwarten. Sie vermutete, dass die Mutter schon bald zurückkommen würde, um ihr Kind wieder abzuholen. Doch mittlerweile schwanden auch ihre Kräfte. Als Mutter von drei Kindern verfügte sie über ein vielfältiges Repertoire an Beruhigungstaktiken, doch Joshua war gegen alle Versuche immun.

»Jetzt nemmat Sie des Bürschle mol a Weile«, sagte sie erschöpft und hielt dem Geistlichen den krakeelenden Joshua entgegen. »I komm ja zu gar nix meh. In meiner Küche sieht's aus, als wäret Sie am Herd gstanda.«

Goettle nahm das Kind in Empfang, wiegte es in seinen Armen und stimmte die Melodie von Leonard Cohens »Hallelujah« an.

Der Junge riss die Augen weit auf, als hätte er das Knurren eines wilden Tieres vernommen, holte Luft und schrie, dass selbst die Tauben auf dem Kirchturmdach das Weite suchten.

»Ha jetzt komm, so schlecht sing i doch gar net«, beruhigte Goettle den Kleinen.

Ein drahtiges Geschepper, das Kreischen einer Bremse, ein Schmerzenslaut und ein unflätiges Wort mischten sich in die Kakophonie. Der Geistige erhob sich und spähte über den Gartenzaun. Eine junge Frau rappelte sich auf, sammelte den Inhalt ihrer Einkaufstaschen zusammen, der sich über das Trottoir ergossen hatte. Einige Meter von ihr entfernt lag ihr Fahrrad, das offensichtlich nur knapp einer Kollision mit einem Pkw entronnen war.

»Wo hen Sie denn 's Radfahra glernt? In der Baumschul, oder wie?«, giftete der Autofahrer, dem es offensichtlich gelungen war, gerade noch rechtzeitig zu bremsen. Er stand neben seinem Fahrzeug, der Schrecken der Beinahe-Kollision stand ihm ins Gesicht geschrieben.

Eine Tomate traf ihn an der Brust.

»Und wieso hupen Sie hier ohne erkennbaren Grund? Ich habe mich zu Tode erschrocken«, bellte die junge Frau zurück und holte zu einem weiteren Wurf aus.

Andreas Goettle ging pro forma in Deckung. Zwar vertraute er den Wurfkünsten der jungen Dame, denn jetzt erkannte er, dass es sich um Mandy Biselski handelte, eine der unerschrockensten »Grünen Minnen«. Der Autofahrer tat ihm fast ein wenig leid.

»Sen Sie no ganz bacha? I hab überhaupt net gehupt. Und höret Sie auf, mich mit Tomata zu beschmeiße, i kann des Zeug net leida.«

Eine Aubergine verfehlte ihn nur knapp.

»Natürlich haben Sie gehupt. Mir direkt ins Ohr. Wahrscheinlich sind Sie so ein Autolobby-Faschist, der Radfahrer nicht leiden kann. Hauen Sie bloß ab.«

Mandy Biselski hob die Honigmelone vom Gehweg auf. Mit entsetzter Miene starrte der Fahrer auf das überdimensionale Wurfgeschoss in der Hand der rabiaten Radlerin, schwang sich in sein Fahrzeug, setzte zurück und wich mit einer weiten Kurve dem Fahrrad des Unfallopfers aus.

»Ja, verschwinde, mit deiner luftverpestenden Dreckschleuder, du chauvinistischer Macho«, krakeelte Mandy Biselski dem Auto hinterher und schleuderte die Melone zu Boden, die in tausend Stücke zersprang. Fluchend zog sie ihr Fahrrad auf das Trottoir und betrachtete den Schaden. Ein Reifen war geplatzt, der Lenker war verbogen. Wütend trat die junge Frau gegen ihr Rad.

Joshua zappelte in Goettles Armen und lachte so, als würde ihn jemand kitzeln. Andreas Goettle sah ihn verwundert an und schüttelte den Kopf.

»Darüber kannsch du lacha, gell? Emmer, wenn andere was passiert.«

Bereits am Vortag hatte sich Joshuas Laune kurzzeitig verbessert, als der Postbote sich knapp vor dem zähnefletschenden Nachbarshund in Sicherheit bringen konnte und bei einem beherzten Sprung über den Gartenzaun sein Beinkleid einbüßte. »Die Krake des Bösen hielt mein Herz gefangen …«. Diese Zeile aus Joshuas Begleitbrief kam Andreas Goettle in den Sinn, doch er verwarf den Gedanken wieder.

Mandy Biselski wurde auf die beiden aufmerksam und trat an den Zaun heran.

»Na, da freut sich aber einer. So ein sonniges Kerlchen. Tag, Herr Pfarrer. Wir haben uns ja lange nicht mehr gesehen, und so wie es aussieht, haben sie ihre Entlassung aus dem Amt bereits bestens genützt.«

Die junge Frau grinste, als sie sah, dass Andreas Goettle errötete.

»Es isch net so, wie Sie denkat. Zom oina bin i ja gar net entlassa, ond zom andere isch des net mei Kend. Des hab i nur zur Pflege. Vorübergehend. Isch Ihne was passiert?«

Die junge Frau sah an sich herunter und schüttelte den Kopf.

»Nichts, was man nicht mit Seife und einem Heftpflaster wieder in den Griff kriegen kann. Aber mein Fahrrad ist im Eimer, und die Einkäufe sind futsch.«

Sie wies mit einer Hand auf den Gemüse- und Obstmatsch auf der Straße und zog eine Grimasse. »Alles nur wegen diesem motorisierten Nazi. Die glauben alle, ihnen gehöre die Straße. Was hupt der mich denn an? Ohne Grund? Und dann haut er auch noch ab, ohne mir meinen Schaden zu ersetzen.«

Andreas Goettle tat die junge Frau leid. Vermutlich hatte Joshuas Gebrüll dazu geführt, dass sie das Gleichgewicht verloren hatte. Ein Hupen hatte er jedenfalls nicht gehört.

»Wellat Se auf a Tasse Kaffee reikomma? I kann mir au ihr Rad angucka, ob i was macha ka.«

Mandy Biselski zuckte mit den Schultern. »Okay, klingt gut. Einen Kaffee könnte ich gut vertragen. Der ist hoffentlich bio?«

»Bio … logisch«, antwortete Andreas Goettle.

»Und der Junge lag wirklich in einem Wäschekorb vor Ihrer Haustür? Ich dachte, das gibt es nur in schlechten Filmen.«

Mandy Biselski sah zu Joshua, der friedlich in seinem Bettchen schlummerte. Sein Brustkorb hob und senkte sich in der Regelmäßigkeit seiner Atemzüge, hin und wieder saugte er kurz an seinem Schnuller und gab dabei ein leises Schmatzen von sich. Die junge Frau führte den Kaffeebecher mit beiden Händen zum Mund. Vorsichtig nippte sie an dem Gebräu und setzte das Gefäß mit einem wohligen Laut ab.

»Ihr Kaffee ist wirklich super. Bestimmt eine Spezialmischung.«

Renate Münzenmaier winkte ab. »So spezial isch die Mischung dann au wieder net. Es war halt no an Rest alter Kaffee im Büchsle dren und dann hab i des neue Pulver oifach oba drauf geschüttet.«

Die junge Frau sah verdutzt zu Pfarrer Goettle, der mit einer Hand abwinkte und stumm den Kopf schüttelte.

»Net so wichtig. Mir hen andere Probleme. Was soll mr mit dem Kindle macha?«, seufzte er. »Do bleiba kann der Bua net, so viel isch sicher. Wenn des rauskommt, dass mir hier a Baby hen, dann kann i mi glei beim Papst melde, um mei Exkommunizierung mit ihm zu bespreche.«

»Wäre das so schlimm?«, fragte Mandy Biselski und lächelte verschmitzt. »Nein, in so einem Fall ist doch bestimmt das Jugendamt zuständig. Die müssen sich um einen Heimplatz oder um eine Pflegefamilie für den Kleinen kümmern. Rufen Sie dort doch mal an. Die können Ihnen sicher sagen, was zu tun ist.«

»Aber wenn die Mutter zurückkommt ond des Butzele sucht, dann kommt die doch erst bei ons vorbei. Und dann isch die Enttäuschung riesagroß, wenn sie ihren Joshua hier nemme findet.«

Renate Münzenmaier trat vor die Krippe und betrachtete den schlafenden Jungen. Ihre Gesichtszüge wurden weich, ein sanftes Lächeln umspielte ihre Lippen.

Mandy Biselski verschränkte die Arme vor der Brust, was bei ihr als Zeichen der Angriffslust ausgelegt werden konnte.

»Und was ist, wenn die Mutter nicht mehr wiederkommt? Weil sie das Kind nicht mehr will. Oder weil ihr etwas zugestoßen ist? Sie können Joshua doch nicht ewig hier behalten. Er braucht Bezugspersonen, damit sich so etwas wie ein Urvertrauen entwickeln kann. Wenn es dafür nicht schon zu spät ist.«

Renate Münzenmaier drehte sich energisch um.

»Jetzt passet Sie mol uff«, schnappte sie und richtete ihren Zeigefinger gegen Mandy Biselski. »I hab drei Kender großzoga, bin scho zwoifache Großmutter, und mit a bissle Glück werd ich es erleba, Urgroßmutter zu werda. Mir muss mr nix verzähla, von wega Urvertraua. I woiß, worauf es ankommt. So a Kind braucht frische Luft, was gscheits zom Essa, a saubers Gwand ond viel Liebe. Des kriegt der Kleine sicher net em Kinderheim, wo koiner Zeit hot für ihn.«

Ein Maunzen war aus dem Bettchen zu hören, so als wollte der eben erwachte Joshua den Worten der Haushälterin zustimmen. Renate Münzenmaier drehte sich zu ihm und hob den Jungen vorsichtig heraus. »Gell, du bleibsch bei ons. Bei der Oma Münzenmaier und dem Opa Goettle. So lang, bis die Mama wiederkommt.«

»Nennat Sie mi net Opa Goettle, des verbitt i mir. I ben maximal … der Onkel Andreas. Außerdem hot Frau Biselski Recht. Der Bua braucht a richtige Familie, net zwoi alte Moschdmeggel. Morga früh ruf i des Jugendamt an.«

Renate Münzenmaier presste Joshua fest an sich.

»Der Bua kommt net ins Heim. Nur über meine Leiche.«

»Führat Sie mi net in Versuchung, Frau Münzenmaier.«

Pfarrer Goettle schlug mit der flachen Hand auf den Tisch, um seinen Beschluss zu besiegeln, stieß dabei gegen die Kaffeekanne, die umfiel und ihren Inhalt auf seinen Schoß ergoss. Der Geistliche sprang auf, verzog das Gesicht vor Schmerz und führte einen Veitstanz bis zur Spüle in der Küche auf, wo er einen Lappen erwischte, mit dem er sich säuberte.

Joshua brabbelte ein paar Laute und schlief dann mit einem zufriedenen Grinsen auf dem Arm von Oma Münzenmaier ein.

Am nächsten Morgen war Andreas Goettle schon früh auf den Beinen. Er wollte den Anruf beim Jugendamt erledigt haben, bevor seine Haushälterin eingreifen und sein Vorhaben verhindern konnte. Seitdem sie wusste, dass der Geistliche vorhatte, das Kind in staatliche Obhut zu geben, bewachte sie den Kleinen wie eine Löwin ihr Junges. Sie hatte Joshua am Abend sogar mit in ihre Kammer genommen, in der sie nur im äußersten Notfall übernachtete, und sich dort mit ihm eingeschlossen. Mit Vernunft oder Argumenten war sie nicht mehr zu erreichen gewesen. Sie sah es als ihre neue Aufgabe an, dem Bübchen die Mutter zu ersetzen. Ohne Wenn und Aber.

Goettle schlich an ihrer Kammer vorbei, drückte ein Ohr gegen das Türblatt. Drinnen war die leise Stimme von Renate Münzenmaier zu hören, ein monotoner Singsang, das von Babykrähen unterbrochen wurde.

Der Geistliche nickte zufrieden und bewegte sich so leise es nur ging in Richtung Telefon. Verdutzt machte er vor der Ladestation Halt, der ein entscheidendes Utensil, nämlich das Handteil, fehlte. Frau Münzenmaier hatte offenbar das Telefon seinem Zugriff entzogen. Mühsam unterdrückte Andreas Goettle einen Fluch. Das hatte er nun davon, dass er sich geweigert hatte, ein privates Mobiltelefon anzuschaffen, um nicht wie die anderen Techniklemminge den Tanz um das stetige Verfügbarkeitskalb mitzutanzen. In solchen wichtigen Momenten konnte ein Smartphone schicksalsentscheidend sein. Selbst sein stetig abgebrannter Freund Frieder besaß ein Mobiltelefon und schaffte es, sich das Geld für Prepaidkarten zusammenzuschnorren.

Noch mehr wurmte ihn jedoch, dass ihn seine Haushälterin ausgetrickst hatte. Allerdings hatte sie damit seinen Kampfgeist geweckt. Sein Entschluss stand fest. Für das Kind gab es auf Dauer im Pfarrhaus keinen Platz, Joshua war in einer Pflegefamilie besser aufgehoben. Es blieb Goettle also nichts anderes übrig, als dem Jugendamt höchstpersönlich einen Besuch abzustatten.

Der lange Gang im zweiten Stock des Gebäudes in der Rollinstraße 9 war menschenleer. Hin und wieder ging eine Tür auf, eine Person huschte heraus, um zwei Türen weiter wieder zu verschwinden. Andreas Goettle beobachtete die Szenerie, die ihn ein wenig an Theaterstücke im Komödienstadel erinnerte.

Er las die Zuständigkeiten, die an den Türschildern angebracht waren, blieb bei der Abteilung G bis K stehen, klopfte an und trat ein.

Eine Dame, die gerade dabei war, ihre Zimmerpflanzen zu gießen, sah ihn erstaunt an. »Ja, bitte?«

»Entschuldigung, mein Name isch Goettle. I weiß gar net, ob i hier richtig bin.«

Die Dame stellte die Gießkanne ab.

»Goettle, also mit G, ja? Dafür ist meine Kollegin Eisenmann zuständig. Sie erreichen sie dienstags von 9 bis 12 Uhr, mittwochs von 14.30 Uhr bis 17 Uhr und donnerstags von 11.15 bis 14.45 Uhr.«

»Ach so«, erwiderte Andreas Goettle. »Des isch blöd, heut isch ja Freitag.«

»Genau. Freitags arbeitet sie nie. Sie hat nur einen 25-Prozent-Vertrag, wissen Sie?«

Die Dame sah den Pfarrer abschätzend an, dann widmete sie sich wieder ihren Pflanzen, zupfte trockene Blätter ab, bohrte mit dem Finger in die Erde.

»Dann komm i also am Dienstag wieder? Wenn Frau Eisenmann wieder da isch, oder wie?«

Die Dame stöhnte, ließ sich auf den Stuhl vor ihrem PC fallen und hämmerte auf die Tastatur ein. »Auswendig kenne ich die Termine von Frau Eisenmann auch nicht. Aber lassen Sie mal sehen. Am Dienstag ist sie auf einer Schulung, am Mittwoch hat sie frei genommen, und den Donnerstag hat sie mit dem darauffolgenden Montag getauscht. Sie kommt folglich erst am Montag in einer Woche wieder.«

Nun war es Goettle, der stöhnte. »Ja, aber irgendoiner muss se doch vertreta, wenn se net do isch. I hab an ganz brisanta Fall.«

Die Dame blies entrüstet die Backen auf. »Nee, also, Vertretung, das ist echt nicht drin. Ich meine, ich habe auch nur 33 Prozent und weiß kaum, wie ich meine Arbeit machen soll. Und den Kolleginnen geht es nicht anders. Jede von uns hat mehr als 50 Überstunden, wenn wir die abfeiern, dann ist hier gar nichts mehr los. Dann stehen mal richtig die Räder still. Es ist ja nicht so, dass wir nicht gerne arbeiten, aber ständig kürzt man uns die Stunden, um Geld zu sparen, und die Arbeit nimmt zu. Und das nennen die dann Personalpolitik. So, wenn ich nichts mehr für Sie tun kann, dann mache ich jetzt Feierabend.«

Sie sah auf ihre Armbanduhr und schüttelte ungläubig den Kopf. »Ich habe schon wieder 22 Minuten länger gearbeitet, als ich müsste. An einem Freitag. Bis ich ausgestempelt habe, kommen mindestens sieben Minuten hinzu. Ich muss jetzt wirklich los.«

Sie schaltete den Computer aus, verstaute Locher, Stifte und Schreibblock in der Schublade ihres Schreibtisches, schob sich an Goettle vorbei zum Wandschrank, entnahm ihre Handtasche und wies mit einer Hand auf die Tür. »Wenn ich bitten dürfte …«

»Aber mein Fall isch wirklich dringend. Es geht um einen kleinen Bua, der seit kurzem bei mir wohnt …«, begann Andreas Goettle nochmals.

»Ah so, wir sprechen hier über eine Regenbogenfamilie? Dafür ist Frau Kienzle zuständig. Sie arbeitet aber nur montags von 7.45 bis 10.15 Uhr, mittwochs von 8.30 bis 12.30 Uhr und donnerstags von …«

Den letzten Teil des Satzes hörte Andreas Goettle nicht mehr. Kopfschüttelnd zog er die Tür hinter sich zu.

16

Im Büro von Kriminalrat Seidel herrschte unheilvolle Stille. Greta Gerber, Laura Behrmann, Polizeiobermeister Fritz und Armin Jaschke von der KTU warteten darauf, dass ihr Chef das Meeting eröffnete. Der stand seit zehn Minuten am Fenster, blickte hinaus und machte keine Anstalten, sich seinem Team zuzuwenden. Laura Behrmann sah zu Kollegin Gerber, formte mit den Lippen ein tonloses »Was hat er denn?« und erntete ein Schulterzucken.

»Es ist unbegreiflich, was aus dieser Stadt geworden ist«, sagte Seidel schließlich. »Vor ein paar Jahren galt Biberach als ein harmonischer und friedlicher Ort. Eine Kriminalitätsrate existierte so gut wie nicht, wir wurden von anderen Städten beneidet. Und plötzlich wendet sich das Blatt: Mord, Einbrüche, alte Menschen werden um ihr Geld betrogen, ein vom Körper abgetrennter Kopf wird gefunden. Das geht doch nicht mit rechten Dingen zu. Was ist passiert?«

»Des kommt älles bloß von de Medien. Im Fernseh, im Internet zeigat se Verbreche, wie mr Menscha umbringt. Dabei wär's doch schener, wenn die ons zeiga dätet, wie mr Menscha macht.«

Polizeimeister Fritz grinste und sah in die Runde. Greta Gerber verdrehte die Augen, Laura Behrmann legte einen Finger auf die Lippen. Jaschke tippte auf der Tastatur seines Smartphones herum und schien ihn gar nicht gehört zu haben

Auch Kriminalrat Seidel ging nicht auf die Bemerkung ein. Er drehte sich vom Fenster weg, ließ sich erschöpft auf seinen Schreibtischstuhl sinken und machte eine auffordernde Handbewegung in Richtung Greta Gerber. Die Hauptkommissarin wusste, dass dies das Zeichen war, mit ihrem Bericht zu beginnen.

»Von Viviana Blank und ihrem Sohn fehlt immer noch jede Spur. Wir haben die E-Mail-Kontakte in ihrem PC gecheckt, aber bislang hat sich niemand gemeldet, der sie in letzter Zeit gesehen hat. Allerdings gab einer ihrer Bekannten an, dass sie eine Schwester hier in Biberach haben soll. Er konnte uns jedoch keinen Namen nennen. Wir bleiben dran.«

Seidel stützte die Stirn mit der linken Hand ab, schloss die Augen und wedelte mit der rechten, um den nächsten Bericht einzufordern. Armin Jaschke meldete sich zu Wort.

»Wir haben im Badezimmer der Blanks die Verpackung eines FSH-Präparates gefunden. Das legt den Verdacht nahe, dass eine In-vitro-Fertilisation stattgefunden hat. Das machen hier in der Gegend nicht allzu viele Praxen.«

»Gibt's des au in Deutsch?«, unterbrach POM Fritz grimmig.

»Das follikelstimulierende Hormonpräparat, kurz FSH, wird bei Paaren eingesetzt, die einen Kinderwunsch haben, ihn aber nicht auf normalem Wege erfüllen können. Die Frau nimmt das Präparat, das die Eierstöcke anregt, Follikel, also Eibläschen zu produzieren, die dann in einem Reagenzglas, in vitro, mit dem Sperma des Mannes befruchtet werden.«

»Wieso sagsch denn des net glei«, murmelte Fritz.

Jaschke ignorierte den Einwurf seines Kollegen. »In ihrem digitalen Kalender auf dem Rechner wurden Termine bei einem

Dr. W. eingetragen. Es gibt einen Frauenarzt in Biberach, der Wallner heißt und auf In-vitro-Fertilisation spezialisiert ist. Telefonisch war aus den Sprechstundenhilfen nichts herauszukriegen. Datenschutz und so. Aber vielleicht fährt einer von euch da hin und fragt nochmals nach. Wer weiß, vielleicht bringt uns das ein Stückchen weiter.«

Jaschke übergab Greta Gerber einen Notizzettel mit der Anschrift der Praxis.

»Und ich habe noch was gefunden. Es gab einen Schriftwechsel mit einer Agentur namens ›Bussenkindle‹. Die vermitteln Touren zum Bussen für Paare mit Kinderwunsch. In der Kirche oben auf dem heiligen Berg wird um den Kindersegen gebeten. Anschließend geht es zum romantischen Candle-Light-Dinner in ein Nobelrestaurant und dann ab ins Hotel. Auf der Internetseite der Agentur steht, dass die Chance, nach dieser Tour ein Kind zu bekommen, richtig hoch ist.«

»Ja, ja, der Glaube versetzt Berge«, sagte Greta Gerber. »Aber ob er auch Kinder zeugt?«

»Des fendat mir raus. I fahr do mol vorbei«, erwiderte POM Fritz.

»Ich komme mit«, warf Laura Behrmann ein. Sie errötete, als sich alle Augenpaare auf sie richteten.

»Keine Sorge. Reine Neugier. Außerdem bedarf es wohl eines Partners, um einen Kinderwunsch zu erfüllen. So ganz ohne kann die Agentur wohl nichts ausrichten.«

»Des hot der Josef au denkt. Und plötzlich isch sei Maria schwanger gwesa«, warf POM Fritz ein.

Laura Behrmann grinste. »Na gut, ich mache es durch eine Sternschnuppe bekannt, sollte mir dies widerfahren. Versprochen.«

17

Die Installation des TOR-Browsers auf seinem Laptop hatte sich einfacher gestaltet, als Rafael gedacht hatte. Allerdings war er damit nur einem kleinen Schritt bei der Lösung seiner Probleme vorangekommen. Zwar hatte er relativ schnell herausgefunden, dass er sich mittels einer Suchmaschine mit dem Namen Grams, die ähnlich wie Google arbeitete, zu den potentiellen Anbietern von Waffen, falschen Ausweisen und Auftragsschlägern leiten lassen konnte, doch spätestens dann kam er an seine Grenzen. Die Bezahlung sollte in Bitcoins erfolgen. Der Begriff war ihm als Angestellter einer Bank nicht fremd, doch wie sollte er diese Kryptowährung beschaffen? Er konnte ja schlecht zu einem Bankschalter gehen und Euro gegen Bitcoins tauschen. Nach eingehender Recherche war es ihm schließlich gelungen, ein Bankinstitut in München ausfindig zu machen, das den Erwerb der Kryptowährung anbot.

Nun fehlte ihm nur noch Geld, um die Deals zu tätigen.

Das hatte die virtuelle mit der realen Welt gemein: Ohne Moos war auch im Darknet nix los. Auf Roxanes oder Vivianas Mithilfe konnte er in diesem Punkt nicht bauen. Viviana war nur noch ein Nervenbündel, das sich in eine Art Schockstarre geflüchtet hatte. Sie saß in ihrem Zimmer und starrte entweder mit leerem Blick vor sich hin oder tippte Botschaften in das Smartphone, das Rafael ihr besorgt hatte. Nachts schlich sie im Haus herum, murmelte unverständliche Dinge, sprach mit ihren Geistern.

Rafael hatte sie auch schon ertappt, als sie in den frühen Morgenstunden von einer nächtlichen Tour nach Hause kam. Sie hatte kein Wort darüber verloren, wo sie gewesen war. Sie war an ihm vorbeigeschwebt wie eine Untote.

Roxane war fahrig und nervös, wie er sie noch nie erlebt hatte. Sie lief kreuz und quer durch die Wohnung, packte Kleidung, Schuhe und Necessaire in Koffer, hob sie wieder heraus und verteilte sie in der ganzen Wohnung. Sie hatte sogar wieder angefangen zu rauchen.

»Na und? Das geht dich ja wohl nichts an«, keifte sie, als er sie darauf angesprochen hatte. »Kümmer dich lieber um den Pass und die Knarre.«

Rafael war auf sich allein gestellt, und mehr als einmal hatte er daran gedacht, einfach abzuhauen und die Schwestern mit ihren Problemen allein zu lassen. Was ging ihn das alles an? Er hatte seine eigenen Probleme, die er nicht lösen konnte. Wozu lud er sich zusätzlich Schwierigkeiten auf, für die er nicht verantwortlich war?

Doch dann gab es wieder die Zuversicht. Er sah sich im Spiegel und wusste, dass er keiner war, der vor Problemen davonlief. Er war keiner von diesen Losern, die den Schwanz einzogen, wenn es schwierig wurde. Er wusste, wo er eine Waffe bekommen konnte, und er würde sie bekommen. Was ihm fehlte, waren Kohle und eine Idee, wohin er die Waffe liefern lassen könnte. Niemand war so dämlich und gab seine echte Anschrift an. Vielleicht war es am besten, eine Wohnung zu mieten, nur für kurze Zeit, um den Briefkasten für Transaktionen dieser Art zu benutzen. Doch wovon sollte er die Miete bezahlen?

Rafael klappte seinen Laptop zu und schlug mit der flachen Hand auf den Deckel. Warum war nur alles so kompliziert? Sein Blick blieb an seiner Armbanduhr hängen. Ein Chronograph von Tag Heuer. Carrera Calibre 16. 3500 Euro hatte ihn das gute Stück gekostet. Er hatte sich schon in der Auslage eines Juweliers in Ravensburg in diese Uhr verliebt. Sie verlieh ihrem Träger eine Ausstrahlung von Willen, Stärke und Entschlusskraft. Wer eine solche Uhr trug, war ein Gewinner. So wie er.

Rafael löste den Verschluss, strich sanft über das Gehäuse und legte den Zeitmesser vor sich auf den Tisch. Wehmütig betrachtete er das elegante Stück, das in diesem Moment Licht einzufangen schien, um noch mehr zu glänzen, um ihm die Entscheidung noch schwerer zu machen.

›Es ist ja nur eine Trennung auf Zeit‹, sagte er zu sich selbst, spürte jedoch, wie falsch sich dieser Satz anfühlte. Überhaupt war es fraglich, ob er genug Geld bekam, wenn er die Uhr belieh.

Er klappte den Laptop auf und gab den Begriff »Pfandhaus Biberach« in die Leiste der Suchmaschine ein. Kein Eintrag. Stattdessen erschien die Seite des Kfz-Pfandhauses Süd. Rafael schluckte trocken. Das Schicksal schien seine Frage beantwortet zu haben, es gab keinen anderen Weg. Er würde sich nicht von der Uhr, sondern von seinem Auto trennen müssen. Unbändiger Zorn stieg in ihm auf, katapultierte ihn in die Senkrechte. Der Stuhl ging polternd zu Boden, Rafael versetzte ihm einen Tritt und brüllte seinen gesamten Frust heraus. Was hatte er nicht alles getan, um dieses Auto zu besitzen? Er hatte viel investiert, um es in ein Schmuckstück zu verwandeln. Geld, das er sich von dem schönen Elias geliehen und sich damit in seine Abhängigkeit gebracht hatte.

Sein Schrei lockte Roxane herbei, die auf der Schwelle zu seinem Zimmer stehen blieb und ihn mit vor Schreck geöffnetem Mund ansah.

»Rafi? Ist alles okay bei dir?«

»Nein«, brüllte er. »Gar nichts ist okay. Wirklich gar nichts.«

Energisch schritt er zum Schrank, riss die Türen auf und durchwühlte den Ordner mit wichtigen Papieren, bis er den Kfz-Brief gefunden hatte. Er eilte an Roxane vorbei, ohne sie eines Blickes zu würdigen, hinaus in die Garage, wo sein Triumph darauf wartete, sich in eine Waffe zu verwandeln.

Rafael schwang sich auf den Fahrersitz, legte seinen Kopf gegen das Holzlenkrad. Was er vorhatte, fühlte sich an, als ließe er sich amputieren, als würde ihm ein lebenswichtiges Organ entnommen.

»Das werdet ihr mir büßen«, knurrte er.

18

»Guten Tag, mein Name ist Greta Gerber. Ich hätte gern mit Doktor Wallner gesprochen.«

Die junge Frau am Empfangstresen beäugte die Hauptkommissarin kritisch.

»Haben Sie einen Termin?«

»Ich brauche keinen.«

Greta zog ihren Dienstausweis und hielt ihn der Fachkraft hin. Die zog die Augen zusammen, prüfte das Dokument, blätterte in ihrem Kalender und schüttelte den Kopf.

»Das ist leider unmöglich. Der Herr Doktor hat heute überhaupt keine Zeit. Unser Wartezimmer ist voll, zudem haben wir unseren Zeugungsnachmittag, wenn Sie verstehen, was ich meine.«

Die junge Dame errötete leicht.

»Zeugungsnachmittag?«

Ein orgiastischer Schrei ertönte aus einem Nebenraum. Kurz danach kam ein Mann aus einer Kabine und stellte ein Töpfchen mit einer milchigen Flüssigkeit auf den Tresen.

»Sie sollten die Spende doch in der Kabine lassen«, herrschte ihn die Sprechstundenhilfe an und wies mit angewidertem Blick auf das Behältnis.

»Aber et, dass des oiner vertauscht und am End an Chines rauskommt. Oder no schlemmer: an Memminger«, erwiderte der Mann und nahm den Plastikbecher wieder mit.

»Zumindest hat sich hiermit meine Frage geklärt, was ein Zeugungsnachmittag ist«, sagte Greta Gerber, konnte sich jedoch ein Grinsen nicht verkneifen.

Sie senkte die Stimme und beugte sich verschwörerisch in Richtung Arzthelferin: »Hören Sie. Ich muss Doktor Wallner sprechen. Ich ermittle in einem Mordfall. Und die Frau des Toten war mutmaßlich Patientin bei Ihnen. Nun ist sie verschwunden, und Sie könnten uns dabei helfen, sie und ihr Kind zu finden.«

Die junge Frau dachte einen Moment nach, dann stand sie auf, schloss die Tür zum Wartezimmer und gab Greta Gerber ein Zeichen, ihr zu folgen.

»Sind Sie ganz sicher, dass wir von der gleichen Frau sprechen? Viviana Blank soll schwanger gewesen sein und hat entbunden? Das ist nahezu unmöglich.«

Doktor Wallner sah die Kommissarin über den Rand seiner Lesebrille an, prüfte nochmals die Eintragungen auf seinem Bildschirm und schüttelte vehement den Kopf.

»Nein, das kann wirklich nicht sein. Bei ihr lag ein ziemlich extremer Fall von einer immunologischen Sterilität vor. Das heißt, dass ihr Immunsystem Antikörper gegen die eigenen Eizellen produziert hat. Diese Antikörper haben sich praktisch an die Eizellen angehängt, die somit nicht mehr befruchtet werden konnten. Zudem war die Spermaqualität von Herrn Blank ziemlich miserabel. Wir haben zwar zwei Versuche einer In-vitro-Fertilisation durchgeführt, aber da war gar nichts zu machen.«

Greta Gerber runzelte die Stirn. »Aber ihre Vermieterin hat ausgesagt, dass Frau Blank schwanger war, als sie in die Hölderlinstraße einzog. Und kurz danach hat sie entbunden.«

Doktor Wallner lehnte sich zurück und lächelte mild.

»Dann haben wir es hier mit einem medizinischen Wunder zu tun. Und für Wunder bin ich leider nicht zuständig. Ich bin, im übertragenen Sinne, nur ein Handwerker. Oder besser, so eine Art Biologe, der in einem Reagenzglas zusammenführt, was zusammengehört. Das Problem ist, dass nicht jede dieser Verbindungen zu einem positiven Ergebnis führt. Es gibt zu viele Faktoren, die stimmen müssen. Wenn Sie mich nun bitte entschuldigen würden, wir haben heute …«

»Zeugungsnachmittag, ich weiß«, ergänzte Greta Gerber und erhob sich. »Vielen Dank, dass Sie sich die Zeit genommen haben, auch wenn ich mir etwas anderes erhofft hatte.«

Doktor Wallner drückte ihre Hand.

»Vielleicht kann ich Ihnen ja schon bald anderweitig helfen? Ich meine, womöglich reift in Ihnen ja auch der Kinderwunsch heran. Wenn dies so ist, dann sollten Sie schon bald mit der Umsetzung beginnen. Die Möglichkeit, Kinder auf natürlichem Weg zu bekommen, sinkt bei der Frau ab 30 Jahren. Mit 40 Jahren liegt sie bei 44 Prozent. Also, worauf warten?«

Greta Gerber knirschte einen Gruß zwischen ihren Zähnen hindurch und verließ die Praxis. Was fiel diesem Arzt ein? Dachte er, sie hätte diese Überlegung nicht schon selbst gehabt? Natürlich wusste sie, dass ihre biologische Uhr tickte, und auch wenn sie sich schwer vorstellen konnte, Mutter zu sein, keimte doch hin und wieder der Gedanke an ein Kind, eine Familie, an ein anderes Leben auf. Und immer wieder war es ihr gelungen, diese Optionen auszublenden, fehlte doch der richtige Partner für ein solches Vorhaben. Es musste ihr niemand erklären, dass der Sand in ihrer Lebensuhr unaufhörlich rieselte, schon gar kein Gynäkologe, der Zeugungsnachmittage veranstaltete.

Es überkam sie das dringende Bedürfnis, Darius anzurufen. Sie hatten sich schon viel zu lange nicht mehr gesehen. Sie rief seine Nummer auf, hielt sich das Smartphone ans Ohr und wartete darauf, dass er abhob.

Auf der gegenüberliegenden Fahrbahn der Straße sah sie einen jungen Mann, der wild gestikulierend auf einen anderen einredete und ihn gegen die Brust stieß. Ein Streifenpolizist drängte sich zwischen die Streithähne und trennte sie voneinander. Erst jetzt bemerkte Greta, dass es offenbar einen Unfall gegeben hatte. Ein Sportwagen – wenn Greta sich nicht täuschte, handelte es sich um einen Triumph Spitfire – war auf einen Lieferwagen aufgefahren und sah ziemlich ramponiert aus. Schade um das schöne Auto, dachte Greta.

Und irgendwie hatte sie den Aufgebrachten schon mal gesehen, sie konnte sich nur nicht erinnern, wo. Hübscher Kerl, dachte sie bei sich. Dann endlich meldete sich Darius und lenkte Greta von Dr. Wallners Worten und dem Autounfall ab.

19

»Herrgott, isch des heut wieder hoiß. I komm mir vor wie an odichter Oimer. So druckts mir des Wasser aus de Pora.«

Polizeiobermeister Fritz lüftete seine Mütze und wischte sich mit dem Handrücken den Schweiß von der Stirn. Sein Gesicht war stark gerötet, eine Ader an der Schläfe trat deutlich sichtbar hervor.

Kommissarin Behrmann zog eine Wasserflasche aus ihrer Tasche auf dem Rücksitz und reichte sie ihrem Kollegen. »Hier, trinken Sie erst mal einen Schluck. Und dann ziehen Sie doch endlich ihre Jacke aus, bevor sie noch einen Hitzschlag bekommen. Die Kleiderordnung einzuhalten, ist ja gut und schön, aber man kann es auch übertreiben.«

POM Fritz trank hastig, wischte sich mit dem Handrücken über den Mund und schälte sich dann aus seiner Uniformjacke. Die junge Kommissarin hatte gut reden. Sie war mit einer leichten Sommerhose und einer dünnen Bluse bekleidet, da sie sich nicht an die strengen Vorschriften halten musste. Aber natürlich hatte sie Recht. In diesem Sommer musste man Fünfe gerade sein lassen.

»Hier ist es, Kolpingstraße 33«, sagte Laura Behrmann und wies auf ein ziemlich heruntergekommenes Gebäude. Die Fassade war von tiefen Rissen zerfurcht, die grünen Fensterläden hatten dringend einen neuen Anstrich nötig, und die Nähe zur vielbefahrenen Straße hatte die Fenster mit einer dunklen Rußschicht bedeckt.

»Die Top-Geschäftslage ist das aber nicht«, wunderte sich die Kommissarin.

»Des wird denne Paare, die auf dr Busse wellat, Wurscht sei. Und die Kender werdet ja au net in der Agentur gmacht.«

»Was Sie nicht alles wissen«, erwiderte Laura Behrmann und steuerte auf die Eingangstür zu. Sie las die Schilder und betätigte den Klingelknopf der Agentur. Der Türsummer ertönte, und nur wenig später standen die Polizisten einem stämmigen Mann Mitte fünfzig gegenüber. Die ungekämmten Haare, sein verknitterter Anzug und die ungeputzten Schuhe verliehen ihm eine gewisse Schmuddeligkeit, die zum Gebäude und erst recht zu seinem Büro passte. Der Teppichboden wies an manchen Stellen dunkle Flecken auf, die Einrichtung keuchte ihren 70er-Jahre-Charme in den Raum. Aktenordner lagen aufgeblättert in einem Regal, vergilbte Zeitungsartikel und Fotos von strahlenden Paaren mit ihren neugeborenen Kindern zierten die Wände.

Mit weit ausgestreckten Armen bewegte sich Konrad Erzberger, der sich als Inhaber der Agentur vorstellte, auf Laura Behrmann zu, die förmlich die Hand hinstreckte, um einer etwaigen Umarmung zu entgehen.

Erzberger ergriff sie. Sein Händedruck war weich und feucht, und Laura fühlte sich an den Moment erinnert, als sie zum ersten Mal im Meer eine Qualle berührt hatte. Schnell schüttelte sie ihn ab.

»Willkommen, willkommen. Ach ich freu mich. Der Vater und seine Tochter treten gemeinsam an, um für den Kindersegen zu bitten.«

»Hier liegt offensichtlich an Irrtum vor«, unterbrach POM Fritz die Säuselei seines Gegenübers. »Also, mir sen net Vater und Tochter.«

Erzberger zuckte zurück. »Nicht? Ich dachte nur wegen des Altersunterschieds. Aber klar: Wo die Liebe hinfällt, gell? Und mit so einer attraktiven, charmanten jungen Dame an seiner Seite, da fühlt man sich als Mann gleich zwanzig Jahre jünger. Ich weiß Bescheid.«

Mit einem verkniffenen Lächeln zwängte er sich hinter seinen Schreibtisch und bot den Polizisten einen Platz an. »Was kann ich denn für euch Turteltäubchen tun?«

»Zunächst könnten Sie aufhören, uns Turteltäubchen zu nennen. Wir sind weder ein Paar noch privat hier. Sondern weil wir ein paar Fragen an Sie haben«, konterte Laura und hielt dem Agenturbetreiber ihren Dienstausweis hin. Die aufgesetzt freundliche Miene von Konrad Erzberger fiel in sich zusammen, auf seiner Stirn bildete sich eine tiefe Furche, er keuchte.

»Polizei? Ist etwas passiert?«

»Die Froga stellat mir«, sagte Polizeiobermeister Fritz unwirsch und fing sich von seiner Kollegin einen strafenden Blick ein. »Tschuldigung. Aber den Satz wollt i schon lang mol saga.«

Laura Behrmann klärte Konrad Erzberger über den Grund des Besuchs auf.

»Viviana und Alvin Blank, sagen Sie? Da muss ich mal nachsehen.«

Er erhob sich ächzend und schlurfte zu dem Regal mit den Aktenordnern, zog einen hervor und blätterte sich durch den Inhalt.

»Hier«, rief er aus. »Ja, die beiden waren da. Allerdings ist das schon über ein Jahr her. Sie haben die Luxus-Exklusiv-Tour gebucht. Nach dem Besuch der Kapelle auf dem Heiligen Berg ging es in den Gasthof Schönblick zu einem Liebesdinner, und dann verbrachten sie ein Wellness-Wochenende im Parkhotel Jordanbad. Ich meine, wenn das nicht anregend ist, dann weiß ich auch nicht. Bei so viel Luxus tanzen die Hormone doch Kasatschok.«

Erzberger kiekste vergnügt, klappte den Ordner zu, stellte ihn ins Regal zurück und schlurfte zum Schreibtisch.

»Ond des soll funktioniera?«, hakte POM Fritz nach. »Des hört sich für mi noch einer Mogelpackung a.«

Erzberger faltete die Hände vor seinem Bauch und setzte ein selbstgefälliges Grinsen auf.

»Der Erfolg gibt uns Recht. Mehr als sechzig Prozent aller Paare, die unsere Touren buchten, wurden bald darauf Eltern. Die Zweisamkeit, völlig losgelöst vom Alltagsdruck, anregende Speisen und Getränke, die Entspannung und letztlich der Segen vom Bussen bewirken wahre Wunder. Sehen Sie nur die ganzen Bilder von glücklichen Familien an den Wänden? Das ist das Resultat unserer Arbeit. Ist das nicht herrlich?«

»Aber eine Garantie gibt es bei Ihnen offensichtlich nicht«, unterbrach Laura Behrmann. »Immerhin bleiben fast vierzig Prozent Ihrer Kunden kinderlos, wenn ich Ihre Quote richtig interpretiere.«

Das Grinsen im Gesicht des Agenturbetreibers flackerte, schien erlöschen zu wollen. »Wer kann in einer solch heiklen Frage wie der des Kinderwunsches schon eine Garantie geben?

Ich bin nicht der liebe Gott, junge Frau. Ich verkaufe den Menschen die Hoffnung und verschaffe ihnen eine gute Zeit. Wenn es sein muss, kann ich auch anregende Mittel besorgen. Wenn es mit der Mechanik nicht mehr so klappt. Der Herr Wachtmeister wird wissen, was ich meine.«

Erzberger lachte, als er das verdutzte Gesicht des Polizeiobermeisters sah.

»Kleine blaue Pillen für den Mann, rosa Pillen für die Frau. Aber Liebe machen müssen die Paare schon selbst. Ich kann mich ja nicht um alles kümmern. Auch wenn das hin und wieder eine durchaus reizvolle Aufgabe wäre.«

Er krähte sein Vergnügen in den Raum.

»Lustig«, erwiderte Laura Behrmann kühl. »Wissen Sie, ob es bei Viviana und Alvin Blank funktioniert hat? Ich sehe gar kein Bild von den beiden an der Wand.«

Laura Behrmanns nüchterner Ton ließ den Agenturbetreiber verstummen.

Erzbergers Blick streifte die Fotografien, er zuckte mit den Schultern.

»Ich nehme an, dass es geklappt hat. Sie sind nicht wieder hergekommen. Das erleben wir oft. Wir sind oft die letzte Instanz von Verzweifelten. In dem Moment, in dem sie unsere Schwelle übertreten, glauben sie an alle Versprechen. Wenn's dann jedoch mit dem Kind klappt, dann werden doch eher die konservativen Gründe genannt, die dazu geführt haben. Um nicht abergläubisch zu wirken. Da vergisst man schnell diejenigen, die in der Not zur Seite gestanden haben«, sagte er.

»Sie wissen es also nicht.«

Erzberger erhob sich ächzend und zwängte sich hinter seinem Schreibtisch vor. »Wie ich schon gesagt habe. Ich bin nicht der liebe Gott, kann also nicht alles wissen. Aber warum fragen Sie? Ist den beiden etwas zugestoßen?«

Laura Behrmann zögerte einen Moment mit ihrer Antwort und sah Polizeiobermeister Fritz fragend an. Der zuckte mit den Schultern.

»Herr Blank ist tot, seine Frau und ihr Baby sind spurlos verschwunden.«

Erzbergers aufgeblasene Haltung fiel in sich zusammen. Er schien zu schrumpfen. Mit dem Zeigefinger und Daumen der rechten Hand drehte er nervös an seinem Ehering.

»Das ist ja furchtbar«, brachte er schließlich hervor. »Wie ist Herr Blank denn ums Leben gekommen? Unfall?«

»Noi, mr hot ihm den Meggl … also den Kopf abgschnitta. Lesat Sie koi Zeitung?«, erwiderte POM Fritz.

Erzberger erbleichte. »Nein, also ja, sonst immer. Aber ich war auf Geschäftsreise. Bei einer Urlaubsmesse in Tschechien. Ich versuche, mein Angebot auszuweiten. Liebesreisen nach Prag. Wenn der Segen vom Bussen versagt.«

Er versuchte zu lächeln, scheiterte jedoch kläglich.

»Der arme Herr Blank. Und seine Frau erst. Jetzt steht sie ganz allein mit dem Kind da. Eine Katastrophe ist das.«

Erzberger verstummte, als er sah, dass POM Fritz sein Notizbuch und einen Bleistift zückte und etwas hineinkritzelte.

»Ich weiß aber wirklich nicht, wie ich Ihnen da weiterhelfen kann. Ich kannte die beiden ja kaum. Wie gesagt, sie haben die Tour gebucht, ich habe alles organisiert und im Anschluss telefonisch nachgefragt, ob alles in Ordnung war.«

Der Polizeiobermeister sah von seinen Notizen auf.

»Ond war älles in Ordnung?«

»Mit ist nichts Gegenteiliges bekannt. Ich habe alles getan, was in meiner Macht stand. Wie gesagt, den Rest müssen die Paare schon selbst …«

Fritz trennte das Blatt aus dem Buch und hielt es Erzberger hin.

»Ja, scho recht. Vielleicht fällt Ihne no was ei, was uns weiterhilft.«

Der Agenturinhaber nickte und starrte auf die Telefonnummer in seinen Händen. »Ja, natürlich. Und wenn Sie mal anderweitig meine Unterstützung brauchen, dann schauen Sie einfach wieder vorbei, gell?«

Erzberger pumpte sich zur alten Blasiertheit auf. Er lächelte süffisant, ergriff Laura Behrmanns Hand, tätschelte sie mit der anderen.

›Fehlt nur noch, dass er mich in die Wange kneift‹, dachte Laura, bevor sie sich befreite und mit einem knappen Gruß davoneilte.

»I woiß net warum, aber der hot mir gar net gfalla. Bei dem würd i nix bucha«, sagte POM Fritz, als sie beim Auto angekommen waren. Er warf einen Blick zum Gebäude und sah, wie sich die Gardinen am Fenster von Erzbergers Büro bewegten.

»Ja, vor allem nichts, was mit einer intimen Angelegenheit wie Kinderwunsch zu tun hat. Oder irgendeiner anderen intimen Angelegenheit«, ergänzte Kommissarin Behrmann und schüttelte sich.

»Vor allem hot der gar net richtig reagiert, als er erfahre hot, dass die Blanks a Kind kriegt hen. I moin, des het der doch als Erfolg verbucha könna.«

»Das verstehe ich nicht.«

»Des isch doch oifach. Die Blanks waren vor zirka einem Jahr bei dem Erzberger, um sich auf der Tour den Bussa-Segen zu hola. Und offensichtlich hot des ja au klappt, Frau Blank wird schwanger, kriegt a Kend. An seiner Stell würd i damit Werbung macha. Sein Lade könnt's braucha. Sieht net so aus, als würd er von der Kundschaft überrannt.«

»Da könnten Sie recht haben. Aber vielleicht macht er seine Geschäfte über das Internet.«

»Frogt sich bloß, mit was«, erwiderte POM Fritz.

»Ach Sie alter Schwarzseher. Sie sind doch nur sauer auf ihn, weil er Sie für meinen Vater gehalten hat.«

Laura Behrmann zog den Autoschlüssel aus der Hosentasche und steckte ihn ins Schloss. Das vertraute Geräusch der Entriegelung des Wagens blieb aus. Die Kommissarin erbleichte.

»Oh nein, ich habe vergessen, das Auto abzuschließen.«

Hektisch sah sie sich im Fahrzeuginneren um. Funkgerät, Blaulichtaufsatz, Handkelle – alles schien noch vorhanden zu sein. Mit einem Seufzer der Erleichterung ließ sie sich auf den Fahrersitz fallen.

Ihr Beifahrer sah sie missmutig an.

»Ja, ich habe einen Fehler gemacht. Sollte nicht, aber kann passieren«, sagte Laura Behrmann kleinlaut. »Wir müssen daraus keinen Staatsakt machen.«

»S könnt aber einer werda«, brummte POM Fritz. »Mei Jacke isch verschwunda.«

20

»Hilfe!«

Andreas Goettle schreckte hoch und sah sich schlaftrunken um. Er saß in seinem ledernen Lesesessel im Wohnzimmer, die unangerührte Morgenzeitung auf dem Schoß, die Lesebrille auf der Nase. Er musste eingenickt sein, was weniger am Unterhaltungswert der Lektüre lag als an Joshuas nächtlichen Brüllattacken, die ihn am Schlafen gehindert hatten. Der Junge hatte alle seine Möglichkeiten ausgeschöpft, um sich Gesellschaft zu erzwingen: Volle Windel, Hunger, Durst, volle Windel, Bauchgrimmen, volle Windel …

»Es brennt!«

Mit einem Satz war der Geistliche auf den Beinen und eilte in Richtung Küche, aus der Renate Münzenmaiers Ruf gekommen war. Bereits im Flur reizte Rauch seine Augen, er presste den Ärmel seines Hemds vor die Nase und stieß die Tür auf. Seine Haushälterin versuchte unter Zuhilfenahme eines Topfes die brennenden Gardinen zu löschen, doch die Wassermenge war zu gering, um die lodernden Flammen einzudämmen.

Andreas Goettle zögerte nicht lange, riss die Stofffetzen mitsamt der Aufhängung von der Decke, öffnete das Fenster und beförderte das gesamte Brenngut in den Garten. Zischend schieden die Flammen auf dem nassen Rasen aus dem Leben, zurück blieben die verkohlten Reste der Gardinen.

»Herr Pfarrer, Ihr Kittel brennt«, kreischte seine Haushälterin und duschte ihn mit einer Ladung Wasser. Prustend und pustend wischte sich der Begossene über die Augen, besah seine mit Brandblasen übersäten Handflächen. Erst dann überkam ihn der Schmerz, der ihn in die Knie zwang.

Renate Münzenmaier umfasste seine Schultern, rüttelte ihn, als wollte sie einen Zustandsbericht aus ihm herausschütteln, dann sah sie seine Hände, eilte ins Badezimmer und kehrte mit Brandsalbe und Verbandszeug zurück.

»Des derf doch net wohr sei. I wollt mir des bloß a bissle gmiatlich macha ond hab a Kerze anzündet. Die muss wohl omghagelt sei.«

Vorsichtig verteilte sie die Salbe auf den Handflächen des Pfarrers, der bei jeder Berührung zusammenzuckte.

»Ond wo isch der Jong?«, fragte er.

Joshuas fröhlicher Singsang ertönte aus dem Nebenzimmer. Renate Münzenmaier hielt inne und sah Pfarrer Goettle an.

»Der Kloine wird mir so langsam oheimlich«, wisperte sie. »Du kannsch ihn füttera, wickla, Liedla senga, Gschichtla verzähla – da brüllt er wie am Spieß. Aber wenn sich die Katz im Gartenzaun verfängt, wenn mr sich schneidet oder ebbes rahagelt, dann isch er gut druff. Es isch fast so, als würde er sich freua, wenn andere was Schlimmes passiert. Vielleicht isch er von einem Dämonen besessa. Solche Fälle soll's scho geba han«, murmelte Renate Münzenmaier und drückte gedankenverloren Andreas Goettles Hand.

Der schrie auf. Erschrocken lockerte die Haushälterin ihren Griff und beeilte sich, den Verband anzubringen.

»Ond Sie sen wohl von älle gute Goister verlassa?«, maulte der Geistliche. »Der Bua isch halt verstört. Mutter weg, Vater weg, und jetzt lebt er bei zwei alte Bachel, die net so richtig wissat, was se mit dem Kindle anfanga sollat.«

Frau Münzenmaier schüttelte den Kopf. »So langsam glaub i an koine Zufälle meh. Als i mi neulich im Garta mit der Frau Eisele vom Nebahaus onderhalde han, hot ihr mitta im Gespräch ein Vogel derartig aufs Gwand gschissa, dass mir ganz schlecht worda isch. Und der Kloine hot sich halba heglacht. Und wie der sich gfreut hot, als mir meine Lensa obrennt sen …«

»Ja, soll i jetzt wega am Vogelschiss und obrennte Lensa an Exorzismus durchführa? Des isch mir zu anstrengend. Da musch fei als Priester schaffa auf Teufel komm raus.«

Mit stillem Grauen dachte er an die Zeit, als er als Entwicklungshelfer in Afrika gearbeitet hatte. Nicht nur einmal musste er beobachten, wie versucht wurde, aus vermeintlich von Dämonen Befallenen den bösen Geist auszutreiben. In den meisten Fällen handelte es sich um kranke Menschen, die sich, vom Schmerz getrieben, ungewöhnlich verhielten oder die durch Medikamentengabe jenseits von Gut und Böse gewesen waren. Damals hatte er sich geschworen, diesen Irrsinn der Teufelsaustreibung niemals anzuwenden. Auch wenn es bei einigen Damen und Herren des öffentlichen Lebens sowie in den Vorständen von Wirtschaftsunternehmen durchaus angebracht gewesen wäre.

Frau Münzenmaier drückte erneut seine Hand, dieses Mal in voller Absicht. Goettle zuckte zusammen und entließ einen zischenden Laut

»Ihna werdet die Späßla scho no verganga. Spätestens wenn no was Schlimmeres passiert. Auf jeden Fall goht des net so weiter.«

»Sie hen doch wella, dass der Bua bleibt.«

»Ja, scho. Aber langsam wird mir des zuviel. I ben ja au nemme die Jüngste. Vielleicht könnt mr a kleine Pause vereinbara.«

Goettle blickte seine Haushälterin lange an. Der wenige Schlaf hatte Spuren in ihrem Gesicht hinterlassen, der sonst so rosige Teint war einer aschfahlen Grundierung gewichen, und um die Augenringe hätte sie der Schockrocker Alice Cooper beneidet. Wenn sie schon von sich aus einräumte, dass es so nicht weitergehen konnte, musste der Geistliche handeln.

»I ruf beim Jugendamt an. Die müssat sich jetzt was eifalla lassa. Dafür werdet die schließlich zahlt.«

»Ja, Sie könnet denen ja sage, dass es nur für eine Weile sei muass. I kann mi schließlich net alloi um zwei hilflose Wesa kümmra.«

»Wieso zwoi?«

Renate Münzenmaier deutete auf seine verbundenen Hände und seufzte.

»Ach so, ja, des isch jetzt saubled«, erwiderte Goettle grimmig.

»I seh scho: Die nächste Zeit wird et oifacher.«

Renate Münzenmaier erhob sich ächzend und ging in den Flur, um das Telefon zu holen.

»Hallo, mein Name isch Andreas Goettle, ich hätte gern die Frau Eisenmann gesprocha. Es isch sehr wichtig.«

»Wie war der Name nochmals?«

»Goettle, Andreas.«

»Mit weichem G oder mit hartem K?«

Der Geistliche schnaubte. Da hatte er offenbar nicht die hellste Leuchte in den Amtsstuben erwischt.

»I hoiß Goettle ond net Koettle.«

Die Stimme am anderen Ende der Leitung wurde undeutlich.

»Ja, die roten Akten sind für 47-11, die grünen für 678-678. Die braunen Taschen bringen Sie bitte nach 3216-8 und das Paket nach 08-15. Aber ich habe für alles einen 17K 536 ausgefüllt. Einen Adressaufkleber, richtig … So, Entschuldigung, der Bürobote hat gerade die Post abgeholt. Wo waren wir stehengeblieben?«

»Weit sen mir no net komma. Bei meinem Noma sen mir unterbrochen worda. Goettle mit G. Und weil Frau Eisenmann zuständig isch für G, will i die jetzt sprecha.«

»Nein, Frau Eisenmann ist für den Buchstaben G nicht mehr zuständig. Wir haben umstrukturiert. Frau Eisenmann hat den Bereich U bis Z übernommen. Damit konnte sie ihre Arbeitszeit aufstocken. Von 25 auf sage und schreibe 33 Prozent. Unter uns: In ihrem Alter ist das ja nicht mehr so leicht …«

»Und wer isch jetzt für den Buchstaben G zuständig?«

Andreas Goettles Stimme bebte, lange konnte er seinen aufsteigenden Unmut nicht mehr unterdrücken. Er hörte ein Rascheln, als ob Unterlagen gewälzt würden.

»Lassen Sie mich mal sehen. Den Buchstaben G bearbeitet nun Frau Hansen.«

»Wäre es möglich, Frau Hansen zu sprecha?«

»Nein, sie arbeitet doch nur montags, 13.30 bis 16.15 Uhr, dienstags 8.35 bis 11.45 Uhr und freitags 7.30 bis 10.30 Uhr.«

Die Dame klang so, als müsste der Anrufer die Sprechzeiten der zuständigen Sachbearbeiterin wissen.

»Gut«, sagte Andreas Goettle unter Aufbringung der höchstmöglichen Freundlichkeit, »dann ruf i morga nomol an. Da isch Dienstag, da müsste Frau Hansen ja dann da sei.«

»Nein, sie ist diese Woche und nächste Woche krankgeschrieben. Und wir wissen nicht, ob sie so bald wiederkommt. Scheint etwas Ernsteres zu sein. Ist auch kein Wunder bei der Belastung, die wir haben. Ständig klingelt das Telefon. Und dann diese E-Mails. Das kann ein einzelner Mensch doch gar nicht schaffen. Nicht mit einem 25-prozentigen Arbeitsvertrag.«

Der Geistliche verdrehte die Augen.

»Und wer vertritt die Frau Hansen, so lang sie krank isch?«

Er vernahm das verächtliche Schnauben der Dame.

»Vertretung? Ja, um Gottes Willen. Als hätten wir nicht alle genug zu tun. Nein, das bleibt alles liegen. Da können Sie sich gern bei der Amtsleitung beschweren. Wir kämpfen schon monatelang um mehr Personal, aber das scheint niemand zu interessieren. Wenn es darum geht, einen neuen Kulturpalast zu errichten, den keiner braucht, dafür werden die Staatssäckel geöffnet, aber wenn jemand von 45 auf 56,5 Prozent erhöhen will, so wie ich, dafür ist kein Geld da. Aber bitte, wenn die Herren es so wollen …«

Andreas Goettle legte auf. Gerade noch rechtzeitig, um zu hören, dass ein weiteres Problem, und zwar in der Person von Benedict Walcher aufkreuzte. Renate Münzenmaier unterhielt sich in übertriebener Lautstärke mit dem Gemeindevorsteher, der vorgab, einen Routinebesuch abzustatten, bevor die Bibelstunde im Gemeindehaus St. Joseph begann. Goettle war klar, dass sein Amtsnachfolger spionieren wollte und nur darauf wartete, Verfehlungen zu finden, um den unliebsamen Vorgänger aus dem Pfarrhaus zu vertreiben.

Goettle huschte ins Nebenzimmer, in dem Joshua in der Krippe vor sich hindöste, nahm den Jungen an sich und verließ den Raum in Richtung Küche.

»Von dir hör i jetzt koin Mucks«, raunte er Joshua zu. »Sonst überleg i mir des mit dem Exorzismus.«

Der Junge gähnte.

Pfarrer Walcher schien entschlossen zu sein, alle Räume des Gemeindehauses zu inspizieren, und ließ sich von Renate Münzenmaier nicht abhalten.

»Es gibt da so Gerüchte, dass Sie hier ein Kleinkind beherbergen«, sagte er. »Wenn das stimmt, muss ich natürlich den Herrn Bischof informieren, und das geht dann für Sie-wissen-schonwen nicht gut aus.«

Renate Münzenmaier lachte schrill. »A Kleinkind in einem Gemeindehaus. Wer verzählt denn so ebbes. Des isch ja lachhaft.«

»Und was macht die Weihnachtskrippe hier im Zimmer?«, erkundigte sich Walcher.

»Mir probat jetzt schon fürs Krippenspiel an Weihnachta. Es isch guat, dass Sie komma sen. Ons fehlt nämlich no der Esel.«

Goettle grinste, als er die entrüstete Antwort von Pfarrer Walcher hörte. Der Mann hatte einfach keinen Humor.

»Komm, mir gangat. Mir besuchet den Onkel Frieder«, sagte er zu Joshua. »Frau Münzenmaier kommt alloi klar.«

21

Sein geliebter Triumph war nur noch ein Haufen Blech. Roxane war wütend, weil er es immer noch nicht geschafft hatte, Viviana einen neuen Pass und eine Waffe zu besorgen.

Viviana war mit den Nerven völlig fertig. Apathisch schlich sie durch die Wohnung, vergiftete durch ihre leblose, abweisende Art die Atmosphäre. Sie schaffte es, dass Rafael sich in seiner eigenen Wohnung nicht mehr wohl fühlte. Sie nahm Roxane derart in Beschlag, dass sie sich nicht mehr um ihn kümmerte. Sie war schuld an der ganzen Misere, in der er steckte. Er hasste sie.

Zu allem Überfluss war er noch seinem Chef in die Arme gelaufen, als er die Liste mit den Kundendaten am Firmencomputer ausdrucken wollte. Was machte dieser Vollpfosten auch noch so spät in der Bank? Hatte er kein Privatleben? Oder trieb er es nach Dienstschluss mit seiner Assistentin auf dem Schreibtisch?

Und auch wenn Empathie nicht seine Stärke war, hatte sein Vorgesetzter natürlich sehr schnell bemerkt, dass Rafaels Krankheit nur vorgespielt war, da konnte er noch so viele Hustenattacken simulieren. Bei seinem Schauspieltalent hätte er noch nicht mal die Chance auf eine Statistenrolle in einer dieser Doku-Soaps im Fernsehen gehabt. Und nun musste er eine ärztlich bescheinigte Krankmeldung vorweisen, da ihm sonst eine Abmahnung drohte.

Wütend trat Rafael gegen einen Stein, der eine perfekte Flugbahn beschrieb, bevor er von dem Rücken eines jungen Mannes gestoppt wurde. Mit schmerzverzerrter Miene drehte er sich um. Rafael ging hinter einem Kleidungsständer, den ein Modehaus als Kundenstopper vor der Ladentür aufgebaut hatte, in Deckung.

»Wenn i di verwisch«, schrie der Getroffene in die Richtung, aus der seiner Ansicht nach der Angriff gekommen sein musste, massierte sich die schmerzende Stelle und trottete weiter.

Rafael atmete zischend aus und erhob sich. Auf offener Straße Prügel zu beziehen hätte zwar zu dem bisherigen Tagesverlauf gepasst, aber er war doch erleichtert, dass ihn das Schicksal davon verschont hatte.

Er hatte einen Plan, und den galt es ohne Aufschub umzusetzen. Um die Waffe und die falschen Papiere besorgen zu können, benötigte er Geld. Er hatte eine Liste in der Tasche mit den Daten von Leuten, die Geld hatten und die auf das Schreiben der Bank reagiert hatten. Sie horteten die mühsam zusammengetragenen Spareinlagen lieber unter dem Kopfkissen. Einen Strafzins zu bezahlen kam für sie nicht in Frage. Sie waren alle alt genug, um Opfer des Enkeltricks zu werden, aber Rafael ging davon aus, dass die Menschen durch die Berichterstattung in den Medien gewarnt waren. Außerdem wusste er nicht, wie der schöne Elias gearbeitet hatte. Also galt es zu variieren. Rafael schluckte und besah sich die Uniform-Jacke, die er in seiner Plastiktasche mit sich führte.

Der Unfall, der Anblick seines geliebten Triumphs, der mit eingebeulter Frontpartie abgeschleppt werden musste, der Gedanke, dass sein Vorhaben, Geld zu beschaffen, geplatzt war, die kleine Prise Zauberstaub, die ihn am Durchdrehen hinderte. All das hatte ihm die klare realistische Sicht vorübergehend vernebelt. Und gleichzeitig eine dunkle Tür aufgestoßen.

Ziellos war er durch die Stadt gegangen, innere Bilder vermischten sich mit den Eindrücken eines urbanen Sommers und wollten so gar nicht zueinander passen. Junge Frauen trugen Alvins starre Totenmaske, der Schatten eines Baumes formte sich zu einer monströsen Hand, die nach ihm griff. Das heitere Plaudern der Menschen um ihn herum, des Rauschen des Straßenverkehrs, alles schwoll zu einem tosenden Inferno heran, das in seinen Ohren dröhnte.

Und dann war er plötzlich vor dem Polizeifahrzeug gestanden, das ihm den Weg versperrte. Eine Mischung aus Panik und Wut quoll in ihm auf. Sie hatten ihn gefunden. Doch was wollten sie von ihm? Er hatte bemerkt, dass der Wagen unbesetzt war, sah mit der Neugier eines Pennälers hinein, ließ seinen Blick über die außergewöhnliche Armatur mit den unzähligen Knöpfen und Reglern streifen. Und dann sah er auf dem Rücksitz die Uniformjacke liegen. Sie lockte ihn, wie es sonst nur ein Designer-Stück konnte, sie kommunizierte mit ihm.

Die Polizei, dein Freund und Helfer.

Lügner.

Die Polizei, die Garanten für Sicherheit und Schutz.

Betrüger.

Die Polizei, die Vertrauenspersonen.

Einem Polizisten würden Menschen mit Sicherheit auch Geld anvertrauen.

Ratte.

Die Geschichte musste nur gut genug sein.

Er hatte den Türgriff betätigt, der sich zu seiner Verwunderung öffnen ließ, und im nächsten Moment hatte er die Uniformjacke unter sein Hemd gestopft.

Er zog das offizielle Kleidungsstück gerade, strich sich durch das Haar und klingelte. Emilie Kienzle öffnete die Tür einen Spalt und spähte hinaus.

»Guten Tag, Frau Kienzle, mein Name ist Fritz von der Kripo Biberach.«

Rafael wies auf das Namensschild auf seiner Brust und bemühte sich um einen seriösen Tonfall. »Mein Kollege hat schon mit Ihnen telefoniert. Es geht …«, er senkte die Stimme und schob verschwörerisch sein Gesicht vor, »um die Sicherheit Ihrer Barmittel.«

Die alte Frau sah ihn verängstigt an. »Ihr Kollege hat des schon angedeutet. I ben ganz schockiert, i weiß gar net, was i macha soll. Des scheene Geld.«

Sie schob einen Riegel zur Seite und öffnete die Tür. Sie zitterte.

Rafael trat ein. Einen kurzen Moment verspürte er den Impuls, Frau Kienzle eine Hand auf den Arm zu legen, seinen Schwindel als üblen Scherz zu enttarnen, um die alte Dame zu beruhigen. Natürlich stand ihr Name auf keiner Liste eines festgesetzten Mitglieds einer Einbrecherbande, die es auf ihr Bargeld abgesehen hatte. Es gab weder eine Liste noch eine Bande und auch keinen verhafteten Kriminellen. Die Geschichte hatte Rafael komplett erfunden.

Aber es gab im Haushalt der Alten mehr als 50 000 Euro, die sie in der letzten Woche abgehoben und hoffentlich noch nicht ausgegeben hatte.

Rafael erstickte seine Anflüge von Skrupel und kam direkt zur Sache. »Wie Ihnen mein Kollege am Telefon bereits erklärt hat, versuchen wir, die Menschen zu beraten, wo sie ihr Bargeld sicher aufbewahren können. Dazu müssen wir jedoch zunächst die Sicherheitslücken aufdecken. Sie können sich nicht vorstellen, wie fahrlässig manche Menschen in dieser Hinsicht sind. Wo bewahren Sie Ihr Geld denn derzeit auf?«

Emilie Kienzle zögerte einen Augenblick, bat dann aber Rafael herein und trippelte ins Wohnzimmer. Sie steuerte auf einen Polstersessel zu, begab sich ächzend auf die Knie, öffnete einen Reißverschluss unter der Sitzfläche und beförderte eine Stofftasche hervor. Stöhnend richtete sie sich auf und hielt Rafael die Tasche hin. Er ergriff sie und sah hinein. Mehrere Bündel von 100- und 200-Euro-Scheinen leuchteten ihn an. Die Summe war schwer zu schätzen, aber Rafael war sich sicher, dass es sich um einen höheren fünfstelligen Betrag handelte. Er räusperte sich, um seine Aufregung zu verbergen.

»Wie gut, dass ich hier bin«, sagte er. »Ihr Versteck gilt in Verbrecherkreisen als Klassiker. Hier hätten die Einbrecher sicher zuerst gesucht.«

Die Alte wurde blass. »Und i han denkt, da kommt koiner druff. In de Krimis suchat diese Gangster doch immer bloß in de Kaffeedosa in der Küch.«

Rafael lächelte. »Ja, zwischen Fiktion und Wirklichkeit klaffen oft große Gräben.«

Frau Kienzle ließ sich in ihren Sessel plumpsen. »Des macht mi ganz fertig, wenn i dran denk, was passiert wär, wenn die Einbrecher des Geld gfonda hättet. No hätt i mei neue Küche abschreiba könna.«

Sie schmunzelte, als sie Rafaels verdutztes Gesicht sah.

»I woiß genau, was Sie denkat. Was braucht die alte Schachtel no a neue Küch? Aber i sag Ihnen oins: Es wird net leichter em Alter. Da bisch für jedes Net-bücka-müssa dankbar. Da isch es gut, wenn alle Geräte auf Augenhöhe sind und sich selber putzat. Außerdem kann i alles über eine Kitchen-App steura. Geht im

Kühlschrank ebbes aus, bstellt er automatisch neue Lebensmittel, die vom Supermarkt gliefert werdat. Und für die Kehrwoch bstell i mir an knackiga junge Mann, der mit nacktem Oberkörper dr Kutteroimer schrubbt.«

Sie lachte, dann blickte sie Rafael erschrocken an.

»Ach herrje, vor lauter Lass-mi-au-mit hab i Ihnen no gar nix anbota. Trinkat Sie an Kaffee? Oder an Tee?«

Wenig später stand Rafael allein im Wohnzimmer. In den Händen einen Jutebeutel mit dem Geld der alten Dame und im Kopf die alles entscheidenden Fragen: Sollte er hier und jetzt sein letztes Quäntchen Würde und Selbstachtung opfern? War seine Mitschuld an den Taten von Elias nicht schon Bürde genug? Aber wozu musste die Betagte in ihrem hohen Alter noch eine Hightech-Küche anschaffen? Geschweige denn eine Nacktputzhilfe engagieren!

Er zögerte, nahm dann je zwei Bündel mit 100- und 200-Euro-Scheinen aus der Tasche und steckte sie ein. Genug für sein Vorhaben. Mit ein wenig Glück entdeckte Emilie Kienzle den Verlust gar nicht. Oder erst dann, wenn das Geld nicht mehr für die goldplattierte Ausgabe des Thermomix ausreichte. Aber bis dahin war er längst verschwunden. »Hoffentlich«, wisperte Rafael.

22

Als Greta Gerber erwachte, benötigte sie einen Moment, um zu begreifen, dass sie nicht in ihrem eigenen Bett lag. Sie setzte sich auf, starrte ihr Smartphone auf dem Nachttisch an, als wäre es ein gefährliches Insekt. 8.27 Uhr blinzelte ihr die Zeitangabe zu und trieb ihr Adrenalin durch die Venen. Sie hatte verschlafen, und Darius hatte sie nicht geweckt.

Hektisch sammelte sie ihre Kleidungsstücke zusammen, die verstreut auf dem Boden lagen: Slip, BH, T-Shirt, Jeans. Jedes einzelne Teil bescherte ihr ein Stück Erinnerung an die letzte Nacht. Als sie die Schwelle zu seiner Wohnung überschritten hatten, waren sie wie zwei Ausgehungerte übereinander hergefallen. Ihre Lippen fanden zueinander, ihre Zungen umspielten sich, ungestüm hatten sie sich gegenseitig entkleidet, um endlich Haut an Haut zu spüren. Hände gingen auf Entdeckungsreise, ließen keinen Zentimeter des Körpers aus, keuchend rieben sie ihre Körper aneinander, bis sie schließlich in Richtung Bett torkelten, auf die Matratze sanken, um sich leidenschaftlich zu vereinen. Der erste Höhepunkt rauschte heran wie ein Hochgeschwindigkeitszug und war so heftig, dass Darius innegehalten und sie besorgt angesehen hatte.

»Alles okay?«, hatte er gefragt.

»Mehr als das.«

Greta huschte ins Bad und besah sich im Spiegel. Da war etwas in ihren Gesichtszügen, was gestern noch nicht da gewesen war. Ein Leuchten in den Augen, die kleinen Fältchen um den Mund schienen über Nacht verschwunden zu sein, der Teint schimmerte rosafarben, und es fiel ihr überhaupt nicht schwer, ihr Spiegelbild anzulächeln.

›Erfüllender Sex erspart die Kosmetikerin‹, dachte sie und grinste. Das klang wie eine Titelzeile in einem Frauenmagazin. Sie hauchte sich einen Handkuss zu, bevor sie in die Dusche stieg.

Auf dem Küchentisch fand sie Darius' Notiz. »Musste kurz weg. Etwas erledigen. Frühstücken wir zusammen? You are so wonderful. Kuss D.«

»You are so wonderful.«

Mit diesem Lied von Joe Cocker hatte der Abend in der Bar Berlin in der Saudengasse sein vorläufiges Ende gefunden. Eng umschlungen hatten sie getanzt, selbst als der letzte Ton verklungen war, wollten sie sich nicht voneinander lösen. Die auflodernde Flamme der Lust hatte sie zusammengeschweißt, und nur der unwirsche Wirt, der sie zum Gehen aufforderte, konnte sie kurz trennen.

Greta summte die Melodie und strich zärtlich über das Blatt Papier.

»You're so wonderful too«, hauchte sie.

Sie wählte die Nummer im Präsidium und erklärte der verdutzten Laura Behrmann, dass sie sich verspäten würde. Laura wollte ihr unbedingt etwas erzählen, aber das musste nun einmal warten. Sie würgte ihre Kollegin ab, indem sie auflegte.

Greta wollte mit Darius frühstücken. Und nach dem Frühstück würden sie sich noch einmal lieben. Und wenn es nach ihr gehen sollte, würden sie das Bett an diesem Tag überhaupt nicht mehr verlassen.

Sie sah sich um. Seine Wohnung war klein, funktionell und mit Geschmack eingerichtet. Laminatboden, der farblich gut mit dem blass-beigen Wandanstrich harmonierte. Ein Raumteiler verwandelte das Wohnzimmer in einen gemütlichen Sitz- und in einen Arbeitsbereich. Auffallend war, wie wenig Dinge er besaß. Zwei Sessel, ein kleiner Tisch, ein Regal, das von einer Musikanlage mitsamt Boxen eingenommen wurde, ein Deckenfluter, Fernsehapparat. Keine Bücher, keine CDs, keine DVDs. Es schien, als würden die Räume von jemandem genutzt, der auf der Durchreise war.

Den Schreibtisch hatte er zum Fenster ausgerichtet. Eine billige Schreibtischlampe, vermutlich aus einem schwedischen Möbelhaus, stand neben dem aufgeklappten Laptop. Der Bildschirm reflektierte ihr Bild, als sie nähertrat. Es war, als wollte er sie auf die Probe stellen. Wie neugierig bist du, Frau Hauptkommissarin? Komm und schau, wer ich bin? Lüfte meine Geheimnisse, wenn es denn welche gibt.

Greta lächelte. Berufskrankheit. Neben dem Computer lag ein Stapel Papiere: Rechnungen, Prospekte, Ausrisse aus Zeitungen.

Greta blätterte gedankenverloren darin herum und stutzte. Unter den Zeitungsausschnitten lag auch ein Artikel über die Verhaftung von Barbara Kurz, die in Biberach für eine Einbruchserie verantwortlich gewesen war, um ihrem Liebhaber, der Sicherungssysteme verkaufte, Kunden zuzuschanzen. Der Fall hatte die Kriminaldirektion in Biberach lange beschäftigt, und die Erleichterung, als er zum Abschluss gebracht werden konnte, war entsprechend groß gewesen. Das Foto zeigte Barbara Kurz, wie sie nach der Verurteilung zu einem Auto geleitet wurde, das sie ins Gefängnis bringen sollte. Greta stand hinter ihr, war nicht gut zu erkennen. Sie spürte, wie ein eiskalter Windhauch ihre Schmetterlinge im Bauch einfror. Warum lag dieser Artikel auf dem Schreibtisch? Wusste Darius, wer sie war?

Der schwarze Bildschirm des Laptops provozierte sie. Offenbar spielte Darius nicht mit offenen Karten, warum sollte sie es dann tun? Sie drückte die On-Taste, die Systemoberfläche erschien. Er hatte vor seinem Erledigungsgang an dem Computer gearbeitet und sich nicht abgemeldet. Sie öffnete einige Word-Dokumente und schloss sie wieder. Nichts Auffälliges.

Sie prüfte den Browserverlauf. Es gab keinen. Entweder hatte ihn Darius gelöscht oder die Internetseiten, die er in letzter Zeit besucht hatte, wurden nicht angezeigt. Hatte er ihre Neugier vorausgesehen und ihn deshalb in weiser Voraussicht gelöscht?

Sie hörte, wie der Schlüssel ins Schloss geschoben wurde, klappte den Laptop schnell zu und huschte in die Küche.

»Ah, du bist noch da«, rief Darius freudig. »Wie schön. Ich habe uns Brötchen mitgebracht. Ich hoffe, du magst Knauzenwecken.«

Er schlang seine Arme um sie, drückte sie an sich und küsste ihren Hals. Greta schob ihn sanft von sich.

»Ich habe eigentlich gar keine Zeit mehr«, sagte sie. »Ich habe verschlafen und müsste längst bei der Arbeit sein.«

Darius musterte sie. »Stimmt irgendetwas nicht? Habe ich etwas falsch gemacht? Sind wir zu weit gegangen?«

»Nein …, ja … ich bin durcheinander.«

Greta konnte seinem forschenden Blick, in dem sie auch einen Anflug von Wehmut entdeckte, nicht standhalten. Er schien direkt hinter ihre Stirn blicken zu können, hinter der mächtige Gedankenwolken aufzogen und alles einschwärzten, was eben noch so hell beleuchtet schien. Warum spielte er ihr Spiel der Unbekannten mit, wenn er längst wusste, wer sie war? Wer war er? Was führte er im Schilde? Oder war alles nur Zufall?

Einen Augenblick lang dachte sie an die seltsame Zuschrift von Enrique. Stand Darius irgendwie in Verbindung mit ihm?

Darius legte ihr eine Hand auf den Oberarm und streichelte sie.

»Wenn es etwas gibt, über das wir reden sollten, dann sprich mit mir. Egal was es ist. Du bist das Beste, was mir in den letzten Jahren passiert bist, und ich möchte nicht, dass etwas zwischen uns steht, von dem ich noch nicht einmal weiß, was es ist.«

Er nahm ihre Hände, hob sie an die Lippen und küsste sie. Greta ließ es geschehen, und für einen Moment hatte sie das dringende Bedürfnis, Darius nach dem Zeitungsartikel zu fragen. Warum lag er auf seinem Schreibtisch? Was spielte er für ein falsches Spiel mit ihr?

Sie hätte ihm gern die Wahrheit erzählt. Über ihren Beruf, über ihre Angst, dass er sie fallen lassen könnte, wenn er erfuhr, wer sie war. Und sie hätte auch gern ihre Zweifel ausgeräumt, die ihn betrafen. Aber sie fragte nicht. Weil er dann gewusst hätte, dass sie sich umgesehen hatte. Weil er dann gemerkt hätte, das auch sie ein falsches Spiel mit ihm spielte. Und vielleicht auch, weil sie wollte, dass alles nur ein Irrtum war.

Sie entzog ihm ihre Hände.

»Ich muss jetzt los. Das mit dem Frühstück holen wir nach, ja?«, sagte sie sanft und küsste ihn auf die Wange. »Bis bald.«

23

»Oh Gott, das ist …«

Rafael schlug sich eine Hand vor den Mund, sah sich um und senkte den Bildschirm des Laptops, so dass niemand sehen konnte, was auf dem Display angezeigt wurde. Die anderen Gäste im Stadtcafé nahmen keine Notiz von ihm. Es war noch nicht allzu viel los, die Tische waren nur sporadisch belegt, und jeder der Anwesenden war auf seine Weise beschäftigt. Ein paar Teenager starrten konzentriert auf ihre Smartphones, ein Herr hatte sich in eine Zeitung vertieft, und an einem weiteren Tisch unterhielten sich zwei ältere Damen. Lediglich eine Kellnerin warf ihm einen verstohlenen Blick zu, wurde jedoch schnell von den Damen abgelenkt, die durch heftiges Armgewedel ihre Aufmerksamkeit einforderten.

Rafael klappte den Deckel wieder hoch, setzte sich jedoch so, dass niemand sehen konnte, was er aufgerufen hatte.

Über die Darknet-Suchmaschine Straightway 3 hatte er Einblick in das Warenangebot der finsteren Seite des Internets erhalten. Vom Kokain der höchsten Reinheitsstufe über Falschgeld, gehackte Daten und Sprengstoffsätze gab es hier wirklich alles. Es schien fast so, als blätterte man in einem Katalog eines Versandhauses für Kriminelle.

Er öffnete die Kategorie »Waffen«, besah sich die Bilder von Panzerfäusten, Schnellfeuergewehren und Pistolen, bis er ein Exemplar fand, das ihm vom Aussehen, von der Handhabung und preislich zusagte. Eine Glock 17, Kaliber 9 x 19 mm, die mitsamt Munition für zirka 1200 Euro zu haben war. Er schloss die Transaktion ab und starrte die Meldung an, die den Kauf bestätigte und über die Zusendungsmodalitäten aufklärte. In spätestens zwei Tagen konnte er seine Pistole in der Packstation in der Gaisenbachstraße abholen.

Ähnlich einfach war es, für Viviana eine neue Identität zu besorgen. Aus dem immensen Angebot wählte er einen angeblich echten Schweizer Pass aus, der einer Dame gehört hatte, die eine jüngere Schwester Vivianas hätte sein können. Rafael fühlte, wie seine Scheu vor der dunklen Seite des Netzes in Erregung umschlug. Er saß hier an einem Tisch in einem gut besuchten Café und tätigte über das offene WLAN Geschäfte, die bislang nur im Untergrund getätigt worden waren. Er musste keine dunklen Ecken aufsuchen, sich nicht mit Personen abgeben, die er fürchten musste, er lief noch nicht einmal Gefahr, von der Polizei entdeckt zu werden, während er seine Deals abschloss. Es war zu einfach, um wahr zu sein.

Die Neugier trieb ihn immer weiter in die Maschen des Netzes. Er hatte seine Pflicht erfüllt, nun folgte die Kür. Warum sollte er sich nicht auch ein bisschen Zauberpulver bestellen? Er hatte Geld übrig, und offenbar wurde hier mit Drogen bester Qualität gehandelt und nicht mit dem gestreckten Ramsch, den Elias anbot. Drei Gramm, nur, um ab und zu runterzukommen, das hatte er sich nach den letzten Tagen verdient.

Rafael lächelte. Er fühlte sich, als wäre er nach einem kurzen Umweg durch unwägbares Gelände zurück auf die Gewinnerstraße eingebogen. Der Schrecken des Darknets hatte sich in pure Faszination verwandelt. Er hatte einen Marktplatz gefunden, der keine Begehrlichkeit ausließ, der wie selbstverständlich Dienstleistungen bereithielt, die jenseits seiner Vorstellungskraft lagen.

Ein kalter Schauer huschte ihm über den Rücken, als er die Inserate von Auftragskillern las, die ihre Angebote beschrieben, als handelte es sich um Gartenarbeiten. Er geriet in den Bereich, in dem junge Frauen aus Thailand wie Ware auf dem Wochenmarkt angepriesen wurden. Ein Club forderte zur Teilnahme an einer Gangbang-Party auf, pornografisches Filmmaterial mit abartigsten Inhalten suchte Abnehmer …

Rafael schwitzte, starrte wie gebannt auf seinen Bildschirm, der einen Film eines Mannes zeigte, der von zwei in Leder gewandeten Dominas mit Peitschen und Rasierklingen bearbeitet wurde. »Les soeurs du pain erwarten dich!« lautete die Botschaft, die das Material untertitelte.

»Wen haben wir denn da? Wenn das nicht mein Freund Rafi ist.«

Rafael wollte den Laptop zuklappen, doch Elias hatte sich bereits neben ihn gesetzt und hinderte ihn daran.

»Lass doch mal sehen, was so interessant ist«, sagte Elias. Er betrachtete die Szene der »Schwestern des Schmerzes« mit einem süffisanten Grinsen und legte Rafael einen Arm um die Schulter.

»Auf so was stehst du? Das ist doch kein Problem, mein Freund. Komm mich doch mal in meinem Club besuchen. Meine Mädels können das auch. Ist nicht ganz billig, aber es lohnt sich.«

Mit einem »Pling« kündigte sich die Bestätigung des Kokainkaufs an.

Rafael sank in sich zusammen, während Elias auf die Meldung starrte, als läse er seine eigene Todesanzeige. Er schnaubte, dann griff er Rafael in den Schritt und drückte zu. Rafael stöhnte, versuchte Elias von sich wegzudrücken, aber der Schmerz blockierte seine Bemühungen.

»Was ist denn das? Du bestellst Drogen aus dem Internet? Bevor du deine Schulden bei mir bezahlt hast? Das ist aber nicht die feine englische Art.«

Elias verstärkte den Druck, und Rafael wurde schwarz vor Augen.

»Ich kann dir das erklären …«, brachte er schwach hervor.

»Du willst mir was erklären? Vielleicht, dass du mich bescheißt und mich mit lächerlichen Ausreden abspeist«, raunte Elias.

Mit einer schnellen Bewegung presste er Rafaels Hinterkopf nach vorn, so dass dieser mit der Stirn auf die Tischplatte schlug. Rafael heulte auf.

Alle Augenpaare der Gäste richteten sich auf die beiden, die Kellnerin eilte herbei.

»Gibt es ein Problem? Kann ich helfen?«, fragte sie.

»Nein, nein, es gibt kein Problem«, säuselte Elias und setzte sein gewinnendes Lächeln auf. »Ein kleiner Scherz unter Freunden. Eine Art Ritual.«

Er legte seinen Arm um Rafaels Schulter und zog ihn an sich. Der rieb sich die Stirn und nickte. Zögerlich zog sich die junge Frau zurück.

Elias wartete, bis sie außer Sichtweite war, dann boxte er Rafael in die Niere.

»Ich habe Geld«, japste er, als er wieder Luft bekam. Er zog ein Bündel mit Hundertern aus der Tasche und hielt sie Elias hin. Der sah sich kurz um und steckte die Geldscheine ein.

»Woher hast du das? Bist du in den Internethandel eingestiegen und verticktst dort Drogen oder was? Ohne deinen alten Freund Elias? Das ist nicht nett.«

Er deutete einen weiteren Boxhieb an, Rafael kauerte sich zusammen, um die Wirkung des Schlages abzudämpfen. Doch er kam nicht. Stattdessen griff ihm Elias in die Jackentasche und zog die anderen Geldbündel hervor. Wieder krachte Rafaels Stirn auf die Tischplatte.

»Ich kann es nicht leiden, wenn man mich belügt. Monatelang warte ich auf die Kohle, und jetzt das.«

Elias hielt Rafael die Geldbündel vor die Nase, bevor er sie in seinem Jackett verschwinden ließ und sich dem Computer zuwandte. Er scrollte sich durch die Angebotsleiste von Straightway 3.

»He Alter, was ist denn das?«, rief er aus. »Bist du auf den Webseiten der Mafia gelandet? Das ist ja unglaublich!«

Rafael legte einen Finger auf die Lippen und deutete mit dem Kinn auf zwei ältere Damen, die ihr Gespräch unterbrochen hatten und ihn anstarrten. Elias lächelte den beiden zu und winkte.

»Nur Spaß. Wir machen nur Spaß.«

Das Paar steckte die Köpfe zusammen und tuschelte. Elias wandte sich wieder dem Bildschirm zu. Seine Lippen bewegten sich stumm, als er die Inserate durchlas.

»Das ist unglaublich. Hier gibt es alles. Drogen, Medikamente, Papiere, Waffen, Frauen, Geld. Was ist das für eine Plattform?«

Rafael schilderte Elias, was er über das Darknet wusste, nicht jedoch, wie er auf die Idee gekommen war, dort hinzugelangen. Elias hörte zu, ohne ihn zu unterbrechen. Er knetete seine Unterlippe zwischen Daumen und Zeigefinger und legte die Stirn in Falten.

»Sehr gut«, sagte er, als Rafael seinen kurzen Vortrag abgeschlossen hatte. »Hört sich nach Gelddruckmaschine an. Da machen wir mit.«

Rafael starrte ihn an.

»Was soll das heißen: Wir machen da mit?«

Elias legte ihm väterlich einen Arm um die Schulter.

»Wir richten auch eine Seite in diesem Darknet ein. Einen Service für alle Fälle. Wir handeln mit Drogen, mit Medikamenten, wir verschieben Autos, waschen Geld. Wir vermitteln Geldeintreiber für schlecht zahlende Kunden und Frauen für geile

Böcke, die mal was ganz anderes erleben wollen. Rafael, mein Freund, wir können richtig reich werden.«

»Du spinnst doch. Ich habe keine Ahnung von diesen Dingen. Und so einfach, wie du glaubst, ist es nicht.«

Er verstummte, als er sah, dass sich Elias' Miene verfinsterte. Außerdem erinnerten ihn die dröhnenden Kopfschmerzen daran, dass es besser war, ihm nicht zu widersprechen.

»Du machst das Webding klar, und ich besorge die Ware. Und wenn das Geschäft läuft, vergesse ich, dass du Schulden bei mir hast und mich bescheißen wolltest. Wir sind doch Partner. Wir zwei.«

Er gab Rafael einen sanften Nasenstüber und griff ihm im nächsten Moment erneut zwischen die Beine.

»Nur, dass du es nicht vergisst: Ich habe dich bei den Eiern. Also keine Einzelaktionen mehr, ist das klar? Sonst kannst du demnächst bei den Regensburger Domspatzen mitsingen.«

»Klar«, krächzte Rafael. Seine Hoden fühlten sich an, als hätten sie die Größe von Bowlingkugeln angenommen, der Schmerz trieb ihm Tränen in die Augen.

Elias löste den Griff.

»Gut«, sagte er. »Morgen sehen wir uns hier zur gleichen Zeit wieder, und dann richten wir einen Shop ein, den es so noch nie gegeben hat.«

23

»Schauen Sie mal, was wir gefunden haben.«

Laura Behrmann hielt Greta Gerber eine Akte hin. Sie hatte lange auf den richtigen Zeitpunkt gewartet. Ihre Chefin war morgens nicht unbedingt der sonnigste Charakter, aber an diesem Tag war ihr offenbar eine besonders dicke Laus über die Leber gelaufen.

Wortkarg hatte sich die Hauptkommissarin an ihren Arbeitsplatz gesetzt, den Rechner hochgefahren und auf die Tastatur eingehackt, als wollte sie Morsezeichen senden. Immer wieder hatte sie einen gezischten Fluch ausgestoßen, und Laura Behrmann konnte nur vermuten, dass Greta Gerbers schlechte Laune mit ihrer neuen Bekanntschaft zusammenhing. Vielleicht ärgerte sie sich auch über den Rüffel von Kriminalrat Seidel, der ihr spätes Erscheinen nicht gutgeheißen hatte und auch nicht, dass es noch keinen Hinweis auf den Verbleib von Viviana Blank und ihrem Baby gab. Wie schon so oft hatte er angegeben, dass ihm die Presse im Nacken saß, und vor allem die Zeitung mit den großen Buchstaben, die es vortrefflich verstand, der Bevölkerung unerträgliche Missstände einzureden, setzte der Biberacher Polizei ziemlich zu.

Die Hauptkommissarin betrachtete die Akte und blätterte lustlos durch die Seiten, die eine typische Biografie eines Kleinkriminellen enthielten.

»Wer ist das?«

»Konrad Erzberger, der Betreiber der Agentur Bussenkindle. Keine Ahnung, ob das sein richtiger Name ist, er ist auch schon als Matthias Berger, Wilhelm Sassenbacher und Pavel Dvorak registriert worden. Und er kann ein beachtliches Vorstrafenregister vorweisen: Körperverletzung, räuberische Erpressung, Hehlerei, Dokumentenfälschung. Kleinkram, nichts Besonderes.«

Laura Behrmann rollte mit ihrem Stuhl um ihren Schreibtisch herum, bis sie neben ihrer Chefin zum Stehen kam. Sie blätterte eine Seite in der Akte auf und wies auf eine Zeile.

»Hier wird es dann doch noch interessant. Unser Agenturbetreiber war vermutlich Mitglied einer Organisation, die des Menschenhandels beschuldigt wurde. Meist wurden junge Männer aus Ostblockländern eingeschleust und als billige Arbeitskräfte an Baufirmen vermietet. Aber es gab auch den Vorwurf, dass die Vereinigung minderjährige Mädchen an Privathaushalte und an Bordelle vermittelt habe. Das konnte jedoch nicht nachgewiesen werden, daher wurde die Anklage fallengelassen.«

Greta sprang auf und schleuderte die Akte durch den Raum.

»Wie ist es möglich, dass so etwas nicht nachgewiesen werden kann! Da muss man doch alles dransetzen, um so ein Schwein dingfest zu machen«, zeterte sie. Ziellos durchwanderte sie ihr Büro und massierte sich die Schläfen.

Laura Behrmann sammelte die Blätter ein und legte sie geordnet in die Sammelmappe zurück.

»Die Bande war gut organisiert. Wenn es einen Hinweis gab, wurden die Mädchen abgezogen und in eine andere Stadt geschafft. Und selbst die Mädchen, die von der Sitte aufgegriffen und verhört wurden, hüllten sich in Schweigen. Oder gaben an, kein Deutsch zu können. Sie waren alle nur auf Besuch bei einem Onkel, der sie dann irgendwann abholte.«

Die Kommissarin schnitt eine verächtliche Grimasse.

»Und was hat dieser Erzberger mit unserem Fall zu tun? Er scheint nicht der Typ zu sein, der sich die Hände schmutzig macht und Menschen den Kopf absägt.«

»Das stimmt. Aber ist es nicht seltsam, dass ausgerechnet einer, der mit Menschenhandel in Verbindung gebracht wurde, kinderlosen Paaren dabei helfen will, ein Baby zu bekommen? Der sogar damit angibt, dass es bei 60 Prozent seiner Kunden funktioniert hat. Seine Verbindung zum lieben Gott hat ihm dabei sicher nicht geholfen.«

Greta Gerbers Gesichtszüge entspannten sich, Laura Behrmann registrierte es als ein Zeichen, dass die schlechte Laune ihrer Chefin verflog.

»Im Grunde gibt es für den Erfolg der Agentur nur zwei Erklärungen: Entweder Kollege Zufall hat seine Finger mit im Spiel, oder Erzberger hilft bei der Erfüllung des Kinderwunsches nach, indem er seine alten Kontakte wiederbelebt. Doch wie wollen wir ihm das beweisen? Seit einigen Jahren ist er nicht mehr auffällig geworden. Außerdem hat die Vermieterin Rebstock in unserem Fall bestätigt, dass Viviana Blank schwanger war, als sie einzog. Wie passt das zusammen?«

Greta Gerber sah Laura Behrmann lange an.

»Vielleicht hat bei ihr der Segen gewirkt?«

»Ach Laura, diesen Quatsch glauben Sie doch wohl selbst nicht.«

Greta erschrak über ihre heftige Reaktion und setzte schnell nach: »Wir müssen an diesem Erzberger dranbleiben, er ist momentan unsere einzige Spur. Außerdem wäre es sehr interessant, mit einem Paar zu sprechen, das durch seine Agentur zu einem Kind gekommen ist.«

Laura Behrmann schüttelte den Kopf.

»Wie sollen wir an seine Kundendatei herankommen? Unser Verdacht reicht niemals für einen Durchsuchungsbefehl aus.«

Sie sah das Funkeln in den Augen der Hauptkommissarin und wusste sofort, was dies zu bedeuten hatte.

»Sie wollen doch nicht etwa dort einbrechen?«

Greta Gerber winkte theatralisch ab.

»Nein, das ist doch verboten. Aber ich kann mich doch mal ganz unverbindlich nach einem romantischen Wochenende inklusive Segenswunsch erkundigen, oder? Meine biologische Uhr tickt schließlich. Das hat mir Doktor Wallner eindeutig bestätigt. Noch ganz leise. Eigentlich kaum zu hören. Aber sie tickt.«

»Na dann. Bleibt noch die Frage, wer Sie begleitet. Allein können Sie ja schlecht dort vorsprechen, und Kollege Fritz scheidet aus, weil er bereits mit mir bei Erzberger war. Aber vielleicht gibt es jemanden aus Ihrem privaten Umfeld, der sich Undercover einsetzen lässt?«

Laura Behrmann zwinkerte ihr zu.

Greta lächelte säuerlich. So lange sie nicht wusste, warum Darius ihren Zeitungsartikel auf dem Schreibtisch abgelegt hatte, ohne ihr zu sagen, dass er längst wusste, wer sie war, konnte sie ihm nicht vertrauen. Und schon gar nicht in eine solch heikle Angelegenheit einweihen.

»Die Männer in meinem privaten Umfeld würden ziemlich große Augen machen, wenn ich sie fragen würde, ob sie mich zu einer Kinderwunsch-Erfüllungsagentur begleiten. Nein, es müsste jemand sein, der die Situation professionell einschätzen kann und nicht auf dumme Gedanken kommt.«

»Dann bleiben nur Kriminalrat Seidel und der Jaschke aus der KTU. Wenn der Chef allerdings erfährt, was Sie vorhaben, dann suspendiert er Sie vom Dienst. Und beim Jaschke …«

»… kann man nicht ausschließen, dass er auf dumme Gedanken kommt«, vervollständigte Greta Gerber den Satz. »Aber keine Sorge. Die treibe ich ihm aus.«

Einige Stunden später saß die Hauptkommissarin mit ihrem Kollegen Jaschke am Besprechungstisch der Agentur Bussenkindle. Sie hatten sich mit Herr und Frau Krämer vorgestellt, Greta war auf die Schnelle nichts anderes eingefallen, bei Meier, Müller oder Schmidt wäre der Betrug zu offensichtlich gewesen.

Konrad Erzberger schien es egal zu sein, er schwafelte schon seit einer geschlagenen halben Stunde über die Vorzüge seiner Dienstleistungen und machte nicht den Anschein, dass der Lobgesang ein Ende nehmen konnte. Jaschke nahm seine Rolle als Gretas Ehemann sehr ernst, warf seiner angeblich Angetrauten verliebte Blicke zu, strich ihr sanft über den Rücken und legte ihr vertraulich eine Hand auf den Oberschenkel.

Der Hauptkommissarin blieb nichts anderes übrig, als diese Übergriffe zu dulden, doch in ihr brodelte es. Erzberger ließ sie keine Sekunde aus den Augen, eine ruppige Geste von Greta hätte womöglich sein Misstrauen geweckt. Aber eins war klar: Jaschke konnte sich warm anziehen. Sobald sie das Büro verlassen hatten, war ihm eine Standpauke gewiss.

»Wenn Sie Ihre Chance erhöhen wollen, ein Kind zu bekommen, liebe Frau Krämer, lieber Herr Krämer, kann ich Ihnen nur unsere Luxus-Exklusiv-Tour ans Herz legen.«

Erzberger breitete einen Prospekt vor ihnen aus.

»Hier, sehen Sie. Zunächst besuchen Sie die Kapelle auf dem Heiligen Berg, in der Sie den Kindersegen erbitten, danach entfacht ein Liebesdinner im Gasthof Schönblick ihre Leidenschaft, die Sie dann …«

»Entschuldigen Sie bitte«, unterbrach Armin Jaschke Erzbergers Vortrag und rieb sich den Knöchel, der von Gretas Schuhspitze getroffen worden war. »Haben Sie eine Toilette? Ich müsste mal …«

»… für Königstiger. Ist doch klar. Bei der Aussicht auf so viel Romantik kommen die Säfte in Wallung, was?«

Erzberger lachte schrill und wies Jaschke den Weg.

Greta wartete, bis ihr Kollege außer Hörweite war, und beugte sich dann zu dem Agenturbetreiber vor.

»Mal ehrlich«, flüsterte sie, »was ist, wenn die Luxus-Exklusiv-Tour nicht funktioniert? Mein Mann und ich haben schon etliche Versuche unternommen. Aber seine Spermaqualität ist einfach zu schlecht. Die wird doch durch Gebete sicher nicht besser.«

»Die kleinen Eumel sind müde.« Erzberger grinste. »Das Problem ist bekannt. Aber glauben Sie mir, wir finden da eine Lösung. Sechzig Prozent unserer Paare sind heute stolze Eltern von gesunden Kindern. Und bei vielen schien die Angelegenheit auch aussichtslos zu sein. Hier, sehen Sie.«

Er deutete auf die Wand mit den vergilbten Zeitungsartikeln und den Fotografien von Paaren, die stolz ihre Kinder präsentierten.

»Für das Glück von Liebenden gibt es immer einen Weg.«

Der Agenturinhaber ergriff Gretas Hand und hielt sie fest. »Wir lassen Sie nicht allein«, wisperte er. »Sie müssen nur vertrauen.«

»Wie sieht denn so eine Lösung aus? Ich meine, vielleicht können wir uns den Weg auf den Bussen ja sparen. Ehrlich gesagt, sehe ich wenig Sinn …«

In diesem Moment riss Jaschke die Tür auf, in seinem Gesicht spiegelten sich Überraschung, Aufregung und ein Hauch von Debilität.

»Kommen Sie schnell«, keuchte er. »Mit Ihrer Spülung stimmt was nicht. Das gibt gleich eine furchtbare Sauerei.«

Greta entzog dem überraschten Agenturbesitzer ihre Hand und unterdrückte den Drang, loszuprusten. So viel Schauspielkunst hatte sie ihrem Kollegen nicht zugetraut. Erzberger erhob sich ächzend und eilte Jaschke hinterher.

Greta wartete einen Moment. Aus der Toilette waren Erzbergers Flüche zu vernehmen, der sich offenbar vergeblich bemühte, Jaschkes eingeleitete Überschwemmung aufzuhalten.

Sie schlich sich an den Aktenschrank, zog die Schubladen auf und durchwühlte die Hängetaschen. Angebote, Rechnungen, Berichte, Anschauungsmaterial von Kooperationspartnern. Nichts Verwertbares. Hektisch schloß die Hauptkommissarin die oberste Lade und zog die nächste auf. Die Akten waren nach einer gewissen Systematik sortiert, die sich ihr nicht erschloss. In der dritten Tasche steckte ein Foto eines Paares, das dem Fotografen stolz einen Säugling präsentierte. Greta durchblätterte die Papiere, fand schließlich eine Kopie der Buchung einer Exklusiv-Luxus-Tour, faltete sie zusammen und ließ sie in ihrer Gesäßtasche verschwinden.

Erzbergers Stimme näherte sich. Greta schloss die Schublade und hechtete auf ihren Stuhl, gerade noch rechtzeitig, bevor der sichtlich erregte Agenturinhaber den Raum betrat.

»Brauchen Sie zuhause auch so viel Papier? Meine Güte, bei jedem Stuhlgang von Ihnen stirbt ein Stück Wald. Das muss ein Abfluss erst mal verkraften.«

Jaschkes Entschuldigungen fielen ziemlich erbärmlich aus.

»Wenn Sie einen Pümpel in der Toilette hätten, wäre das nicht passiert. Eine Toilette ohne Pümpel geht ja gar nicht.«

»Kümmern Sie sich mal lieber um Ihren eigenen Pümpel«, ätzte Erzberger.

»Wir hätten Sie warnen müssen«, insistierte Greta. »Mein Mann ist für seinen Papierverbrauch berühmt. Der Leiter des Drogeriemarkts unseres Vertrauens liebt ihn sehr dafür.«

Sie lächelte, doch Erzberger schien in dieser Angelegenheit keinen Spaß zu verstehen. Mit hochrotem Kopf und zitternden Händen sortierte er die Unterlagen auf dem Schreibtisch.

»Gut, Schwamm drüber. Ist ja nichts passiert. Kann ich noch irgendetwas für Sie tun?«, brachte er hervor.

»Ja, Sie wollten mir etwas über die Alternative zur Bussen-Tour zu erzählen.«

Der Agenturchef sah sie lange an, dann schüttelte er den Kopf.

»Es gibt keine Alternative. Da haben Sie mich falsch verstanden. Ich habe lediglich gesagt, dass wir Sie nicht alleine lassen. Und allem voran steht eine Buchung der Exklusiv-Luxus-Tour.«

Er schob Greta ein Vertragsformular zu. Die Hauptkommissarin sah ein, dass aus ihrem Gegenüber kein Wort mehr herauszubekommen war, und erhob sich.

»Wir lassen uns Ihr Angebot durch den Kopf gehen und melden uns wieder«, sagte sie. Sie zog Jaschke am Arm.

Im Auto verlor sie endgültig die Beherrschung und prustete los.

»Jaschke, Sie Spinner. Sie sollten ihn ablenken und nicht seine Bude unter Wasser setzen. Aber ich muss sagen, die Idee war nicht so schlecht. An Ihrem Timing sollten Sie jedoch noch arbeiten. Einen Augenblick länger allein mit Erzberger, und er hätte mir verraten, was er außer der Bussen-Tour noch bieten kann.«

Ihr Kollege grinste. »Das war eine meiner leichtesten Übungen. Und auf unserer Exklusiv-Luxus-Tour kann ich Ihnen zeigen, was ich noch so alles zu bieten habe.«

Die Hauptkommissarin packte ihn am Kragen.

»Wenn Sie Ihre Anzüglichkeiten nicht gleich einstellen, zeige ich Ihnen, was ich draufhabe. Als Erstes würde ich Ihnen vorführen, wie es ist, aus einem fahrenden Auto zu fallen.«

Jaschkes Selbstsicherheit bekam einen Riss.

»Entschuldigung«, murmelte er kleinlaut. »Ich dachte, mein Auftritt ist noch nicht zu Ende.«

Greta runzelte die Stirn und betätigte den Anlasser.

»Doch, ist er. Zumindest bis auf weiteres.«

25

Im Garten der Kindertagesstätte Sonnenschein in der Rindenmooser Straße herrschte mächtig Betrieb. Andreas Goettle blieb einen Moment stehen und betrachtete über den Zaun hinweg die Kinder, die kreischend über die Rasenfläche tobten, in einer Schlammgrube herumtollten, die Rutschbahn hochkletterten und dünne Holzstöcke nach einander warfen.

Bei anderen wiederum war das Spiel einer gewissen Effektivität unterworfen: Sie gossen Blumen, bemalten Stühle und bauten Regale auf. Zwei Erzieherinnen eilten von einer Ecke zur anderen, um Anweisungen zu geben, Streit zu schlichten, Weinende zu trösten und Ermahnungen oder Lob auszusprechen.

Goettle ging um das Gebäude herum, überquerte das Rondell, in dessen Mitte ein Tannenbaum gepflanzt war. Auf einem verblichenen Schild über der Eingangstür war »Waldorfkindergarten« zu lesen.

Er klingelte.

Das Gesicht eines kleinen Mädchens presste sich an die Fensterscheibe neben der Tür. Andreas Goettle winkte ihr zu, das Gesicht verschwand, und einen kurzen Moment später schwang die Tür auf. Das Mädchen musterte ihn eindringlich.

»Bisch du der Schornsteinfeger?«, fragte sie.

Der Geistliche lachte. »Noi, i ben dr Herr Pfarrer. Und du? Bisch du an Engel? I moin bloss wega deinem schöna weißa Kleid.«

Die Kleine schüttelte den Kopf.

»Was dann, bisch du a Prinzessin?«

»Noi, a Schnegganudel. Sagt mein Papa. Weil i so süß ben.«

Die Kleine drehte sich um und raste davon.

Goettle schmunzelte. »Ganz schee schnell, die Schnegganudel«, sagte er.

Er folgte dem Mädchen ins Gebäude und bewegte sich auf eine der Erzieherinnen zu, um sich nach der Kita-Leiterin Lisa Pfäffle zu erkundigen. Die junge Frau zog gerade einem kleinen Jungen die Hose aus und verzog angewidert das Gesicht.

»Och Mensch, Brighton, deine Unterhose ist ganz nass. Du sollst es uns doch sagen, wenn du Pipi musst.«

Der Kleine schüttelte den Kopf. »Das war ich nicht. Da hat es reingeregnet.«

Die Erzieherin ließ sich von dem Einfall des Jungen nicht umstimmen und grummelte weiter vor sich hin.

»Reingeregnet, so ein Quatsch. Es scheint doch die Sonne. Und was machen wir jetzt?«

Sie zog ihm die nasse Unterhose aus, wischte ihn mit einem Papiertaschentuch sauber und zog ihm seine Hose wieder an. »Geh ins Haus und sag Lisa, dass sie dir eine neue Unterhose anziehen soll. Und beim nächsten Mal sagst du Bescheid, wenn du Pipi musst.«

»Aber manchmal ist das Pipi schneller als mein Mund«, konterte Brighton und lief los.

Andreas Goettle folgte ihm. Die beiden fanden Lisa Pfäffle in der Küche, in der sie einigen Kindern zeigte, wie man Pudding zubereitet. Als sie Brighton und Pfarrer Goettle sah, übergab sie den Rührlöffel an ein Mädchen und trat auf sie zu.

»Herr Pfarrer, schön, Sie zom seha. Und offenbar hen Sie scho mit Brighton Freundschaft gschlossa.«

Goettle lächelte. »Des wär a bissle zu viel gesagt. Mir sen hier, weil mir boide ebbes von Ihne brauchat. Der Kloi a Unterhos und i an Rat.«

»Na, dann kümmer i mi erst mol um die dringendere Ogelegaheit.«

Sie nahm Brighton an der Hand und führte ihn hinaus. Goettle gesellte sich zu den Kindern, die am Küchentisch saßen und die Puddingmasse auf Desert-Schälchen verteilten.

»Hm, des sieht ja gut aus«, lobte er.

Das Mädchen mit dem Oberkommando am Tisch sah ihn scharf an. »Du kriegsch aber nix, des isch Kinderpudding.«

»I war au amol a Kend«, erwiderte Andreas Goettle.

Das Mädchen dachte einen Moment darüber nach.

»Also gut, aber dann kriegsch bloß a kloine Portion. Weil des so lang her isch«, entschied sie und schaufelte einen Löffel Pudding in ein Schälchen.

»Sei et so geizig, Valencia. Der Pudding reicht doch für älle.«

Lisa Pfäffle war hinter den Geistlichen getreten und legte ihm die Hände auf die Schultern.

»Bei Pudding schlägt des schwäbische Geizgen durch. Do versaget älle pädagogischen Kniffe.«

»Hm, bei dem Pudding, da wär i au geizig«, erwiderte der Pfarrer und tauchte seinen Löffel in die goldgelbe Masse, um ihn gleich darauf im Mund verschwinden zu lassen.

»Sie sind bestimmt net komma, um mit ons den Nachtisch zu genießa, oder? Was kann i für Sie doa?«

Andreas Goettle erläuterte der Kita-Leiterin in kurzen Sätzen seine Situation: Er berichtete, wie er Joshua aufgefunden hatte und über seine vergeblichen Versuche, dem Kleinen eine neue Bleibe zu verschaffen.

»Verstehat Sie mi net falsch. I hab den Kloina gern, aber auf Dauer kann der net bei mir bleiba. Und wer weiß, ob und wann ihn sei Mutter wieder holt. Womöglich isch ihr irgendebbes passiert.«

Lisa Pfäffle runzelte die Stirn und drehte gedankenverloren eine ihrer Dreadlocks um den Finger.

»Des isch net so oifach«, sagte sie nach einer Weile. »Wir könnat koine Kender meh aufnehma. Wir sind jetzt scho mehr als ausglastet. Normalerweise müssat Eltern ihre Kinder bereits vor der Geburt anmelda, sonst müssat se sich auf a lange Wartezeit eirichta. Wie alt isch der Joshua denn?«

Andreas Goettle zuckte mit den Schultern. »So genau woiß i des au net. I schätz so neun Monat.«

Die Kita-Leiterin schüttelte den Kopf.

»Wir nemmat Kender erst ab zwölf Monat auf.«

»Er wirkt sehr viel älter, als er isch. Fast scho erwachsa. Und eigentlich isch er sehr pflegeleicht. Er schwätzt vielleicht a bissle wenig, aber sonschd isch er ein umgänglicher Charakter …«

Andreas Goettle setzte seinen Hundewelpenblick auf und blinzelte die junge Frau an. »Lisa, bitte, im Namen der Nächstenliebe. Es muss ja net für emmer sei. Nur so lang, bis i beim Jugendamt weiterkomma ben.«

Lisa Pfäffle seufzte. »Dann isch es ja doch für emmer. Aber wie kann i Ihne an G'falla abschlaga, wenn Sie mi so anguckat. Und anstrengender als unser Brighton kann Joshua au net sei.«

»Er hot zumindest koine Ausreda, wenn er in d' Hos soicht.«

Andreas Goettle umarmte die junge Frau und drückte sie an sich.

»Vergelt's Gott, Lisa. I hab doch gwisst, dass i mi auf Sie verlasse ka.«

»Scho recht. Wir könnat ihn aber nur tagsüber nemma. Um spätestens 17 Uhr müssat Se ihn wieder hola. Und es darf koiner wissa, dass er hier isch. Was moinat Sie, was mir die Eltern verzähla, die i ablehna musste, wenn des rauskommt.«

Sie befreite sich aus der Umarmung. »I muss wieder in die Küch. Valencia hat ihr eigene Art, Pudding aufzumtoila. ›Me first‹ lautet ihr Motto.«

»Ja, des hab i schon gmerkt, dass die bsonders isch«, erwiderte der Geistliche. »Des fängt scho beim Noma an. Valencia.«

»Ja, sie wurde nach dem Ort benannt, an dem se zeugt worda isch. Genau wie Brighton. Und Sydney.«

»Um Gottes Willa. Hoffentlich findet des im Schwäbische koi Entsprechung. I moin, wer will schon als Kind Schwendi oder Achstetta hoißa? Oder Schützafest? Dann schon lieber Schnegganudel.«

26

Lupus 666 an Araneus

Wo ist sie? Wo ist das Kind? Es ist alles für ihre Ankunft bereit.

Araneus an Lupus 666

Verschwunden. Beide. Spurlos.

Lupus 666 an Araneus

Sie werden mit brennender Ungeduld erwartet.

Araneus an Lupus 666

Die Hyänen sind schon freigesetzt. Es ist eine Frage der Zeit.

Lupus 666 an Araneus

Hoffen wir, dass die Hyänen an sich halten. Die Ungeduldigen haben ein Recht auf Unversehrtheit.

Araneus an Lupus 666

Ich bürge dafür.

Lupus 666 an Araneus

So ist es. Mit deinem Leben.

27

Rafael lag im Wohnzimmer auf der Couch und starrte an die Decke. An Schlaf war nicht zu denken. Zu viele Gedanken, zu viele ungelöste Probleme hielten ihn wach. Seine Nerven vibrierten wie hart angeschlagene Gitarrensaiten, das geringste Geräusch ließ ihn hochfahren und nach dem Baseballschläger greifen, den er unter seinem Notlager postiert hatte. Roxane hatte ihn aus dem gemeinsamen Schlafzimmer ausquartiert, in seinem Bett lag Viviana im Schlaftabletten-Koma und schnarchte.

Rafael war es egal. An den Austausch von Zärtlichkeiten oder gar Sex mit Roxane war eh nicht zu denken. Nicht, so lange seine Hoden die Farbe von Auberginen hatten und sich anfühlten, als wären sie mit purem Blei gefüllt. Außerdem hatten sie wieder gestritten. Roxanne hatte ihm vorgeworfen, sich nicht zu kümmern, dabei war es nicht seine Schuld, dass er die Waffe und den Ausweis noch nicht besorgen konnte. Wenn ihm der schöne Elias nicht das gesamte Geld abgenommen hätte, dann wäre er längst schon im Besitz einer Glock und eines Schweizer Ausweises gewesen.

Das hatte er seiner Freundin natürlich nicht erzählt. Und auch nicht, wie er zu dem Geld gekommen war. Roxane hätte sich sofort von ihm getrennt. Dass der Waffenkauf ebenso illegal war wie das Betrügen von alten Menschen, wäre ihr reichlich egal gewesen. Sie hatte ihre eigene Rangordnung von Unrecht und Moral.

So lange er auch überlegte: Es gab keinen anderen Weg. Er musste den Polizistentrick noch einmal durchziehen. Seine Selbstachtung hatte er längst verräumt, er steckte zu tief in dunklen Geschäften, um weiterhin als feiner Kerl durchzugehen. Moral und Würde musste man sich leisten können. Und wenn er Elias dabei half, einen Darknet-Shop aufzubauen, dann war er endgültig auf die schiefe Bahn abgebogen. Rafael zog die Bettdecke bis über das Kinn, ihm war kalt. Sein Frösteln war keine Reaktion auf die Raumtemperatur. Es kam von innen.

Am frühen Nachmittag stand Rafael vor der Seniorenresidenz Regenbogen. Die Uniformjacke hatte er trotz der sengenden Hitze zugeknöpft. Auch wenn ihm der Schweiß in Strömen über das Gesicht lief, strahlte er auf diese Weise mehr Autorität aus, die vom Wahrheitsgehalt seiner Geschichte ablenkte.

Sein Opfer, Winfried Günzel, hatte es ihm einfach gemacht. Offenbar hatte ihn der alte Herr am Telefon für seinen Sohn Günter gehalten und wähnte diesen in einer Notlage. Rafael hatte diese Vorlage für seine Geschichte genutzt, blieb in der Rolle des notleidenden Sprösslings, der von der Polizei gegen seinen Willen festgehalten wurde und nur durch die Übergabe einer Kaution auf freien Fuß gesetzt werden konnte. Winfried Günzel hatte keine störenden Fragen gestellt, hatte ihm jedes Wort abgenommen und war auch auf den Vorschlag eingegangen, die 8000 Euro, die der Alte unter seinem Kopfkissen verwahrte, einem Polizisten zu übergeben.

Rafael ging nervös vor dem Altenstift auf und ab und beobachtete den Zugang zum Haus.

Er hatte mit Winfried Günzel einen Treffpunkt im Garten verabredet, um unangenehme Begegnungen mit anderen Heimbewohnern oder dem Pflegepersonal zu vermeiden.

Der alte Herr hatte sofort zugestimmt.

Rafael zückte sein Smartphone, um die Uhrzeit abzulesen. Der Alte war schon fünf Minuten zu spät.

»So, was isch jetzt. Hen ihr den Hosasoicher gfonda, der alte Leut um ihr Geld bscheißt? Oder lauft der Erzschlawiner immer no frei rom?«

Rafael fuhr herum. Eine etwas nachlässig gekleidete Dame mit halblangen grauen Haaren stand hinter ihm und musterte ihn. Sie kniff die Augen zusammen und heftete ihren Blick auf das Namensschild.

»Fritz«, las sie. »Sen Sie an Kollege von dem blitzsaubere Mädle, des neulich bei ons war? Wenn i en Ma wär, wär des die mei. Da kenntat Se aber an gscheite Furz drauf lau.«

Rafael musste sich einen Moment sammeln. Er wusste nicht, wovon die Alte sprach, außerdem ärgerte er sich, dass es mit ihr eine weitere Zeugin gab, die gegen ihn aussagen konnte, wenn er auffliegen sollte. Aber es blieb ihm kein anderer Ausweg, als in seiner Rolle zu bleiben.

»Nun, wir sind auf einer heißen Spur«, sagte er mit gesenkter Stimme. »Mehr darf ich nicht verraten. Wir wollen die Ermittlungen nicht gefährden.«

Die Alte winkte ab. »Oh, ihr sen so Schnokahuaster. I möcht mol wissa, was so schwer isch, so an Lugabeutel zum fanga. Awa, ihr hen doch älle koin Arsch in dr Hos. Wenn i so geschafft hätt wie ihr, no wär aber koins meiner acht Kender groß worda.«

Mit schlurfenden Schritten und unablässig vor sich hin brabbelnd bewegte sie sich auf das Haus zu. An der Tür angelangt schob sie sich an einem Herrn vorbei, der gerade dabei war, über die Schwelle zu treten. In der Hand hielt er einen Stoffbeutel und sah sich nach allen Seiten um.

Aus der Reaktion des Herrn schloss Rafael, dass dies Winfried Günzel sein musste. Der Alte drückte den Beutel an sich und lief in gebückter Haltung auf den vermeintlichen Polizisten zu.

»Ich musste Frau Heise, unsere Leiterin, ablenken. Deshalb hat es ein bisschen länger gedauert«, keuchte Winfried Günzel, als er Rafael gegenüberstand. »Sie wollte heute unbedingt einen Ausflug mit mir unternehmen, aber ich habe ihr gesagt, dass ich mich um eine familiäre Angelegenheit kümmern müsse. Seit die Polizei da war, um uns vor diesen Enkeltrickbetrügern zu warnen, hütet sie uns wie einen Augapfel.«

Rafael versuchte, seine aufsteigende Panik hinunterzuschlucken. War dies eine Falle? Hatte es ihm der Alte deshalb so leicht gemacht, ihm ein Märchen aufzutischen? Um ihn anzulocken?

Warteten im Gebüsch schon Beamte, um ihn festzunehmen? Er unterdrückte den Impuls, nach der Stofftasche zu greifen und zu fliehen.

»Vorsicht ist besser als Nachsicht«, brachte er hervor und versuchte sich an einem Lächeln. »Da habe ich vollstes Verständnis für Ihre Heimleiterin. Es gibt so viele Gauner heutzutage. Denen fällt immer etwas Neues ein.«

Winfried Günzel nickte. »Die Hauptsache ist, dass mein Günter wieder freikommt. Er ist bestimmt unschuldig. War er eigentlich immer. Mit den ganzen Einbrüchen damals hatte er nichts zu tun. Ganz bestimmt nicht. Aber er hatte halt schon immer die falschen Freunde, die ihn ausgenutzt haben. Und er ist doch so gutmütig. Das hat er von mir. Seine Mutter, also meine Cousine, ist da ja aus einem ganz anderen Holz geschnitzt.«

Rafael starrte Günzel verdutzt an. »Seine Mutter? Cousine?«

»Eine lange Geschichte. Nicht so wichtig.«

Günzel hielt ihm die Stofftasche hin. Rafael nahm sie, sah hinein. Sie war mit Zwanzigern und Fünfzigern gefüllt.

»8000 Euro. Ihr Kollege am Telefon hat gesagt, dass dies der Betrag ist, um Günter freizukaufen.«

Rafael nickte. »Das ist richtig. Ich werde die Freilassung Ihres Sohnes sofort in die Wege leiten. Und wenn sich der Verdacht gegen ihn auflöst, bekommen Sie das Geld wieder zurück.«

Winfried Günzel stieß einen erleichterten Seufzer aus.

»Ich bin so froh, dass Sie gekommen sind. Ich habe das Gefühl, jetzt wird alles wieder gut.«

»Natürlich wird es das«, sagte Rafael.

28

»Sie haben das Ziel erreicht. Das Ziel liegt rechts«, schnarrte die männliche Stimme des Navigationsgerätes. Theodor-Storm-Straße 20. Greta Gerber blieb in der Einfahrt des Einfamilienhauses stehen und überprüfte die Adresse anhand der Unterlagen, die sie aus Konrad Erzbergers Büro entwendet hatte.

Anke und Til Spengler hatten den Weg aus Bad Schussenried nach Biberach auf sich genommen, um den Service der Agentur Bussenkindle in Anspruch zu nehmen.

»Schöne Gegend. Tolles Haus, großer Garten, viel Grün drumherum. Könnte mir auch gefallen«, sagte Laura Behrmann und fing sich einen genervten Blick ihrer Chefin ein. »Irgendwann einmal. Wenn's bei der Polizei mal nicht mehr so läuft.«

›Hier wohnen Melissa, Anke und Til‹ gab ein mit Schmetterlingen und Blumen verziertes Holzschild an der Haustür bekannt. Greta Gerber betätigte die Klingel. Eine Frau in einem legeren hellblauen Hausanzug öffnete. Die dunkelbraunen Haare hatte sie zu einem Pferdeschwanz zusammengebunden, eine ungebändigte Locke fiel ihr in die Stirn. Sie schwitzte.

Greta stellte sich und Laura Behrmann vor.

Anke Spengler erbleichte. »Kriminalpolizei? Ist etwas mit meinem Mann? Ich habe doch noch vor einer Stunde mit ihm telefoniert. Da war noch alles in Ordnung.«

»Keine Sorge, es ist nichts passiert«, beschwichtigte die Hauptkommissarin. »Wir würden gern mit Ihnen sprechen. Über Ihre Erfahrungen mit der Agentur von Konrad Erzberger. Über die Bussentour und was sie mit Ihnen gemacht hat.«

Anke Spengler trat zögernd zur Seite und gab den Hauseingang frei.

Die beiden Polizistinnen traten ein, ließen der Hausherrin den Vortritt und folgten ihr in das Wohnzimmer. Eine breite Glasfront öffnete den Ausblick auf eine große Terrasse und den dahinter liegenden Garten. In einem kleinen Sandkasten lagen Plastikschaufel, Eimer und Förmchen, daneben standen eine bunte Schaukel und eine Rutschbahn.

»Melissa hat ihren Privatspielplatz, draußen wie drinnen«, sagte Anke Spengler und sammelte herumliegende Plüschtiere, Bilderbücher und Holzspielzeuge ein.

Sie wies auf eine Sitzgruppe, doch die Polizistinnen blieben stehen.

»Ihr Mann ist nicht zu Hause? Das ist schade. Wir hätten gern auch seine Meinung zu der Agentur Bussenkindle gehört. Wo ist er denn?«

Anke Spengler ordnete die Kissen auf der Couch neu an, setzte sich und schlug die Beine übereinander. Sie wischte sich die Strähne aus der Stirn.

»Er ist im Krankenhaus. Bei einer Art Routineuntersuchung.«

»Aber nicht ganz harmlos, oder? Sonst hätten Sie sich doch nicht gleich nach ihm erkundigt, als Sie erfahren haben, dass wir von der Polizei sind.«

Anke Spengler errötete. »Ein Reflex, weiter nichts. Wir hatten ja noch nie etwas mit der Polizei zu tun. Und ich weiß auch nicht, wie ich Ihnen helfen kann. Wir haben bei der Agentur lediglich die Exklusiv-Bussen-Tour gebucht, und das war es. Mehr kann ich nicht dazu sagen.«

Greta Gerber bemerkte die Anspannung, unter der die Frau stand, hakte jedoch nicht weiter nach. »Aber Herr Erzberger führt Sie als Paar an, das nach der Tour den lang ersehnten Kinderwunsch erfüllt bekam. Sie sind für ihn ein Beispiel, dass seine Tour zum Erfolg führt. Und wir fragen uns, ob das so stimmt oder ob das lediglich ein Werbetrick ist. Wie war das bei Ihnen?«

Die Frau, die Greta Gerber auf Anfang Vierzig schätzte, versuchte zu lächeln, scheiterte jedoch. Sie griff nach der Keksschale auf dem Wohnzimmertisch und bot ihren Gästen einen an. Die beiden Polizistinnen lehnten ab. Beim Zurückstellen stieß sie die Schale um. Ihre Hände zitterten, als sie die Kekse in das Gefäß zurücklegte.

»Entschuldigung«, stammelte sie.

Greta zog die Augenbrauen nach oben und sah Laura an. Sie zuckte mit den Schultern. Mit hastigen Bewegungen wischte Anke Spengler die Krümel vom Glastisch.

»Die Wanderung zum Bussen, das Dinner und das Verwöhnwochenende waren schön«, fing sie an. »Aber mein Mann und ich waren nicht so naiv zu glauben, dass dies genügt, um ein Kind zu bekommen. Wir haben es jahrelang versucht, auf natürliche Weise, und als alles darauf hindeutete, dass es uns so nicht gelingen konnte, haben wir es auf dem künstlichen Weg versucht. Aber nichts hat funktioniert. Und die Prognose meines Frauenarztes gab uns dahingehend auch wenig Hoffnung. Ich könnte keine Kinder bekommen, hatte er gesagt. Und damit hatten wir uns fast schon abgefunden.«

Sie nickte leicht, und Greta bemerkte, dass die Erinnerung Anke Spengler schmerzte.

»Aber irgendwie hat es ja dann geklappt«, erwiderte Laura Behrmann. »Da hat der Segen des Bussen letztlich doch geholfen.«

Anke Spengler schüttelte den Kopf. »So kann man das nicht sagen. Und doch hat die Agentur von Herrn Erzberger damit zu tun. Drei, vier Monate nach der Tour hatte er uns noch einmal angerufen. Um sich zu erkundigen, wie es uns gefallen hat. Und ob sich in Sachen Kinderwunsch schon etwas getan habe. Es war unheimlich. Einen besseren Zeitpunkt hätte er sich nicht aussuchen können. Sein Timing war unfassbar gut.«

»Wie meinen Sie das?«

Anke Spengler schloss die Augen und presste die Hände vor den Mund.

»Til und ich hatten gerade beschlossen, unserer Beziehung eine Auszeit zu geben. Ich konnte nicht mehr, war körperlich und nervlich am Ende. Die Hormonbehandlungen waren anstrengend, dann dieses stete Hoffen und Bangen, wenn mir die befruchteten Eizellen wieder eingesetzt wurden. Und dann diese tiefe Enttäuschung, wenn ich sie wieder verlor. Dreimal habe ich diese Prozedur über mich ergehen lassen. Drei Mal stand ich kurz vor dem Nervenzusammenbruch, wenn ich mich aus der Toilette schleppte, in der Gewissheit, dass ich eben meine Hoffnung hinuntergespült habe.«

Eine Träne rollte ihre Wange hinunter, sie wischte sie mit dem Handrücken weg.

»Und dann kam dieser Anruf von Erzberger. Er muss meine Verzweiflung gespürt haben, denn er gab sich ganz anders als sonst. Er war mitfühlend, er hat mich getröstet, hat uns beschworen, nichts zu überstürzen. Es gäbe doch immer einen Weg, hat er gesagt. Ich wollte schon auflegen, aber dann hat er von seinem Bekannten Dr. Clemens Wolf, einem Frauenarzt aus Ravensburg, erzählt, der schon vielen Paaren wie uns geholfen hatte.«

Laura Behrmann zückte ihr Notizbuch und notierte den Namen.

Greta Gerber runzelte die Stirn. »Und das haben Sie ihm geglaubt?«

»Nein, zunächst nicht. Aber Erzberger war ziemlich hartnäckig und überzeugend. Letztlich haben Til und ich beschlossen, es ein letztes Mal zu versuchen.«

Als wäre dies ein Stichwort, begann ein zartes Stimmchen nach ihrer Mutter zu rufen. Anke Spengler lachte.

»Naja, und das Ergebnis dieser Bemühungen will jetzt unbedingt seinen Mittagsschlaf beenden. Entschuldigen Sie mich bitte.«

Die Dame des Hauses erhob sich und verließ das Zimmer.

Laura tippte etwas in ihr Smartphone ein und präsentierte Greta Gerber das Ergebnis ihrer Suche.

»Dr. Clemens Wolf, Kirchstraße 9, Ravensburg«, las die Hauptkommissarin.

»Ja, wenn mich nicht alles täuscht, ist das auch der Wunderdoktor, der die Schwangerschaft von Viviana Blank begleitet hat.«

»Richtig. Der Dr. W. in ihrem Kalender hieß demnach nicht Wagner, sondern Wolf. Und offenbar verfügt dieser Mensch über Mittel, die ihn von der Konkurrenz unterscheiden.«

Anke Spengler kam zurück. Auf ihrem Arm hatte sie ein kleines Mädchen, das die Polizistinnen verschlafen anblickte.

»Schau mal, Engelchen, wir haben Besuch.« Die Mutter drückte ihrem Kind einen Kuss auf den Hinterkopf. »Und das ist Melissa, unser größter Schatz.«

Das Mädchen drückte das Gesicht gegen die Schulter ihrer Mutter und greinte.

»Wo ist mein Papa?«, jammerte Melissa.

»Der Papa ist beim Onkel Doktor. Aber er kommt ganz bald wieder.«

Sie streichelte dem Mädchen über die Haare.

»Hat der Papa wieder Aua am Rücken?«, fragte Melissa.

Ihre Mutter antwortete nicht.

»Was hat der Papa denn für ein Aua am Rücken«, hakte Greta Gerber nach.

Anke Spengler verdrehte die Augen. »Es ist nur eine Narbe, die sich immer wieder entzündet. Nichts Schlimmes.«

»Woher hat ihr Mann diese Narbe? Wurde er operiert?«

Der Blick der Hausherrin flatterte unstet. Sie setzte das Kind auf dem Boden ab. Melissa begann zu schreien, klammerte sich an das Bein ihrer Mutter und zog sich daran hoch.

»Mein Mann hatte vor einiger Zeit eine Operation. Ein harmloser Eingriff. Davon hat er eine Narbe zurückbehalten. Und Melissa denkt, dass ihm diese Narbe Schmerzen bereitet. Weil er immer wieder ins Krankenhaus muss, wenn sie sich entzündet.«

Anke Spengler lächelte. »So sind Kinder nun mal. Sie leben in ihrer eigenen Realität. Aber das ist ja auch gut so.«

Sie nahm die Kleine wieder auf den Arm.

»Eine letzte Frage: Was unterschied die Behandlungsmethode von Dr. Wolf von der der anderen Frauenärzte, die Sie zuvor besucht haben? Wie kann es sein, dass Sie trotz der negativen Prognose von anderen doch noch schwanger wurden?«

Anke Spengler strich Melissa mit einer Hand über den Rücken und drückte ihr einen flüchtigen Kuss auf die Wange. Die beiläufige Geste hatte etwas Verschwörerisches, als teilte sie mit ihrer Tochter ein Geheimnis, das sie hüten wollte.

»Er hat mich und meinen Mann ernst genommen«, sagte sie schließlich. »Er hat uns Mut gemacht, sich intensiv um uns gekümmert und keine Möglichkeit ausgelassen, uns zu einem Kind zu verhelfen. Und auch während der Schwangerschaft hat er uns nicht allein gelassen, damit nichts, aber auch gar nichts schiefgehen kann. Wir verdanken ihm wirklich alles. Er ist ein fantastischer Mensch.«

»Haben Sie das Gemälde im Wohnzimmer gesehen?«, fragte Laura, als sie im Auto saßen. »Dieses übergroße Familienporträt von Anke, Til und Melissa?«

Greta nickte. »Ja, der Ölschinken war ja nicht zu übersehen. Ziemlich oldschool, wenn Sie mich fragen.«

»Ist Ihnen nichts an dem Bild aufgefallen?«

»Außer dass es sehr, sehr groß war, nicht. Worauf wollen Sie hinaus, Laura?«

»Til und Anke Spengler haben beide dunkle Haare. Richtig?«

»Richtig. Und?«

»Wie kommt es dann, dass Melissa rothaarig ist?«

Greta Gerber startete den Motor. »Uh, pikant. Wäre ja interessant herauszufinden, welche Haarfarbe unser Doktor Wolf hat.«

»Und wie genau seine Behandlung aussieht.«

29

»Na, mein Kleiner. Wie wär's? Machen wir einen Stadtbummel?«

Joshua, den Frieder über seine Schulter gelegt hatte, um das Essensbäuerchen herauszulocken, beantwortete die Frage mit einem Rülpsen, das so laut war, dass sich eine Frau nach ihm umdrehte.

»So ist es recht. Nur raus damit, was keine Miete bezahlt«, kommentierte Frieder den Ruktus des Kleinen und hob ihn in den Kinderwagen. Joshua grinste seinen Teilzeit-Betreuer an.

Frieder hatte keinen Moment gezögert, als ihn sein Freund Andreas Goettle gebeten hatte, auf den kleinen Jungen aufzupassen, während der Geistliche versuchte, beim Jugendamt einen Sachbearbeiter anzusprechen, der bei der Vermittlung von Joshua helfen konnte. Der ehemalige Chefredakteur des Schwäbischen Tagblatts, der seit Jahren in einem Eisenbahnwaggon auf einem Abstellgleis am Biberacher Bahnhof lebte, hatte genug Zeit und liebte Kinder. Vielleicht auch, weil er und seine verstorbene Frau keine eigenen hatten. In ihren ersten Ehejahren waren sie sehr damit beschäftigt gewesen, sich gesellschaftlich zu etablieren, danach hatte sie die Arbeit aufgefressen, und schließlich war seine Frau erkrankt und ihrer Krankheit erlegen. Der Kummer über diesen Verlust hatte den Gedanken an eigene Kinder verdrängt, eine Partnerin hatte Frieder weder gesucht noch gefunden, doch wenn er Joshua ansah, stieg eine gewisse Wehmut in ihm auf. Er wäre ein guter Vater gewesen, das wusste er. Er hätte einem Kind viel über das Leben beibringen können. Wissen, das nicht in Lehrbüchern stand, das er auf seinen Reisen in ferne Länder erworben hatte.

Der Tod seiner geliebten Frau hatte ihn zum Weltenbummler werden lassen – und seine Neugierde auf alles machte auch nicht vor bewusstseinserweiternden Substanzen Halt. Inzwischen schätzte er die Toröffner zu neuen Galaxien sehr, und wann immer er die Gelegenheit bekam, setzte er sie auch ein. Die Erfahrungen mit den Halluzinogenen gaben ihm die Gelassenheit, das Leben am Rande der Gesellschaft mit Anstand zu führen. Mehr noch: Sie vermittelten ihm das Gefühl, alles richtig gemacht zu haben.

Womöglich war es genau diese ruhige und zufriedene Ausstrahlung, die Joshua vom ersten Moment an besänftigt hatte. Andreas Goettle war mit einem brüllenden Kind zu Besuch gekommen, doch sobald Joshua in Frieders Armen lag, verwandelte sich der kleine Zornigel in ein friedliches Lamm, das die Lippen flattern ließ und vor sich hinbrabbelte.

Andreas Goettle war sehr erstaunt gewesen, als er dieses Phänomen beobachtet hatte. »Selig sind die Sanftmütigen, denn sie werden das Erdreich besitzen. I woiß zwar net, wie du des machsch, dass der Jong 's Brülla vergisst, aber letztlich isch mir des au egal. Du bisch engagiert, Frieder. Als Beruhigungsmittel.«

Zum Schein hatte sich Frieder ein wenig geziert, aber dann lockte Goettle mit einem Geldschein, um etwaige Unkosten, die mit einer Kinderbetreuung einhergingen – Apfelmus, Kekse, Eiscreme und ein bis zwei Kaltgetränke in einem Biergarten –, zu decken.

Frieder schätzte es sehr, dass sein Freund kein geiziger Mensch war, und so schob er bester Laune den Kinderwagen in Richtung Innenstadt, wo er seinen frisch erworbenen Reichtum, ganze zwanzig Euro, in leibliche Genüsse umzuwandeln gedachte.

Ja, das war ein Tag nach seinem Geschmack. Die Sonne stand hoch am Himmel und wärmte die Gemüter, Passanten flanierten durch die Gassen, befreit von Alltagshektik und Stress, die sie den Büromenschen überlassen hatten. Sie lächelten dem betagten Herrn im unmodernen Zwirn zu, der fröhlich pfeifend ein zufrieden glucksendes Baby, offenbar sein Enkelkind, ausführte. Frieder nickte seinen Mitmenschen zu, vor allem den weiblichen, bei denen er offenbar einen besonders guten Eindruck hinterließ. Die Aussicht auf ein kühles Helles und einen Wurstsalat im Pflugkeller in der Gigelbergstraße ließ ihn den Schritt beschleunigen.

Neugier oder Intuition? Auch Rafael war stehengeblieben, als er den angegrauten Herrn im Schmuddel-Outfit mit dem Kinderwagen auf der gegenüberliegenden Straßenseite erblickte. Irgendetwas wollte mit diesem Bild nicht stimmen. Ein heruntergekommener Typ mit strähnigen Haaren, wildem Bartwuchs, gebatiktem T-Shirt und viel zu großer Hose als Aufpasser für ein Baby? Das war ungewöhnlich. Vielleicht hatte er das Kind entführt, um ein Lösegeld zu erpressen. Womöglich machte es dem Alten Spaß, eine Mutter in Angst und Schrecken zu versetzen, indem er eine Unachtsamkeit ausgenutzt hatte, um das Baby zu entwenden. Oder konnte es sein, dass er weit Schrecklicheres mit dem Kind plante? Hätte er sich nicht in die Untiefen des Darknet begeben, hätte er niemals Gedanken wie diesen entwickelt. Aber nun schien er sich von den abscheulichen Eindrücken zu ernähren, größer zu werden und sich in Rafaels Kopf zu einem düsteren Bildersturm zu entwickeln.

Er folgte dem ungleichen Gespann, obgleich er wusste, dass er damit sein pünktliches Erscheinen beim Treffen mit dem schönen Elias in zwei Stunden gefährdete. In gebührendem Abstand schlenderte er dem Alten hinterher, der immer wieder stehen blieb und sich dem Baby zuwandte. Für einen Entführer agierte er viel zu liebevoll, befand Rafael. Der Marktplatz und die Theaterstraße waren belebt, niemand nahm Notiz von dem jungen Mann, der sich jedoch verhielt, als sei er der Verfolgte. Immer wieder sah er sich um, schob sich in Nischen, ließ den Abstand zwischen ihm und dem Alten anwachsen, um ihn im nächsten Moment wieder zu verringern. Hinter der Stadthalle bog der Alte nach rechts in die Gigelbergstraße, die ziemlich steil anstieg und so sein Tempo verringerte. Dennoch hatte Rafael Mühe, Schritt zu halten, seine Kondition hatte unter den Umständen der letzten Wochen gelitten.

Der Herr steuerte schnurstracks den Biergarten des Pflugkellers an, wuchtete den Kinderwagen die Treppe hinauf und ließ sich schließlich an einem Tisch im Schatten nieder. Eine junge sportliche Frau kam auf die beiden zu, nahm die Bestellung auf und eilte in Richtung Küche. Der Betagte hob den Kleinen aus dem Wagen und setzte ihn vor sich auf den Tisch.

Rafael zuckte zusammen. Natürlich konnte er sich täuschen. Babys sahen ja irgendwie alle gleich aus. Er musste sich täuschen, es war schlichtweg unmöglich. Roxane hatte ihm zwar nicht gesagt, wohin sie Joshua gebracht hatte, aber sie hatte beteuert, dass der Junge in Sicherheit war. Es sah ihr überhaupt nicht ähnlich, dass sie den Jungen in die Obhut eines Landstreichers gegeben hatte. Und dennoch: Der Junge sah aus wie Joshua, und Rafael hätte eine große Summe darauf gewettet, dass es Joshua war.

Rafael setzte sich an einen der Tische in der Nähe, um die beiden besser beobachten zu können. Der Alte spielte mit dem Baby »Hoppe, Hoppe Reiter«, der Kleine krähte sein Vergnügen heraus. Die Bedienung kam, stellte ein Glas Bier und einen Teller vor dem Herrn ab, der Alte hob den Kleinen in seinen Wagen hinein. Nur kurz kreuzten sich die Blicke Rafaels und des Kleinen. Der Junge lief rot an, schien Luft in die Lungen zu pumpen und fing an zu brüllen. Rafaels letzte Zweifel schwanden: Keine Frage, das war Joshua. Und während der Alte versuchte, den Jungen zu beruhigen, orderte Rafael einen Schnaps, um das aufsteigende Unwohlsein in seiner Magengegend zu bekämpfen.

»Du bist zu spät.«

Der schöne Elias sah ihn nicht an, doch Rafael bemerkte an der unruhigen Art, in der sein Gegenüber das silberne Zigarettenetui in seinen Fingern kreisen ließ, und an dem eisigen Tonfall, dass Elias kurz davor war zu explodieren.

»Ich musste noch etwas erledigen. Etwas Wichtiges«, erwiderte Rafael schwach.

Elias legte das Zigarettenetui auf den Tisch, stieß es an und betrachtete die rotierende Bewegung mit stoischer Miene.

»Was kann wichtiger sein als ein Treffen mit einem angehenden Geschäftspartner? Dem du zufällig noch sehr viel Geld schuldest. Und der bislang viel Geduld gezeigt hat?«

Rafael schwieg, ihm wollte keine Ausrede einfallen, die als Entschuldigung herhalten konnte, und die Wahrheit konnte er Elias nicht sagen.

Der Alte hatte über eine Stunde in dem Biergarten verbracht, hatte dann die halbe Stadt durchquert, um schließlich am Bahnhof unwegsames Gelände zu durchqueren und mitsamt Joshua in einem alten Eisenbahnwaggon zu verschwinden. Rafael hatte versucht, sich dem Waggon zu nähern, doch als ihm zwei Typen mit Bauarbeiterhelmen und Schutzwesten entgegengekommen waren, hatte er das Weite gesucht. Er verachtete sich für seine Feigheit.

Mit einer schnellen Bewegung schoss Elias rechte Hand vor, packte Rafael am Hals und drückte zu.

»Wenn ich etwas nicht leiden kann, dann sind es unzuverlässige, unpünktliche Partner«, zischte Elias. »Meine Zeit ist kostbar, und wer sie mir stiehlt, der ist ein respektloser Dieb.«

Er erhöhte den Druck. Rafael japste nach Luft und versuchte, sich aus der Umklammerung zu befreien, doch so sehr er auch an Elias Hand zerrte und zog, es wollte ihm nicht gelingen, den Griff zu lösen. Erst als eine Kellnerin an ihren Tisch trat und sich mit besorgter Miene erkundigte, ob alles okay sei, ließ Elias los.

»Bringen Sie ihm einen Kaffee und ein Glas Wasser«, knurrte er und gab der Servicekraft mit der Hand ein Zeichen, das sie zum Verschwinden auffordern sollte.

Rafael keuchte und massierte sich den Hals. »Tut mir leid«, krächzte er. »Kommt nicht wieder vor.«

Elias lehnte sich zurück und betrachtete sein Gegenüber, wie ein Vater seinen Sohn betrachtet, dem er gerade eine Lektion fürs Leben erteilt hat.

»Was bist du nur für ein schräger Vogel?«, flüsterte er und schüttelte den Kopf. »Was geht in deinem Kopf vor? Gibt es irgendetwas, was dir wichtig ist?«

Die Kellnerin kam, stellte Kaffee und Wasser auf den Tisch. Rafael nahm gierig einen Schluck aus dem Glas. Die Flüssigkeit schob sich wie ein Lavastrom an dem gereizten Kehlkopf vorbei und trieb ihm Tränen in die Augen.

Elias nahm ihm das Glas ab. Er packte einen Laptop aus einer Tasche, setzte sich neben Rafael und stieß ihn an, damit dieser den Computer startete. Mit zitternden Fingern gab Rafael die Zugangsdaten ein, und nur wenige Minuten später wurden er und Elias von der virtuellen Unterwelt verschluckt. Wie ein winziger Planet fielen sie in das schwarze Loch der Abartigkeiten und tauften ihr Angebot »Elysion, Insel der Seligen«.

»Elysion, das ist gut«, jubelte Elias in Anbetracht seines Darknet-Shops, der Dienstleistungen aller Art anbot: Dokumentenfälschungen, Geldeintreiberei, Geldwäsche, Hehlerei, Drogen- und Waffenhandel, Schutzgelderpressung, Vermittlung von Prostituierten und Schlägertrupps, Einbrüche und so weiter. Stetig fiel Elias ein weiteres Betätigungsfeld ein, das sein Sortiment erweitern sollte.

»Nun müssen wir nur noch warten, bis die ersten Nachfragen ins Haus flattern. Von denen, die wir selig machen sollen.«

Elias umarmte Rafael und drückte ihm einen feuchten Kuss auf die Wange.

»Das Schicksal hat uns zusammengebracht, und das Schicksal irrt nie. Ich habe es immer geahnt, dass du ein Genie bist.«

Rafael erwiderte nichts. Ihm war übel. Er fühlte sich wie ein Delinquent, der in einem dunklen Verlies darauf wartete, gequält zu werden. Ohne eine Ahnung davon zu haben, welche Tortur ihm widerfahren würde. Blutrot tanzte die Ziffer 1 im Nachrichtenfenster vor seinen Augen. Der erste Kontakt bahnte sich an, es gab kein Zurück.

»Mach auf, mach auf, mach auf. Da will schon jemand was von uns«, drängte Elias. Alles Bedrohliche an ihm war gewichen, er ähnelte jetzt eher einem kleinen Jungen, der auf einer Versteigerungsplattform sein Playmobilpiratenschiff verkaufen wollte.

Rafael klickte die Nachricht an und erstarrte. Ein Foto einer jungen Frau mit einem Baby im Arm erschien. Neben den beiden stand ein Mann, dessen Gesicht unkenntlich gemacht worden war.

»Viviana B. und ihr Sohn Joshua sind nicht zum vereinbarten Termin erschienen. Sie werden erwartet, dringend. Wenn du sie findest, ist dies 50 Bitcoins wert. Gezeichnet Araneus«, las Elias und wandte sich an Rafael. »Was soll der Scheiß? Wieviel sind 50 Bitcoins?«

»Zur Zeit ein bisschen mehr als 30 000 Euro«, murmelte Rafael tonlos, während ihn Viviana mit großen, flehenden Augen aus dem Bildschirm anzustarren schien. Verrat mich nicht, war in ihren Pupillen zu lesen.

»30 000 Euro? Für eine Bitch, die einen Termin versäumt hat? Was ist das für ein Termin? Was passiert da? Irgendeine Sauerei?«

Elias sah Rafael an, doch der rührte sich nicht. Gebannt starrte er auf das Bild der Frau und entließ einen leisen Wimmerlaut.

»He Kumpel, was ist los mit dir? Kennst du die Chica? Hattest du mal was mit ihr, oder wie? Hat sie dich sitzen lassen? He, dann hast du jetzt die Möglichkeit, dich zu revanchieren. Holen wir uns die Kohle.«

Rafael schnaubte und klappte das Laptop zu. »Halt doch einfach mal die Fresse«, brüllte er und verließ das Café. Elias sah ihm nach und strich gedankenverloren über sein Zigarettenetui. Dann packte er seine Sachen, um Rafael zu folgen.

30

Das Telefon auf dem Schreibtisch klingelte. Polizeiobermeister Fritz erschrak, als er die Nummer von Kriminalrat Riedel auf dem Display erkannte. Mit fahrigen Fingern griff er zum Hörer und presste ihn an das Ohr. Nach einigen Sekunden stellte er den Hörer in die Ladestation zurück, erhob sich und verließ grußlos den Raum.

Greta Gerber sah ihm nach. »Was hat der denn?«

Laura Behrmann ging nicht auf ihre Frage ein. Mit einem gezischten Fluch betrachtete sie ihren Bildschirm, der das Ergebnis ihrer Recherche anzeigte.

»Über diesen ominösen Doktor Wolf gibt es fast keine Einträge im Internet. Und ein Bild schon gar nicht. Mehr als die Adresse seiner Praxis und die Öffnungszeiten konnte ich noch nicht finden.«

»Tja, vielleicht hat er es nicht nötig, sich auf den gängigen Plattformen zu präsentieren. In manchen Fällen reicht Mundpropaganda aus, um erfolgreich zu sein«, erwiderte Greta Gerber. »Wir sollten ihm mal einen Besuch abstatten, um das Geheimnis des Zauber-Docs zu ergründen. Was meinen Sie?«

»Ich weiß nicht, ob wir durch eine Befragung viel erfahren. Irgendwie habe ich den Eindruck, dass sich dieser wunderbare Mensch und Kinderwunscherfüller nur einer erlesenen Klientel offenbart. Sonst würde er doch mehr Werbung für sich machen und nicht mit windigen Geschäftsleuten wie Erzberger kooperieren. Das hat er doch nicht nötig. Ärzten wie ihm würden kinderlose Paare doch die Bude einrennen. Und wer weiß? Vielleicht tun sie es auch.«

Greta Gerber nickte. »Vermutlich haben Sie recht. Dann gibt es eigentlich nur eine Möglichkeit, an den Arzt heranzukommen. Ich mache diese Bussen-Tour mit, gebe die verzweifelte Frau, die keine Kinder bekommen kann, und lasse mich dann von Erzberger überweisen.«

Laura Behrmann grinste. »Herr Jaschke wird sich freuen.«

»Sollte er es wagen, seine schmierigen Griffel an mich zu legen, dann kann er fortan wirklich zum Bussen gehen, um den Kinderwunsch zu erbitten. Nur wird es ihm nichts nützen, weil er sein Dings als Schuhanzieher benützen kann.«

»Och nö, wie bekomme ich denn das Bild jetzt wieder aus dem Kopf? Dann lieber ohne die Bussen-Tour. Theoretisch könnten Sie doch Doktor Wolf aufsuchen, weil eine Freundin ihn empfohlen hat. Damit ersparen Sie sich zumindest Erzbergers Dienstleistung, die am Ende doch zu nichts führt.«

Laura Behrmann verstummte, als sie den völlig zerknirschten Kollegen Fritz hereinschleichen sah. Er schien um Jahre gealtert. In gebückter Haltung und totenblass zog er die Schreibtischschublade auf und räumte Gegenstände in seine Aktentasche.

Greta Gerber trat neben ihn. »Was ist los? Was machen Sie da?«

»Er räumt seinen Schreibtisch. Ich habe ihn vorläufig vom Dienst suspendiert«, antwortete Kriminalrat Seidel in Greta Gerbers Rücken. »Kollege Fritz steht in dem Verdacht, zusammen mit einem Komplizen einen alten Herrn um sein Gespartes gebracht zu haben. Er hat ihm eine hanebüchene Lügengeschichte aufgetischt, hat dann seinen Gehilfen in seiner Uniform zur Geldübergabe geschickt. Leider hat er vergessen, sein Namensschild auf der Jacke zu beseitigen. Ein Winfried Günzel aus dem Seniorenstift Regenbogen hat Herrn Fritz angezeigt. Offenbar hat er dem werten Kollegen 8000 Euro ausgehändigt, um eine Kaution für seinen Sohn Günter zu bezahlen, der sich in Haft befinden soll. Doch leider hat sich Günter am darauffolgenden Tag bei seinem Vater gemeldet, so dass der Betrug aufgeflogen ist.«

»So ein Blödsinn«, rief Greta Gerber aufgebracht. Sie rauschte durch den Raum und baute sich vor ihrem Chef auf. »Kollege Fritz würde so etwas nie tun, und Sie wissen das. Diese Geschichte stinkt zum Himmel.«

Kriminalrat Seidel hielt Gretas wütendem Blick stand. »Ihr Engagement für den Kollegen ehrt Sie, Frau Hauptkommissarin. Aber im Moment müssen wir uns an die Fakten halten. Der alte Herr hat sich den Namen auf der Uniformjacke des Polizeibeamten, der ihn um das Geld erleichtert hat, gemerkt. Und da stand nun mal Fritz.«

»Und warum verhaften Sie ihn dann nicht, wenn Sie so sicher sind?«

Seidels Mundwinkel zuckten, er holte tief Luft, um sie im nächsten Moment geräuschvoll entweichen zu lassen. Er senkte den Blick.

»Die Beschreibung der Person, die das Geld abgeholt hat, stimmt nicht mit Herrn Fritz überein. Daher müssen wir davon ausgehen, dass es einen Mittäter gibt.«

Greta funkelte ihren Chef wütend an. »Aber einen Beweis für Ihre These haben Sie nicht?«

»Nein«, antwortete Kriminalrat Seidel zögerlich.

»Mei Jack wurde aus dem Auto gstohla. Als mir bei derra komische Agentur waret. Es war halt so hoiß, und mir isch die Brüah bloss no so nonderglaufa.«

Der ansonsten so stattliche, in seiner Haltung immer korrekte Polizeiobermeister Fritz glich in diesem Moment einem kleinen Jungen, der seinen Eltern beichten musste, dass seine Versetzung gefährdet sei. Irritiert betrachtete er den Locher in seiner Hand und stellte ihn in die Schublade zurück.

»Na, bitte. Da haben wir die Erklärung. Irgendjemand hat die Jacke gestohlen, sich für Herrn Fritz ausgegeben und den alten Mann betrogen. Der Kollege ist unschuldig. Und ich brauche ihn hier.«

Greta Gerber reckte ihrem Vorgesetzten trotzig das Kinn entgegen. Kriminalrat Seidel gab sich von der kämpferischen Haltung der Hauptkommissarin wenig beeindruckt.

»Und warum hat er diesen Verlust nicht angezeigt? Dann hätte sich alles klären lassen. Aber nun hat sich dieser Schafskopf von Günter Günzel an die Presse gewandt, die natürlich auf eine Geschichte wie diese nur gewartet hat. Zumal wir bei den Enkeltrickbetrügereien auch noch keinen Erfolg vorweisen können. Es bleibt dabei: Polizeiobermeister Fritz ist bis aufs Weitere suspendiert. Und Sie sorgen dafür, dass er die Dienstwaffe und seinen Ausweis hierlässt, klar?«

Greta Gerber ließ sich schnaubend auf ihren Stuhl fallen und drehte sich mit Schwung von ihrem Chef weg, so dass er nur noch ihren Rücken sah. Das war auch besser so, denn die Worte, die sie lautlos mit den Lippen formte, hätten ihm wohl kaum gefallen.

»Es ist meine Schuld, dass die Jacke gestohlen wurde. Ich habe vergessen, den Wagen abzuschließen«, meldete sich Laura Behrmann zu Wort.

»Und warum haben Sie das nicht gemeldet? Das wäre Ihre Pflicht gewesen! Es wäre besser, Sie schweigen jetzt, sonst hat das auch noch für Sie Folgen«, knurrte Kriminalrat Seidel. »Dieser Günzel hat ausgesagt, dass eine junge Polizistin vor einigen Tagen in dem Seniorenstift war, um die Menschen dort zu warnen. Er hat vermutet, dass diese junge Polizistin abkommandiert war, um die Situation vor Ort auszuspionieren. Und die Beschreibung der Polizistin passt sehr genau auf Sie. Seien Sie froh, dass wir dem Mann diesen Zahn gezogen haben.«

»Was? Aber das ist doch völliger Unfug«, verteidigte sich Laura Behrmann. »Ich habe doch nur Aufklärung betreiben wollen.«

»Dann klären Sie endlich, was es mit diesem abgetrennten Schädel auf sich hat!«, brüllte Seidel. »Die Staatsanwaltschaft scharrt schon mit den Hufen. Ich will jetzt endlich Ergebnisse. Und zwar subito.«

Der Leiter der Kriminaldirektion verließ türenknallend das Büro.

Greta Gerber sah ihm kopfschüttelnd nach. »Meine Güte. Was hatte der denn zum Frühstück? Rohes Fleisch? Was denkt er, was wir hier machen? Pokemons jagen, weil wir sonst nichts zu tun haben?«

POM Fritz nahm seine Tätigkeit wieder auf und füllte mit einer kurz vor dem Stillstand zu bezeichnenden Langsamkeit seine Aktentasche mit persönlichen Gegenständen. Offenbar hatte er im Laufe seiner Dienstzeit eine beachtliche Sammlung an Figuren aus Überraschungseiern angelegt, die er nun einzeln beseufzte. Greta bedauerte es sehr, ihren Kollegen so zu sehen. Sie trat neben ihn und legte ihm einen Arm um die Schulter.

»Das klärt sich alles. Versuchen Sie, dieser Auszeit etwas Positives abzugewinnen, auch wenn's schwerfällt. Wir wissen, dass Sie nichts mit diesem Fall zu tun haben. In ein paar Tagen sind Sie wieder hier. Versprochen.«

»Wir kriegen das Schwein, das Sie so in Misskredit gebracht hat. Verlassen Sie sich drauf«, ergänzte Laura Behrmann. »Das bin ich Ihnen schuldig.«

Polizeiobermeister Fritz lächelte müde. »Danke«, flüsterte er.

Er legte seine Dienstwaffe und seinen Ausweis auf den Schreibtisch, nahm seine Aktentasche und blickte seine Kolleginnen wehmütig an.

»Sie fehlat mir jetzt scho«, sagte er und schlich zur Tür hinaus.

Die Abendsonne tauchte die Dächer der Häuser in der Zwingergasse in blassrotes Licht, die Stadt bereitete sich auf eine weitere laue Spätsommernacht vor.

Greta Gerber saß im Garten der Chocolaterie Maya, hatte bereits den zweiten Eiskaffee vor sich und blätterte lustlos durch die Liste ihrer eingegangenen E-Mails. Der Tag, der so bedeutungsschwer mit der Suspendierung von POM Fritz begonnen hatte, erfüllte im weiteren Verlauf alle Bedingungen, um aus dem Kalender verbannt zu werden. Der Versuch, telefonisch einen Termin bei Doktor Wolf zu vereinbaren, war gescheitert, da nur eine Telefonansage lief, die darauf hinwies, dass bis auf weiteres keine neue Patientinnen aufgenommen werden konnten. Diesem Arzt war einfach nicht beizukommen, und es sah so aus, als sei die Bussen-Tour die einzige Möglichkeit, sich ihm zu nähern.

Am Nachmittag hatte sich eine alte Dame gemeldet, die angegeben hatte, von einem Polizisten hereingelegt worden zu sein. Einen Namen konnte sie nicht nennen, auch stimmte die Personenbeschreibung nicht mit POM Fritz überein, aber das verbesserte die Lage ihres Kollegen keineswegs. Kriminalrat Seidel war außer sich gewesen. Und zu allem Überfluss hatte Darius mindestens zwanzig Mal versucht, sie über »Easy Date« zu kontaktieren. Greta war klar, dass sie sich der ungeklärten Situation mit ihm stellen musste. Sie musste von ihm erfahren, welches Spiel er spielte, warum er nicht erwähnt hatte, dass er längst wusste, wer sie war. Und sie war ihm irgendwie auch eine Erklärung schuldig. Es war an der Zeit, die Masken zu lüften, auch wenn sie sich vor dem Antlitz der Wahrheit fürchtete.

Missmutig stocherte sie mit dem Trinkhalm in der Eismasse herum.

Warum war alles so kompliziert? Wieso konnte sie nicht einfach einen Mann kennenlernen, der sich nicht entweder als Psychopath, Langweiler oder Person mit mysteriösem Geheimnis entpuppte? Zog sie solche Typen an, weil sie schon selbst diese Züge angenommen hatte?

Sie schob den Eisbecher von sich. Die beste Süßigkeit konnte nichts dagegen ausrichten, wenn einem das Leben nur Bitteres offerierte.

Einen Moment lang war sie versucht, Darius zu antworten und Klarheit zu schaffen. Eine weitere Enttäuschung konnte einen Tag wie diesen nur noch marginal erschüttern, und es bestand ja immerhin noch eine Resthoffnung, dass sich alles als Verkettung von Missverständnissen herausstellte.

Ihr Display wies eine neue Nachricht in Easy Date aus. Mit fahrigen Fingern öffnete sie die App. Enrique, der ominöse Spanier, der vorgab, mit ihr eine Liebelei gehabt zu haben, hatte ein

Foto gepostet. Es zeigte Greta, im Vorgarten der Chocolaterie Maya sitzend, mit einem Becher Eiskaffee vor sich.

›Ich sehe dich. Immer und überall‹, stand unter dem Bild.

Greta fuhr herum und suchte mit den Blicken ihre Umgebung ab. Enrique musste in der Nähe sein. Das Foto war keine fünf Minuten alt, und es war aus einer erhöhten Position geschossen worden. Vielleicht aus einer der Wohnungen der angrenzenden Häuser? Sie stand auf, suchte alle Fenster ab, um eine Bewegung oder eine Gestalt zu erhaschen. Vergeblich. Die Scheiben blieben blind.

Greta kämpfte gegen das ansteigende Unbehagen in ihrer Magengrube an. Ein Stalker hatte ihr gerade noch gefehlt. Ein weiteres krankes Hirn, das ihr das Leben erschwerte. Von dem sie nicht wusste, was er von ihr wollte. Unsicher kramte sie ihre Geldbörse aus ihrer Umhängetasche, legte zehn Euro auf den Tisch und ging.

31

Kaffeegenuss und die zeitgleiche Lektüre einer aufregenden Nachricht vertragen sich in den seltensten Fällen. Diese Erfahrung machte Andreas Goettle, als er die Zeitung aufschlug und in Winfried Günzels zerknittertes Gesicht starrte. Mit vollen Backen prustete er die im Mund befindliche Flüssigkeit über den Tisch.

»Sapperlot, Herr Pfarrer. Wenn Sie den Kaffee net mögat, no lasset Se ihn doch standa. Und machet Se net so a Sauerei.«

Renate Münzenmaier fuhr mit einem Spüllappen erst über den Tisch, um die koffeinhaltigen Tropfen zwischen der Wurstplatte und den Gsälz-Gläsern abzutupfen, und dann dem Pfarrer über den Mund. Der schob ihre Hand mit einer impulsiven Bewegung weg.

»Die hen den Fritz suspendiert. Weil der den Günzel bschissa han soll. Des isch doch net zum glauba. Wie blöd kann mer denn sei?«

Die Haushälterin stellte sich hinter ihren Arbeitgeber und las den Artikel, der mit »Abzocke in Uniform« betitelt war. Mit jedem Satz steigerte sich ihr Entsetzen.

»Des isch doch a Sauerei«, urteilte sie schließlich. »Als würdet die Beamte net gnuag verdiena. Der gehört doch eigsperrt.«

Pfarrer Goettle warf ihr einen verächtlichen Blick zu. »Schwätzat Se doch koin Bepp. Der Fritz isch ein herzensguter Mensch. Ein Polizist mit Leib und Seele. Des dät dem doch net im Traum eifalla, jemanden zu bscheißa. Obwohl, beim Günzel musch koin Experte sei, der glaubt dir alles. Trotzdem – da stemmt ebbes net. I glaub, da muss i mi mol drum kümmra.«

Renate Münzenmaier schenkte sich einen Kaffee ein, goss Milch dazu und setzte sich. Nachdenklich rührte sie in der Tasse und beobachtete, wie sich die weißen Schlieren mit dem schwarzen Gebräu vermischten.

»Ond was isch mit dem Bua? Der Joshua braucht doch a Familie, und zwar bald. Dass er tagsüber im Kindergarten sei darf, isch ja gut und schön. Ond bei ons hot er es ja au guat, aber auf Dauer isch des doch koi Lösung.«

Ungeachtet der Worte seiner Haushälterin führte Goettle erneut die Tasse an die Lippen, um dem Tisch im nächsten Moment eine weitere Dusche zu verabreichen.

»Saget Se mol. Isch Ihne die Luft hier drin net feucht gnuag? Oder isch des a neue Art der Möbelpflege? Also, appetitlich isch des net.«

Mit vehementen Bewegungen wischte Frau Münzenmaier die Sauerei vom Tisch und boxte ihren Chef gegen den Arm.

»Machet Sie des mit Absicht? Oder was isch jetzt kaputt?«

Goettle hustete, ließ die Zeitung sinken und wies auf einen kleinen Artikel, der darüber berichtete, dass das Jugendamt aufgrund von Personalknappheit bis auf weiteres geschlossen sei.

»Ja ond? Was bedeutet des?«, fragte Renate Münzenmaier.

»O welche Tiefe des Reichtums sowohl der Weisheit als auch der Erkenntnis Gottes! Wie unergründlich sind seine Gerichte und wie unausforschlich seine Wege«, antwortete der Pfarrer und verdrehte die Augen.

Seine Haushälterin starrte ihn an. »Hä?«

»Des bedeutet, dass der Joshua no a ganze Weile bei uns wohnt. Und so unausforschlich die Wege des Herrn au sei mögat, i bsuach jetzt mol den Günzel und les dem die Levita. Der alte Spinner kann doch net den arme Fritz beschuldiga.«

Winfried Günzel saß unter der alten Linde im Garten der Seniorenresidenz Regenbogen und starrte betrübt in die Landschaft. Die letzten beiden Tage hatten ihn angestrengt. Die Nachricht über die vermeintliche Verhaftung seines Sohnes, die geheime Geldübergabe an den Polizisten, der gar keiner war, dann der Besuch von Günter, der ihn mit Vorwürfen übergossen hatte, weil er unbedacht einem Wildfremden sein Geld anvertraut hatte, die Gespräche mit den echten Polizisten und diesem furchtbaren Menschen von der Zeitung – das war mehr, als der Betagte verkraften konnte. Sein Sohn hatte ihm damit gedroht, einen gesetzlichen Betreuer für seinen Vater zu bestellen, hatte ihm unterstellt, nicht mehr Herr seiner geistigen Fähigkeiten zu sein. Und genau so las sich auch der Artikel, der in der Schwäbischen Allgemeinen erschienen war. Ein vertrottelter Greis hatte einem windigen Betrüger sein Vermögen ausgehändigt. Und das, obwohl ein Seminar in der Seniorenresidenz zu diesem Thema abgehalten worden war.

Günzel schlug die Hände vor das Gesicht. Er wusste nicht, was schlimmer war: der Verlust des Geldes, der Zorn seines Sohnes, der im Übrigen nur gekommen war, um ihn anzuschnorren, oder der Spott seiner Mitbewohner, der ihm allgegenwärtig zuteil wurde. Den anderen wäre das natürlich nicht passiert, oh nein. Sie waren ja so souverän. Solche Dinge passierten nur gutgläubigen, alten Idioten. Er seufzte.

»Ja, ja, Herr Günzel. In der Sinfonie des Lebens hörsch die Paukenschläge am beste, gell?«

Der Alte blinzelte gegen die Sonne. Es dauerte einen Moment, bis sich aus den schemenhaften Konturen Pfarrer Goettles Gestalt löste, der in Begleitung eines schlaksigen Mannes mit einem gezwirbelten Schnurrbart im Gesicht vor ihm stand. Der Geistliche lächelte ihn an.

»Dürfa mir ons kurz zu Ihne setza?«

Günzel nickte und wies auf die Plätze neben ihm.

»I möcht Ihne jemand vorstella«, fing Goettle an. »Des hier isch der Polizeiobermeister Fritz. Also, der echte.«

Der Senior zuckte zusammen, als er den Namen hörte, sah sich panisch um, während der Schlaksige eine ungelenke Verbeugung andeutete.

Es war die Idee des Pfarrers gewesen, den Polizisten zu dem Alten mitzunehmen, um das Missverständnis aufzuklären und dadurch zur Wiedereinstellung des Gesetzeshüters beizutragen. Fritz hatte sich zunächst ein wenig gesträubt, aber letztlich hatte er sich den Argumenten des Geistlichen gebeugt. Was hatte er schon zu verlieren?

»Lassen Sie mich in Ruhe«, krächzte Günzel und rückte ein wenig vom Pfarrer ab. »Ich habe kein Geld mehr. Bei mir gibt es nichts zu holen. Und mein Sohn Günter befindet sich auch nicht in U-Haft. Er war hier bei mir. Ich bin auf eine gemeine Lüge hereingefallen. Ich glaube keinem Menschen mehr.«

Er versuchte aufzustehen, doch Pfarrer Goettle hielt ihn am Arm fest.

»Mit dem Glauba, des isch so a Sach, Herr Günzel. Manchmal glaubat mir bloß des, was mir selbst erlebt hen. Da kann mr sich drauf verlassa. Und manchmal glaubet mir Sacha, weil wir sie glauba wollat. Weil sie uns Trost spendat und Zuversicht. Des isch ein Risiko. Da kannsch au enttäuscht werda. Aber dieses Risiko nemme auf sich zu nemma und nix und niemandem mehr zom glauba, macht ons zu einem einsama Menscha. Ohne Hoffnung und ohne Zuversicht.«

Winfried Günzel ließ sich gegen die Rückenlehne fallen und sackte in sich zusammen. Seine Augen röteten sich, die Lippen begannen zu zittern. Pfarrer Goettle legte ihm eine Hand auf die Schulter.

»Gebat Sie Ihren Glauba an das Guate net auf. Des darf der Herr Fritz au net. Dem hot oiner sei Jack gstohla und nützt die Macht der Uniform aus, um alte Leute zu betrüga. Und jetzt glaubet älle, er isch ein Verbrecher. Weil es so eifach isch, des zu glauba. Und weil sein Noma auf der Jacke stand.«

»Aber i han nix damit zum doe. Wirklich net«, beteuerte der Polizeibeamte.

Günzel blinzelte ihn an. »Dieser Fritz, also dieser Polizist, der das Geld abgeholt hat, war sehr viel jünger als Sie, auch kleiner. Und er hatte keinen so auffälligen Schnurrbart. Er war eine sympathische Erscheinung. Überzeugend. Und vertrauenerweckend. Wie hätte ich ahnen können …«

Der Alte verstummte. Andreas Goettle sah ihm an, dass er versuchte, Haltung zu wahren.

»Könnat Sie den junge Mann denn näher beschreiba? Isch Ihne was bsonders aufgfalla??«

POM Fritz hatte einen Stift und sein Notizbuch gezückt und blickte Günzel schreibbereit an. Der alte Herr kräuselte die Stirn, als könnte er dadurch die vergangenen Bilder heraufbeschwören.

»Wie gesagt: Der Polizist war jung, also jünger als ich. Nicht sehr groß, aber auch nicht klein, aber so genau kann ich das auch nicht sagen. Ich war ja so aufgeregt. Ich glaube, er hatte einen kleinen Bauch. Oder auch nicht, denn der war ja unter der Jacke. Die Haare mittelblond, also fast braun, dunkelbraun, um nicht zu sagen schwarz. Und der hatte so eine Beule an der Stirn. Als wäre er gegen eine Wand gelaufen.« Günzel lächelte. »Wie mein Günter. Der war auch so ein Tollpatsch. Er hatte immer Schrammen, wenn er von der Schule oder vom Spielen nach Hause kam. Und seine Sachen waren oft zerrissen. Am Anfang haben wir gedacht, dass er mit anderen rauft, aber er sagte immer, er sei gestürzt.«

POM Fritz sah von seinen Notizen auf. »Sonschd no irgendebbes? A Tattoo oder a Narbe? Hot er an Dialekt ghett?«

Der Alte sah Pfarrer Goettle fragend an.

»Ob der Polizist schwäbisch gschwätzt hot, will er wissa«, übersetzte der Geistliche.

Günzel schüttelte den Kopf. »Nein, mir fiel nur auf, dass er sehr nervös war. Und dass er ständig schniefte, als wäre er erkältet. Ja, dieses Schniefen hat mich doch sehr irritiert. Gibt es bei der Polizei denn keine Taschentücher? Obwohl, mein Günter war ja auch ständig erkältet. Ist er heute noch. Dabei schenke ich ihm zu jedem Geburtstag einen Schal. Aber er zieht ihn einfach nicht an.«

»Gut, wenn Ihne no was eifällt, dann könnat Sie mir des ja sage, gell?«, schloss Pfarrer Goettle das Gespräch und gab dem Polizisten mit einem Kopfnicken zu verstehen, dass es an der Zeit war zu gehen. Fritz klappte sein Notizbuch zu, verstaute es in seiner Hemdtasche, legte zwei Finger an eine imaginäre Mütze und folgte Goettle, der schon vorausgegangen war.

»Des war ja net sonderlich ergiebig«, maulte der Geistliche. »Aber immerhin isch es sicher, dass Sie koi Schuld hen.«

»Naja, a Mittäterschaft käm scho in Frage. Aber so wie es aussieht, könnten wir es beim Täter mit einem Koksnäsle zu tun habe. Des würde des Schniefa erklära. Des hoißt, mr müssta sich mol in der Szene a bissle umhorcha, ob jemand, von dem mr es sonst net vermutet, mit Geld um sich wirft.«

»Macha mir des? Oder rufa mir Ihr Chefin an?«

Polizeiobermeister Fritz erkannte an Goettles schelmenhaftem Grinsen, dass er gar keine Antwort auf seine Frage erwartete. Der Detektivsinn des Pfarrers war geweckt und ließ sich so leicht auch nicht mehr einschläfern.

»I glaub, die hen grad andere Sorga«, erwiderte er.

Goettle zog die Augenbrauen hoch.

»So? Was denn für Sorga? Mr kriegt ja gar nix meh mit.«

Fritz überhörte den beleidigten Tonfall und ermahnte sich insgeheim, keine Einzelheiten zu den laufenden Ermittlungen preiszugeben. Die Wahrscheinlichkeit, dass ihn Greta Gerber köpfte, wenn sie davon erfuhr, dass er sich hatte hinreißen lassen, dem Pfarrer Details zu schildern, war relativ hoch. Er beschloss, seine Informationen auf die zu beschränken, die der Geistliche aus der Zeitung wissen konnte.

»Die hen doch diesen Kopf gfonda. Und irgendwie isch die Frau von dem Opfer spurlos verschwonda. Mitsamt ihrem kloina Bua. Die sen wie vom Erdboda verschluckt. Ond mr sodd halt dringend mit der Frau …«

Goettle hob die Hand, und POM Fritz verstummte.

»Wie alt isch der kloine Bua?«

»Neun Monat oder so.«

»Aber der hoißt net zufällig Joshua?«

Fritz zog sein Notizbuch aus der Hemdtasche, blätterte einen Moment darin, dann nickte er. »Doch, Joshua Blank. Sohn von Alvin und Viviana Blank.« Er ließ das Büchlein sinken. »Aber woher wissat Sie denn des schon wieder?«

»I woiß, dass i nix woiß. Aber wo der Joshua isch, des woiß i scho.«

Ohne ein weiteres Wort rauschte Goettle davon. POM Fritz dachte noch einen Moment über die kryptische Antwort seines Begleiters nach, kam zu keinem zufriedenstellenden Ergebnis und folgte ihm.

32

»Joshua lebt bei einem Penner? Du spinnst doch völlig. Womöglich hast du dir dein bisschen Hirn weggekokst und siehst jetzt Gespenster.«

Roxane war außer sich vor Wut. Wie eine gereizte Leopardin durchquerte sie das Wohnzimmer, blieb immer wieder vor Rafael stehen, um ihm eine Schmähung ins Gesicht zu spucken oder ihm einen leichten Hieb zu verpassen.

Rafael musste sich beherrschen. Eigentlich hätte er genug Gründe gehabt, um zurückzuschreien. Er konnte es nicht fassen, dass Roxane so bescheuert gewesen war, den Jungen vor einem Gemeindehaus abzulegen. Sie sah ganz offensichtlich die falschen

Filme. Romantische Geschichten, in denen ein Findelkind von einem Pfaffen zu einem rechtschaffenen Bürger erzogen wurde, bis es endlich alt genug war, um sich auf die Suche nach Vater und Mutter zu machen. Nur um festzustellen, dass seine leibliche Eltern die größten Loser auf dem Erdball waren und es eigentlich von Glück sagen konnte, nicht in ihrer Obhut aufgewachsen zu sein. Nicht gerade oscarverdächtig, der Stoff.

Sein eigentlicher Zorn war jedoch darin begründet, dass Roxane das Päckchen mit dem weißen Stoff gefunden hatte, das er am Vormittag aus der Packstation befreit hatte. Die Waffe war auch angekommen, doch mit ihr war er wesentlich vorsichtiger umgegangen. Ihr Gewicht war bedrohlich, von ihr ging eine stumme Gefahr aus. Die Patronen sahen aus wie zu klein geratene Raketen, die nur darauf warteten, abgefeuert zu werden, Fleisch zu durchbohren, Leben zu beenden.

Während vor seinem inneren Auge Schreckensbilder abliefen, die von der Prise Zauberstaub in die schrillsten Farben getaucht wurden, hatte Roxane den Raum betreten. Er hatte nur Zeit gehabt, die Glock mitsamt Munition unter einem Sofakissen verschwinden zu lassen, der Umschlag mit dem Koks blieb auf dem Tisch. Dieser kurze Moment der Unachtsamkeit hatte Roxane genügt. Das Päckchen, aus dem weißes Pulver quoll, kehrte ihr Bild von Rafael in Sekundenschnelle ins Gegenteil um. Aus dem weltgewandten Traummann, der über alle Situationen erhaben schien, war der drogenabhängige Versager geworden, der nur im Kokainnebel funktionierte. So sah sie das.

Er hatte versucht, eine plausible Erklärung zu finden, doch er verstrickte sich in Widersprüche, so dass ihm am Ende nur die Wahrheit blieb, die sich jedoch so abstrus anhörte, als erzählte er ein schlechtes Theaterstück nach. Roxanes Reaktion war entsprechend. Der Zweifel stand ihr ins Gesicht geschrieben, der sich im Verlauf der Schilderung seiner Taten in Unverständnis und schließlich in Wut verwandelte. Seine Beteuerung, dass er das alles aus Liebe zu ihr getan hatte, ließ sie nicht gelten.

»He, ich rede mit dir!«

Roxane stand breitbeinig vor ihm, die Arme vor der Brust verschränkt. Ihre Mundwinkel hingen herab, ihr hübsches Gesicht war einer dämonischen Fratze gewichen. Rafael hatte ihren Ton ausgeblendet und die letzten Sätze ihrer Ansprache nicht mitbekommen. Jetzt war Angriff die beste Verteidigung.

»Was willst du? Was machst du mich an? Du und deine Schwester, ihr habt Scheiße gebaut. Und ich versuche, euch da rauszuholen«, brüllte er und stieß sie von sich. Roxane taumelte nach hinten, konnte sich jedoch auf den Beinen halten. Sie griff eine Vase vom Wohnzimmertisch und schleuderte sie nach ihm. Um Haaresbreite verfehlte sie seinen Kopf.

»Du dummes vollgekokstes Schwein«, heulte sie ihrem verfehlten Wurf hinterher und sah sich nach einem neuen Geschoss um.

Rafael stürzte auf sie zu und packte sie an den Armgelenken. Sie versuchte sich zu befreien, versetzte ihm einen Tritt gegen das Schienbein, doch Rafael ließ nicht locker.

»Hör mir zu«, keuchte er. »Es nützt nichts, wenn wir jetzt streiten. Wenn wir Viviana und Joshua helfen wollen, müssen wir uns etwas einfallen lassen. Sonst haben wir alle ein Problem.«

Roxanes Befreiungsversuche wurden schwächer, schließlich ließ sie die Arme sinken und funkelte ihn an.

»Viviana und du, ihr müsst verschwinden. Und so wie es aussieht, ist Joshua bei dem Typen am Bahnhof bestens aufgehoben. Okay, es ist nicht die Umgebung, die man seinem eigenen Kind wünscht, aber es fehlt ihm an nichts und er ist in Sicherheit. Es geht dem Jungen gut.«

Roxane holte aus und schlug ihn hart ins Gesicht. »Ich lasse es nicht zu, dass mein Neffe in der Obhut eines Penners aufwächst. Der Typ hat Joshua gestohlen. Womöglich, um ihm etwas anzutun. Oder perverse Spiele mit ihm zu treiben. Wir müssen ihn da rausholen. Und zwar sofort.«

Rafael rieb sich die Wange, an der sich deutlich Roxanes Finger abzeichneten. »Und was wird dann? Viviana kann unmöglich mit Joshua das Land verlassen. Geh davon aus, dass ihr Bild an jeder Polizeistation hinterlegt ist. Außerdem bräuchten wir für Joshua ebenfalls Papiere. Die gibt es nicht auf dem Kindersachenmarkt im Gemeindehaus um die Ecke.«

Einen Moment sah es so aus, als wollte ihm Roxane noch eine Ohrfeige geben, doch sie deutete nur mit dem Zeigefinger auf ihn.

»Du willst mir tatsächlich sagen, dass du, der es fertigbringt, alte Menschen um ihr Geld zu betrügen, um damit Kokain zu kaufen, es nicht schaffst, für einen Säugling Papiere zu besorgen? Du bist so lächerlich. Erbärmlicher geht es wirklich nicht.«

Roxane spuckte vor ihm aus, machte kehrt und eilte in den Flur hinaus. Dort stand Viviana, die mit abwesendem Blick auf das Display ihres Handys starrte.

»Er ruft einfach nicht zurück«, murmelte sie.

»Wer ruft nicht zurück?«, bellte Roxane und nahm ihr das Telefon aus der Hand.

Viviana ließ es geschehen, ging jedoch nicht auf die Frage ein.

»Er könnte sich doch melden, oder nicht? Ich habe es so oft versucht, ihn zu erreichen. Es lässt sich doch alles klären.«

Roxane packte ihre Schwester unsanft am Arm und zerrte sie in ihr Schlafzimmer. »Du bist durcheinander. Leg dich wieder hin, ruh dich aus. Ich muss kurz weg. Bin gleich wieder da.«

Sie sah zu, wie sich Viviana in Zeitlupe auf die Bettkante setzte und in dieser Position verharrte. Ihre Lippen bewegten sich, doch sie konnte nicht hören, was sie sagte. Roxane schloss die Tür. Sie ertrug den Anblick der zwangsberuhigten Viviana nicht mehr.

Sie nahm eine leichte Jacke vom Garderobenhaken.

»Was willst du jetzt tun?«, rief ihr Rafael hinterher. Er erhielt keine Antwort.

»So ein Sturschädel«, murmelte er, dann lief er ihr nach.

»Da kommt er.«

Rafael ging neben Roxane in die Hocke und wies auf den älteren Herrn, der sich abmühte, einen Kinderwagen durch das

Labyrinth von Baufahrzeugen und aufgestapelten Materialien zu manövrieren und anschließend über die Bahngleise zu hieven. Kindergejauchze war zu hören. Offenbar gefiel dem Kleinen im Gefährt die schaukelnde Querfeldeinfahrt. Bei einem alten Eisenbahnwaggon angekommen, hob der Alte mehrere Tüten und dann das Baby aus dem Wagen und verschwand im Inneren.

»Wir müssen näher ran«, flüsterte Roxane, die mit Rafael die grüne Eisenbahnbrücke zum Beobachtungsstandort auserkoren hatte. Sie schlich in gebeugter Haltung voran. »Ich will sehen, was er mit dem Kleinen da drin macht.«

»Was wird er schon machen«, knurrte Rafael. »Er füttert ihn und legt ihm eine neue Windel an.«

Seine Freundin ließ sich nicht von ihrem Plan abbringen. Für sie stand fest, dass Joshua durch den Alten aus dem Pfarrhaus entführt worden war, und nun sah sie es als ihre Pflicht an, ihn zu befreien. Er ließ sich von ihr sogar überreden, die Polizeijacke überzustreifen. Die Uniform sollte dem Penner Respekt einflößen. Roxane war sicher, dass dies seinen Widerstand brechen würde, sollte er sich weigern, Joshua freiwillig herauszurücken.

Sie stakste die Treppe hinunter, durchquerte das dichte Gestrüpp neben dem ausgedienten Gleis, auf dem der Eisenbahnwaggon stand, und ging hinter einem Erdhügel in Deckung. Mit ein paar Sätzen, die in Anbetracht ihrer doch recht unpassenden Schuhwahl – sie hatte sich für mauvefarbene Pumps entschieden – sehr gewagt schienen, erreichte sie die ungewöhnliche Behausung des Alten. Sie schlich zu einem Fenster, sah sich nach einem Gegenstand um, auf den sie sich stellen konnte, um ins Innere des Wagens blicken zu können, fand schließlich einen alten Blechkübel, den sie als Tritt gebrauchte. Sie drehte sich in Rafaels Richtung und gab ihm ein Zeichen, ihr zu folgen. Nach allen Seiten blickend vergewisserte er sich, dass ihn niemand beobachtete. Dann eilte er zu ihr.

In zweihundert Metern Entfernung, im Schutz eines Baufahrzeugs, ließ Elias sein Fernglas sinken. Er lächelte. Dann nahm er sein Smartphone aus der Tasche, öffnete den Internetbrowser und tippte etwas auf der Tastatur. Er schickte die Nachricht ab und erhielt umgehend eine Antwort. Er nickte zufrieden.

»Das Spiel beginnt mir zu gefallen«, wisperte er.

33

Araneus an Lupus 666

Die Hyänen haben Witterung aufgenommen, das Versteck der Beute ist enttarnt.

Lupus 666 an Araneus

Gute Arbeit. Wann werden sie liefern?

Araneus an Lupus 666

Es ist an Euch, den Termin zu bestimmen.

Lupus 666 an Araneus

Je eher, desto besser. Die zu Erlösenden haben lange genug gewartet. Jede weitere Verzögerung gefährdet unsere Reputation.

Araneus an Lupus 666

Euer Wunsch sei mir Befehl. Ich melde mich. Bald. Sehr bald.

34

Greta Gerbers Herz schlug ihr bis zum Hals, als sie vor der Agentur Bussenkindle stand und den Klingelknopf betätigte. Ihr Kollege Jaschke schien die ganze Geschichte sehr viel gelassener zu sehen, als hätte er Routine in Rollenspielen dieser Art. Greta hätte ihm gern nahegelegt, sein süffisantes Grinsen zu zu unterlassen, aber sie wollte keinen Streit provozieren, der die Glaubwürdigkeit ihres Vorhabens gefährden konnte. Auch wenn es ihr schwerfiel, sich dies einzugestehen: Sie brauchte Jaschke. Und sie musste sich darauf verlassen können, dass er gegenüber

Kriminalrat Seidel schwieg. Ihr Chef hätte ihren Alleingang niemals genehmigt.

Konrad Erzberger öffnete. Ein erfreutes Strahlen entknitterte seine Miene, als er Greta Gerber sah. Er breitete die Arme aus, als wollte er sie an sich drücken, ließ sie jedoch sinken, als er die angespannte Haltung der Hauptkommissarin bemerkte. Stattdessen deutete er eine Verbeugung an und drehte sich zur Seite, um seine Gäste einzulassen.

In seinem Büro bot er ihnen etwas zu trinken an, förderte, nachdem Greta abgelehnt hatte, eine Flasche Bourbon und ein Glas aus den Tiefen seines Schreibtischs, goss sich einen großen Schluck ein, trank und stellte das Glas mit einem wohligen Seufzen ab.

»Irgendwie habe ich es geahnt, dass wir uns wiedersehen«, sagte er an Greta gewandt. »Sie haben so einen entschlossenen Blick, meine liebe Frau Krämer. Das gefällt mir sehr.«

Jaschke räusperte sich, doch Erzbergers Aufmerksamkeit galt nur der Hauptkommissarin. »Und ich kann Ihnen versichern, dass Sie bei uns in den richtigen Händen sind. Wir werden Ihr Vertrauen nicht enttäuschen.«

Er zog ein Formular aus einem Stapel, bügelte es mit dem Handrücken glatt und legte es vor der Hauptkommissarin ab.

»Bitte an den mit Sternchen kenntlich gemachten Stellen ausfüllen, den Rest erledige ich«, erklärte er.

Die Hauptkommissarin musterte den Fragebogen und begann zögerlich, ihn auszufüllen. Jaschke sah ihr teilnahmslos zu, wie sie die falschen Namen sowie alle anderen erdachten Angaben eintrug, und reagierte erst, als sie die Begründung für ihre Kinderlosigkeit angab: OAT-Syndrom kombiniert mit erektiler Dysfunktion.

»Moment mal«, rief er und wollte Greta das Blatt entwenden. »Gegen die erektile Dysfunktion wehre ich mich entschieden. Willst du damit andeuten, dass ich keinen mehr hoch kriege? Und was heißt denn OAT-Syndrom?«

Die Hauptkommissarin lächelte säuerlich. »Darüber haben wir doch lange gesprochen, Schatz. Es ist doch keine Schande, dass du diese Probleme hast. Vielen Männern in deinem Alter geht es ähnlich. Nicht wahr, Herr Erzberger?«

Sie schob Jaschkes Hand weg und beugte sich so über das Formular, dass er es nicht mehr einsehen konnte.

Erzberger grinste. »Das muss Ihnen überhaupt nicht peinlich sein. Bei der Hälfte der Paare, die zu uns kommen, kann er nicht mehr so, wie er will. Aber auch in diesem Punkt wirkt unsere Tour Wunder. Ich habe Dankesbriefe von Frauen bekommen, da würden Sie rote Ohren bekommen. Ho, ho, da ging es teilweise ab.«

»Davon dürfen Sie bei uns nicht ausgehen«, unterbrach Greta Gerber. »Diesbezüglich ist bei meinem Mann absolute tote Hose. Er bekommt nur noch einen hoch, wenn er seine jährliche Gratifikation ausbezahlt bekommt.«

»Das ist ja dann so eine Art Noten-Ständer, ein Banknoten-Ständer«, krakeelte Erzberger. Er lachte asthmatisch, wippte mit dem Oberkörper vor und zurück, lief rot an und wischte sich Tränen aus den Augenwinkeln.

Jaschke warf Greta einen bissigen Blick zu. Sie beachtete ihn nicht, unterschrieb das Formular und schob es ihrem Kollegen hin. Jaschke schüttelte den Kopf und verschränkte die Arme vor der Brust.

»Stell dich nicht so an. Es ist doch nur eine Formalie, weiter nichts. Und vielleicht unsere letzte Chance.«

Greta Gerber legte ihre Hand auf seinen Unterarm und lächelte ihren Kollegen an. Dies genügte, um seine Trotzhaltung aufzulösen. Er kritzelte seinen Namen ungelenk auf das Blatt Papier.

»Na, wunderbar. Dann werden wir wohl schon bald einen neuen Erdenbürger bei uns begrüßen können. Ich freue mich sehr für Sie. Sie bekommen in den nächsten Tagen die Tourunterlagen zugesandt, da wird dann auch das Finanzielle geregelt. Und dann kann ich Ihnen nur noch viel Spaß wünschen.«

Erzberger stand auf und streckte den beiden die rechte Hand hin. Jaschke ergriff und schüttelte sie, doch Greta blieb sitzen und starrte zu Boden.

»Was ist, Schatz? Ist dir nicht gut?«

Jaschke legte ihr die Hand auf die Schulter, und augenblicklich begann die Hauptkommissarin zu schniefen.

»Und wenn es wieder nicht funktioniert? Was wird dann aus uns?«

Erzberger lächelte nervös und sah Jaschke fragend an. Der setzte eine besorgte Miene auf und seufzte.

»Ich weiß es nicht. Aber lass uns doch positiv nach vorne schauen. Dieses Mal klappt es garantiert. Das sehen Sie sicher auch so, Herr Erzberger, nicht wahr?«

Der Agenturinhaber betrachtete die weinende Frau vor sich, dann nickte er.

»Ja, natürlich. Wie gesagt: Bei 60 Prozent unserer Paare hat es mit dem Kinderwunsch geklappt …«

»Und die anderen 40 Prozent gingen leer aus«, schluchzte Greta Gerber. »Das ist ja fast die Hälfte. Selbst eine Adoption kommt nicht in Frage, haben die beim Jugendamt gesagt. Es gibt nicht genug Kinder, außerdem sind wir zu alt. Wir bleiben allein, auf ewig allein.«

Greta verbarg das Gesicht in ihren Händen.

Ein unheilvolles Schweigen breitete sich im Raum aus. Erzberger fühlte sich sichtlich unwohl in seiner Haut. Er wandte sich von seinen Kunden ab und sah zum Fenster hinaus.

»Nun, es gibt da eine Möglichkeit, die Chancen zu erhöhen. Auf glatte 100 Prozent«, sagte er nach einer Weile. Er wandte sich wieder seinen Gästen zu. »Es ist allerdings eine Frage des Preises.«

Aus seinem Gesicht war der Rest der aufgesetzten Freundlichkeit verflogen, und diese Verwandlung vom schmierigen Geschäftsmann zum Individuum mit krimineller Vergangenheit, das er zweifellos immer noch war, ließ Greta schaudern. In seinen Augen funkelte etwas Gefährliches, etwas Unbeherrschbares.

»Wir sind mittlerweile zu fast allem bereit«, sagte Jaschke, dem es gelang, eine ernst zu nehmende Betroffenheit vorzugaukeln. »Ich ertrage es nicht mehr, meine Frau unglücklich zu sehen.

Dieser Gedanke, niemals ein eigenes Kind zu haben, beherrscht unseren Alltag. Er überschattet unsere Liebe. Ständig habe ich das Gefühl, ein Versager zu sein. Dabei bemühe ich mich doch wirklich.«

Der Agenturbesitzer antwortete nicht. Stattdessen kritzelte er einige Hieroglyphen auf ein Stück Papier, riss es aus dem Block und reichte es Greta.

»Diese Nummer rufen Sie an, wenn Sie auf dem Bussen sind. Wenn die Verbindung hergestellt wird, nennen Sie das Codewort. Es lautet ›Regeneratio‹. Sie erhalten dann weitere Anweisungen.«

»Was passiert dann? Und Sie haben uns noch nicht gesagt, wie hoch der Preis ist. Was ist, wenn wir uns das nicht leisten können?«, insistierte Jaschke.

Erzberger ging um seinen Tisch herum, blieb neben Greta stehen und legte ihr väterlich eine Hand auf die Schulter. Sie sah zu ihm auf.

»Machen Sie sich keine Sorgen. Sie haben doch gesagt, dass Sie zu fast allem bereit sind. Wir finden für Sie eine Lösung. Und über den Preis werden wir uns einig. Da bin ich mir bei Ihnen ganz sicher.«

Regeneratio. Wiedergeburt. Was konnte dies bedeuten?

Diese Frage hatte sich Greta Gerber nach ihrer Rückkehr ins Büro gefühlte tausend Mal gestellt, und auch Laura Behrmann hatte keine realistische These dazu finden können. Immerhin hatte sie inzwischen die Adresse der Schwester von Viviana Blank herausfinden können. Roxane Grabosz wohnte in der Widdersteinstraße, zusammen mit einem Mann namens Rafael Vogt. Die Kommissarin hatte versucht, die Schwester der Vermissten anzurufen, und nach etlichen vergeblichen Bemühungen war sie vorbeigefahren, doch auch auf ihr Klingeln hatte niemand geöffnet. Eine Nachbarin hatte ihr mitgeteilt, sie hätte Frau Grabosz mit ihrem Freund wegfahren sehen, also hatte Laura ihre Visitenkarte in den Briefkasten eingeworfen mit der Bitte, sich zu melden.

»Würden Sie sich so verhalten, wenn Ihre Schwester und Ihr Neffe spurlos verschwinden? Es ist doch seltsam, dass wir von ihr bisher nichts gehört haben, finden Sie nicht?«

Laura Behrmann sah zu der Pinnwand, an die Hauptkommissarin Gerber ihre Aufzeichnungen angebracht hatte. In der Mitte war der Name von Alvin Blank eingekreist, von ihm gingen Pfeile weg in Richtung Viviana und Joshua Blank, die beide mit einem Fragezeichen versehen waren. Die Namen Roxane Grabosz und Rafael Vogt standen etwas abseits, so als hätten die beiden Personen keine bedeutende Verbindung zum Fall.

»Vielleicht haben die Schwestern keinen Kontakt, weil sie sich nicht ausstehen können. Haben Sie die beiden schon überprüft? Wissen wir etwas über sie?«, fragte Greta Gerber.

Kommissarin Behrmann schüttelte den Kopf. »Nein, so wie es aussieht, sind die beiden ganz unbeschriebene Blätter. Selbst die Eintragungen auf Facebook sind an Langeweile kaum zu überbieten. Das einzig Offensichtliche ist, dass beide gerne reisen und auch sonst den schönen Dingen des Lebens sehr zugetan sind. Teure Klamotten, Taschen, Schuhe. Und er hat einen absolut geilen Triumph Spitfire. Scheint sein ganzer Stolz zu sein.«

»Einen grünen?«

»Ach, das wissen Sie schon?«

Laura Behrmann wandte sich enttäuscht ab.

»Nein, das weiß ich nicht. Aber neulich war ein junger Mann mit einem grünen Triumph in einen Unfall verwickelt. Schade um das schöne Auto, habe ich gedacht, sah ziemlich übel aus. Das Auto, meine ich.«

Greta lächelte.

»Rafael wiederum sieht ganz schnucklig aus. Den würde ich nicht von der Bettkante stoßen«, erwiderte Laura und drehte den Bildschirm so, dass ihre Kollegin das aufgerufene Facebook-Profilbild sehen konnte. Ein mittelgroßer, schlanker Mann mit zurückgegelten Haaren stand lässig an sein Auto gelehnt und grinste in die Kamera.

»Ja, das war der Typ. Bei dem Unfall hat er zwar einen etwas derangierten Eindruck gemacht, aber wer könnte ihm das verdenken?«

Laura wollte den Bildschirm schon wieder zu sich drehen, doch Greta signalisierte ihr mit einer Geste, damit noch zu warten. Rafael war ein Mann, der von Frauen nicht übersehen wurde. Offensichtlich legte er großen Wert auf Aussehen und gute Kleidung. Er war eine Erscheinung, die einen Eindruck hinterließ.

»Können Sie mir von dem Foto einen Ausdruck machen?«, fragte sie schließlich.

Laura Behrmann runzelte die Stirn. »Klar. Was haben Sie vor?«

»Ich versuche dem Gedächtnis einer alten Dame ein wenig auf die Sprünge zu helfen.«

»Es war eine gute Idee, die Vermieterin mit dem Bild von Rafael Vogt zu konfrontieren. Respekt, Frau Gerber.«

Laura Behrmann, die den Polizeiwagen steuerte, bedachte ihre Vorgesetzte mit einem ehrfurchtsvollen Blick.

»Es war ein Versuch, weiter nichts«, wehrte Greta bescheiden ab. »Und ganz sicher können wir immer noch nicht sein, dass Rafael Vogt zuletzt in der Wohnung von Alvin und Viviana Blank war. Frau Rebstock war sich ja nur zu 90 Prozent sicher, dass sie mit ihm im Treppenhaus zusammengestoßen ist.«

»Aber das ergibt doch Sinn. Wenn wir davon ausgehen, dass Alvin Blank ermordet und dass seine Frau und sein Sohn bedroht wurden, könnte es doch sein, dass Rafael den beiden Unterschlupf gewährt und versucht hat, sie mit dem Notwendigsten auszustatten. Dabei hat er den Kopf gefunden, ist in Panik geraten und im Treppenhaus mit Frau Rebstock zusammengestoßen.«

»Klingt plausibel. Aber warum flieht er? Warum hat er nicht die Polizei gerufen? Und wo zum Teufel ist er? Und seine Freundin? Und Viviana? Und der Kleine? Die können sich doch nicht alle in Luft aufgelöst haben!«

Greta schlug mit der flachen Hand auf das Armaturenbrett. Einige endlose Augenblicke herrschte Schweigen.

»Woher kommt dieser Nachname Grabosz eigentlich?«, fragte Laura Behrmann unvermittelt. »Das klingt doch osteuropäisch. Genau wie die Vornamen der beiden Frauen. Roxane und Viviana. Vielleicht gibt es noch Verwandte, Bekannte oder Freunde in ihrer Heimat, bei denen sie unterkommen können. Vielleicht sind sie dorthin gefahren.«

Greta Gerber stöhnte. »Womöglich haben Sie recht. Das würde unsere Arbeit nicht einfacher machen. Wenn es jedoch die vermeintlichen Mörder von Alvin Blank auf Viviana und ihren Sohn abgesehen haben, dann wäre dies für die beiden die beste Lösung, wenn sie im Ausland untertauchen.«

»Und wenn Viviana, Roxane oder ihr Freund die Mörder sind, dann auch. Dann hätten wir jedoch ein Problem. Das würde uns die Aufklärungsquote versauen«, ergänzte Laura.

Greta Gerber fühlte sich wie erschlagen, als sie gegen 22 Uhr in die Zwingergasse einbog. Die Dunkelheit verstärkte die Töne, die aus der Ferne erklangen: Gedämpfte Techno-Beats, jugendliches Gejohle, das heisere Gekrächze eines vom Leben Enttäuschten. Die Hauptkommissarin sog all diese Eindrücke in sich auf, als könnte sie so eine Verbindung zum wahrhaftigen Leben herstellen.

Stundenlang hatte sie aus den Puzzleteilen ihrer Ermittlungen, den neuen Erkenntnissen und Mutmaßungen versucht, ein schlüssiges Bild ihres Falles zu erstellen, bis die Buchstaben und Fotos auf der Tafel begannen, wilde Reigen zu tanzen. Nichts schien zueinander zu passen, nichts wollte sich fügen. Hundemüde und aufgedreht zugleich hatte sie das Polizeipräsidium verlassen, um während der nächtlichen Promenade durch die beschauliche Innenstadt zur Ruhe zu kommen.

Sie stutzte, als sie vor ihrer Haustür stand. Sie war nur angelehnt. Ein klarer Verstoß gegen die Hausordnung. Aber auch ein Fakt, der bei ihr einen inneren Alarm auslöste. Mit der Fußspitze tippte sie die Tür an, die weiter aufschwang und den Weg in die Schwärze des Hausflurs frei machte. Greta tastete nach dem Lichtschalter, betätigte ihn. Nichts. Sie zog ihre Pistole aus dem Holster und drückte sich mit dem Rücken an der Wand entlang vorwärts. In der Wohnung im Erdgeschoss schien der Fernseher zu laufen, den Geräuschen nach zu urteilen eine Spielshow. Ein Moderator brüllte Anweisungen, das Publikum kreischte, frenetischer Applaus.

Greta erkannte den Schattenriss der Treppe vor sich, stieg, den Blick stets nach oben gerichtet, Stufe für Stufe empor. Eine dunkle Gestalt betätigte sich an ihrer Wohnungstür. Es sah nicht so aus, als wolle sie hineingelangen, sondern etwas daran befestigen. Sie schob sich noch näher heran, hob die Waffe.

»Hände gegen die Wand und Beine auseinander«, knurrte sie.

Die Gestalt ließ etwas fallen, hob die Hände, blieb jedoch mit dem Rücken zu ihr stehen. Greta näherte sich langsam. Auf der Schmutzfangmatte vor ihrer Tür lag ein Umschlag, aus dem ein Foto herausgerutscht war. Auf den ersten Blick schien es sich um pornografisches Material zu handeln.

Greta kam nicht dazu, sich zu empören, denn die Gestalt wuchtete sich in einer blitzschnellen Drehung gegen sie und brachte sie zu Fall. Die Pistole entglitt ihr, blieb außerhalb ihrer Reichweite liegen. Ihr Angreifer erstarrte, als er die Waffe sah, wollte sich auf sie zubewegen. Greta warf sich herum, versuchte ein Bein zu erwischen, doch dann traf sie eine Faust an der Schläfe, die ihr kurz das Bewusstsein nahm.

Als sie wieder zu sich kam, war der Angreifer verschwunden. In ihrem Kopf hämmerte es, benommen versuchte sie aufzustehen, ihr wurde schlecht. Sie unterdrückte den Würgereiz, sammelte mit wackeligen Schritten erst ihre Pistole, dann den ominösen Umschlag ein. Mit fahrigen Fingern zitterte sie den Schlüssel ins Schloss, öffnete die Tür, betätigte den Lichtschalter. Die Helligkeit umflutete sie, es kam ihr vor, als erwachte sie aus einem bösen Traum. Erschöpft sank sie zu Boden und zog die Fotos aus dem Umschlag.

Eine nackte Frau, die mit weit gespreizten Beinen auf einem Bett lag. Schamlos die Aussicht zwischen ihre Schenkel präsentierte. Eine Frau, die an einem Penis leckte. Eine nackte Frau, die an ein Andreaskreuz gebunden war. Es war immer die gleiche weibliche Person, die bei verschiedenen sexuellen Aktivitäten abgelichtet worden war. Die Frau war Greta Gerber. Zumindest war es ihr Gesicht, das sehr professionell in die Szenen hineinretuschiert worden war. Fassungslos blätterte sie sich durch die Abscheulichkeiten.

»Was ist denn das nun wieder für ein Scheiß?«, entfuhr es ihr.

Sie untersuchte den Umschlag nach einer Nachricht. Wer machte sich die Mühe, diese Bilder zu erstellen? Was wollte dieser jemand damit bezwecken? Sollte sie erpresst werden?

Ihr Smartphone kündigte die Ankunft einer SMS-Nachricht an.

»Gefallen dir die Bilder? Im Netz gibt es noch mehr. Du bist beliebt, süße Maya. Bald wirst du dich vor Angeboten auf ›Easy Date‹ nicht mehr retten können. Die wollen alle mit dir die Sauereien machen, auf die du abfährst. Gruß Enrique«

Greta Gerber schleuderte ihr Smartphone gegen die Wand. Mit einem knirschenden Geräusch barst das Display. Tränen der Wut traten ihr in die Augen, die sie mit einer zornigen Geste wegwischte.

»Na warte, Enrique«, zischte sie. »Damit gehst du zu weit.«

35

»Dass der Bachel nie pünktlich sei kann. Jetzt isch es scho fast Viere durch und der isch immer no net zurück.«

Andreas Goettle wanderte nervös im Wohnzimmer auf und ab, blickte jede Minute zum Fenster hinaus und grummelte unablässig vor sich hin. Polizeiobermeister Fritz saß am Wohnzimmertisch und bröselte nervös ein Stück Würfelzucker in seinen Kaffee.

»Herr Pfarrer, jetzt hockat Se sich doch mol no. Wenn Sie weiter hin- und hersprengat, könna mir unsern Teppich dem Albverei als Loipe verkaufa.«

Goettle winkte ab und wies seine Haushälterin mit einer Handbewegung an, sich auf ihre Arbeit am Bügelbrett zu konzentrieren.

»Passet Sie lieber uf, dass Sie in meine Hemda koine Loipa neibüglat. Es isch net zum glauba, aber auf den Frieder isch koin Verlass. Womöglich hot der den Jong vergessa. I ruf amol in der Kita an.«

Renate Münzenmaier sah dem Geistlichen kopfschüttelnd hinterher. Es war nicht das erste Mal, dass Frieder das beständige Sommerwetter nutzte, um mit dem Kleinen noch eine Runde zu drehen, die meistens in einem Biergarten endete. Außerdem sollte Andreas Goettle seinen freiheitsliebenden Freund gut genug kennen, um zu wissen, dass er sich schon seit Jahren nicht mehr an Uhrzeiten orientierte. Die Sorge um das Wohl von Joshua hatte den Pfarrer verändert, seine einst so stoisch wirkende Gelassenheit hatte gelitten. Aber insgeheim war auch Renate Münzenmaier ein wenig beunruhigt. Sie stellte das Bügeleisen ab, sandte dem freigestellten Polizisten einen schuldbeladenen Blick, schlich zur Tür und lauschte.

»Hallo? Wer isch da? Ach, die Schnegganudel. Net? Ach so, heut bisch du a Nonnenfürzle. Ha no, des nenn i Karriere. Ja, i ben der Pfarrer Goettle. Genau, der schwarze Mann, der neulich bei euch war. Hallo? Uffglegt. Telefonistin wird die mal net, so viel isch sicher.«

Renate Münzenmaier hatte Mühe, ihr Kichern zu unterdrücken.

Andreas Goettle wählte erneut.

»Hallo, mein kleines Nonnefürzle. I bins nomol. Net ufflega, gell? Ach so, Lisa, jetzt sen Sie dran. Noi, des mit dem Nonnefürzle müssat Se net persönlich nemma. Es war bloss a Spässle … I wollt froga, ob der Frieder den Joshua schon abgeholt hot … Was? Vor zwoi Stonda scho? Ach so, dann isch er bestimmt spaziera ganga mit dem Bua. Der braucht ja au frische Luft. Der Frieder, net der Joshua.«

Goettle verabschiedete sich. Renate Münzenmaier huschte an ihr Bügelbrett zurück und nahm die vermeintliche Tätigkeit wieder auf.

Der Pfarrer betrat die Stube, die Stirn sorgenvoll gekräuselt.

»Da stemmt was net, des sagt mir mei Gefühl«, sagte er schließlich an POM Fritz gewandt. »I glaub, mir solltet mol nach denne boide gucka. Am beste, mir fahret erst zum Bahhof. Vielleicht hot der Frieder den Kloina mit zu sich gnomma und die sen eipennt.«

Er sah dem geschassten Polizisten zu, wie er sich mühsam in die Vertikale hievte. Sein Blick blieb an dem Holzkreuz hängen.

»Wer auf das Wort merkt, der findet Glück; und wohl dem, der sich auf den Herrn verlässt!«, murmelte er.

»Hilft dir mol dein Glauben nicht, bleibt am End die Zuversicht«, ergänzte Polizeiobermeister Fritz schmunzelnd. Aufmunternd gab er dem Geistlichen einen Klaps auf den Rücken. »Kommet Se, Herr Pfarrer. 's wird schon nix passiert sei.«

Am Parkplatz neben dem Bahnhof herrschte reger Baustellenbetrieb. Ein Bagger hob U-Steine in die Höhe und fuhr sie zu ihrem Verlegeort, zwei Arbeiter errichteten eine Stahlgitterabsperrung zu den Gleisen hin, und ein LKW zog bei seiner Fahrt durch das knochentrockene Gelände eine mächtige Staubwolke hinter sich her. Andreas Goettle und sein Begleiter stiegen die Treppe zur grünen Fußgängerüberführung empor und überquerten den Steg schnellen Schrittes.

Schon aus der Ferne war zu erkennen, dass die ansonsten so traute Aussteiger-Idylle aus dem Lot geraten war. Vor Frieders Behausung lagen Gegenstände, die sich normalerweise im Waggon befanden. Der Geistliche erkannte das alte Transistorradio, eine Kaffeekanne, Frieders Wintermantel, ein Kissen, einen alten abgewetzten Koffer und die blaue Shisha, deren Glaskolben zerbrochen war.

Joshuas Kinderwagen lag auf der Seite, die Sommerdecke quoll aus ihm heraus.

»Also entweder erwartet der Frieder a Sperrmüll-Abfuhr, oder es sind ganz sche die Fetza gfloga«, kommentierte POM Fritz das Bild der Verwüstung und eilte Goettle hinterher, der mit ausholenden Bewegungen das Gestrüpp niederwalzte und sich zum Waggon vorkämpfte.

»Frieder! Joshua!«, rief er, wohl wissend, dass er keine Antwort erwarten durfte. Sein Puls raste, als er in den Eisenbahnwagen hineinblickte. Das Chaos von draußen fand im Inneren seine Fortsetzung. Die Türen der Schränke waren aufgerissen, der Inhalt war über dem Boden verteilt worden. In einer Ecke lag ein umgestürzter Einkaufskorb, eine zerbrochene Flasche inmitten einer weißen Lache. Töpfe, Pfannen, Gläser. Nichts stand mehr an seinem angestammten Platz, bei jedem Schritt knirschten die Scherben unter Goettles Füßen.

»Da hinta liegt oiner.«

POM Fritz schob den Pfarrer zur Seite, eilte auf die regungslose Gestalt zu, die bäuchlings auf dem Boden lag, und kniete sich neben sie. Frieder. Eine Wunde am Hinterkopf war blutverkrustet. Fritz fühlte seinen Puls und atmete aus.

»Gottseidank, er lebt«, sagte er an Goettle gewandt. Er zückte sein Smartphone, wählte eine Nummer und forderte einen Krankenwagen an.

Der Pfarrer bekreuzigte sich, murmelte ein paar unverständliche Worte und beugte sich zu seinem Freund hinunter.

Frieder schlug die Augen auf, blinzelte gegen die Helligkeit an, stöhnte und versuchte, sich aufzurappeln. Es blieb bei dem kraftlosen Versuch, jede Bewegung bereitete ihm Schmerzen, schließlich gab er auf.

Polizeiobermeister Fritz legte ihm eine Hand auf die Schulter.

»Der Rettungswaga kommt glei. Alles wird gut.«

Frieder rollte sich mühsam auf den Rücken. Sein Gesicht war geschwollen, unter seinem rechten Auge zeichnete sich ein Bluterguss ab, die Oberlippe war aufgeplatzt. Als er Andreas Goettle erkannte, hob er schwach die Hand.

»Um Himmels Willa«, keuchte Goettle. »Was isch passiert? Wo isch der Jong?«

Frieder versuchte etwas zu sagen, doch als er den Mund öffnete, ergoss sich ein Schwall Blutschleim über sein Kinn. Der Geistliche goss ein Glas Wasser aus einer Karaffe ein, hob den Kopf des Freundes vorsichtig an und gab ihm zu trinken. Bei jedem Schluck zuckte Frieder zusammen.

»Bisch überfalle worda?«

Frieder zog die Augenbrauen nach oben und wackelte mit dem Kopf hin und her.

»Party«, ächzte er.

»Ja gut, blede Frog. Du bisch überfalla worda«, lenkte Goettle ein.

»Waret des mehrere oder bloß oiner? Was hen die wella? Ond wo isch der Bua?«, bohrte Fritz nach.

Frieder blinzelte den Polizisten an. »Eine Frau … und ein Mann. Und der Typ hatte eine Polizeijacke an. Mit ihrem Namen drauf. Fritz. Aber ich habe das sofort durchschaut und …«

»Was hen die wella?«, unterbrach Andreas Goettle, um Frieders wortreiche Ausschmückungen zu unterbinden. Insgesamt war er jedoch sehr erleichtert, dass der Kopf seines Freundes keinen Schaden genommen hatte.

»Die wollten Joshua. Sie gab vor, vom Jugendamt zu sein, und hat behauptet, dass eine Anzeige wegen Kindesentführung gegen mich vorläge. Der Polizist mit Ihrem Namen wollte mir den Jungen abnehmen, aber da habe ich ihm gesagt, er solle sich ausweisen. Und als er das nicht konnte, habe ich ihn damit konfrontiert, dass er nicht Polizeiobermeister Fritz sei, weil ich Sie ja kenne. Sie hat dann begonnen, auf mich einzuschlagen, und auch wenn ich mich ansonsten durchaus als Gentleman bezeichnen würde, das ging zu weit. Ich habe den beiden mit meiner Gitarre ordentlich eine verpasst und etliche Dinge nach ihnen geworfen, bis sie schließlich die Flucht ergriffen haben.«

Er wies mit dem Kinn auf das Instrument, dessen Korpus zersplittert war und dessen Hals nur noch an zwei Saiten baumelte.

»Besser hätte das Pete Townsend auch nicht hinbekommen«, murmelte Frieder. »Allerdings konnte der sich eine neue Gitarre leisten. Ich wiederum …«

»Des hoißt, die boide hen den Joshua net mignomma?«

Polizeiobermeister Fritz zückte sein Notizbuch und kritzelte etwas hinein.

»Erst mal nicht. Der Junge lag in meinem Bett und lachte wie bekloppt. Der hielt das wahrscheinlich für so eine Art Kasperletheater. Naja, ich wusste nicht so recht, was ich tun sollte, da hab ich mir erst mal einen Rauch gegönnt. Um klarer denken zu können.«

Pfarrer Goettle verdrehte die Augen. »Du bisch der Oinzige, den i kenn, der sich vernebla muss, um klar denke zu könna. Und das des klar isch: Des bleibt außerhalb vom Protokoll«, sagte er zu Fritz.

Der Polizist nickte und ließ den Stift sinken.

»Was isch dann passiert?«

»Dann spürte ich einen Schlag auf meinem Hinterkopf, und es wurde schwarz vor meinen Augen. Filmriss.«

Frieder blinzelte Goettle traurig an. »Es tut mir leid. Ich hätte den Jungen gleich zu dir bringen und ihn nicht mit hierher nehmen sollen. Aber er liebt Musik und mag es, wenn ihm etwas vorgespielt wird. Daher habe ich gedacht …«

Frieder wandte sich ab. Eine einzelne Träne zog ihre Bahn über seine geschwollene Wange. Andreas Goettle versetzte einem Topf einen Tritt, der blechern gegen die Wand des Waggons krachte.

»I find den Bua«, krächzte er. »Und wenn es des Letzte isch, was i in dem Leba mach.«

36

Der Parkplatz vor dem »Aphrodite Club« in der Hubertus-Liebrecht-Straße war schon gut belegt. Eine Nobelkarosse reihte sich an die andere, die SUV-Dichte übertraf sogar Elternabende an Waldorfschulen. Und das, obwohl die eigentliche »Stoßzeit«, wie Elias die beste Geschäftszeit scherzhaft nannte, erst in ein paar Stunden, mit dem Einbruch der Dämmerung, begann.

Auch wenn es ihn immer mit großer Freude erfüllte, dass die »Oase der Seligen«, die er vor ein paar Jahren mit seinem Kompagnon Salvatore in dem Industriegebiet etabliert hatte, so gut ankam, hatte er im Moment dafür keine Augen. In den muskulösen Armen seines Exekutors Rocco wand sich ein schreiender Wurm und wollte sich durch die unbeholfenen Versuche des Leibwächters nicht beruhigen lassen. Der Kleine war schon ganz blau im Gesicht, so sehr verausgabte er sich, und Roccos Gesichtsausdruck changierte vom schlicht Tumben ins mental Retardierte. Er sah das Kind an, als hätte er einen Korb voller Giftschlangen im Arm, wobei Rocco bei den Reptilien sicher einen Weg gefunden hätte, um ihnen Respekt beizubringen. Bei einem Säugling schien der Bulle an seine Grenzen zu stoßen.

Auch Elias' Nervenstränge hatten auf der Fahrt vom Biberacher Bahnhof zum Aphrodite Club gelitten, und er war froh, endlich aussteigen und das brüllende Kind einer Dame an die Brust drücken zu können. Seiner Ansicht nach wussten Frauen naturgemäß, was sie mit Kindern zu tun hatten, auch wenn die meisten seiner Ladys gerade mal die Volljährigkeit überschritten hatten und sich nicht mit Fortpflanzungsgedanken trugen.

Missmutig schob er sich an den an der Theke sitzenden Gästen vorbei. Die meisten befanden sich im intensiven Gespräch mit den spärlich bekleideten Schönen, einige hatten auch schon Tuchfühlung aufgenommen, während andere den Pole-Dance-Akteurinnen zusahen, die sich an der Stange räkelten. Lulu hatte sich gerade emporgezogen, hielt die Stange mit den Beinen fest umklammert, ließ den Oberkörper fallen. Mit einem beherzten Schrei kündigte Joshua seine Ankunft an, da passierte es. Die Tänzerin verlor den Halt, rutschte ab und krachte kopfunter auf den Bühnenboden. Die erbarmungslos weiterdudelnde Begleitmusik wurde von Entsetzenslauten übertönt, einige Damen befreiten sich aus den Umarmungen ihrer Galane, um zur Bühne zu eilen und der Kollegin beizustehen. Die Gefallene saß mit dem Rücken an die Stange gelehnt, massierte sich den Hinterkopf, während das Zwillingspaar Cindy und Sandy ihr mit einem feuchten Tuch über die Stirn strich. Joshua grinste Rocco zahnlos an und gab ihm einen Nasenstüber.

»Der hat ja einen besonderen Humor, der Kleine. Gefällt mir«, sagte Lady Maladiva, die an das ungleiche Paar herangetreten war. Sie legte ihre Lederpeitsche zur Seite und streckte die behandschuhten Arme nach dem Kleinen aus.

Dieses Angebot, den Jungen loszuwerden, ließ sich Rocco nicht entgehen. Mit einem Erleichterungsseufzer drückte er Joshua der in Leder Gewandeten an die Brust. Der Kleine gluckste und machte sich an dem Reißverschluss des Oberteils zu schaffen.

»Na, du gehst aber ran, mein Lieber. Das trauen sich ja nicht einmal meine Stammsklaven«, kicherte die Domina und strich dem Jungen über die Wange.

Elias trat neben sie und legte ihr einen Arm um die Hüfte. Er wirkte angespannt.

»Kannst du dich bitte ein bisschen um ihn kümmern? Ich muss nochmal weg. In zwei Stunden bin ich wieder da.«

Lady Maladiva nickte. »Kein Problem. Wem gehört dieser kleine Wonneproppen? Doch nicht etwa dir?«

»Nein, wirklich nicht. Er gehört … dem Leibhaftigen!«

Lady Maladiva sah Elias an, als hätte er den Verstand verloren, dann lachte sie und wandte sich Joshua zu.

»Ich sehe schon: Wir werden uns gut verstehen. Komm, Süßer, wir verhauen ein paar Sklaven. Wenn du ein Sohn des Leibhaftigen bist, wird dir das gefallen.«

Elias sah den beiden nach und schüttelte den Kopf. Liebe auf den ersten Blick gab es offensichtlich nicht nur unter Erwachsenen.

Lulu hatte ihre Pole-Show inzwischen wieder aufgenommen und lächelte Elias nervös an. Er übersah diese Anbiederungsgeste und blickte sich um.

Die Tische um die Bühne waren besetzt, die Mädchen kümmerten sich um die Gäste und warteten auf die Gelegenheit, sich mit ihnen in eines der Separees zurückzuziehen zu können. In den Nischen, die mit Vorhängen vor den Blicken der anderen Gäste geschützt werden konnten, ging es bereits zur Sache, wie die eindeutigen Geräusche, die herausdrangen, bewiesen.

Elias deutete Kiwi, die hinter dem Tresen stand und die Gäste an der Bar mit Getränken versorgte, mit einer Handbewegung an, dass sie ihm einen Drink mixen sollte. Die schwarzhaarige Schönheit in der glänzenden Korsage, die einen gewaltigen Busen zu zähmen versuchte, nickte. Mit geübten Bewegungen zauberte sie ihm einen Gin Fizz, so wie er ihn mochte. Viel Gin, wenig Fizz, perfekt.

Zufrieden lehnte sich der Clubchef mit dem Rücken an den Tresen und nahm einen tiefen Schluck. Bislang war alles glatt gelaufen, auch wenn er noch nicht am Ziel war. Dieser Lupus wollte Joshua und seine Mutter. Den Kleinen in seine Obhut zu bekommen, war ein Kinderspiel gewesen, doch wenn er die Belohnung kassieren wollte, dann musste er die Mutter finden.

Ein Zupfen an seinem Jackett holte ihn aus seinen Gedanken zurück. Naruto, der mit der Überwachung der Videokameras betraut war, stand neben ihm und trat nervös von einem Bein auf das andere.

»Chef, Chef, Sie müssen kommen. Technik spinnt. Wi' sind auf Sendung.«

Die Augen seines japanischen Angestellten waren geweitet, was Elias als Zeichen des Entsetzens wertete.

»Was heißt das? Wir sind auf Sendung.«

Naruto zog sein Smartphone aus der Tasche, tippte einen Code ein und hielt seinem Vorgesetzten das Display hin. In einem der Separees ließ sich der Sparkassenchef von zwei nackten Frauen verwöhnen. Naruto wischte mit dem Zeigefinger über den Bildschirm. Ein Landtagsabgeordneter bekam von Lady Maladiva den Hintern versohlt. Sein Gesäß besaß in Bezug auf die Farbe große Ähnlichkeit mit dem eines Pavians. Ein nächster Wisch beförderte Elias in ein Separee, in dem einer seiner Stammgäste, der Leiter eines der größten Unternehmen in Oberschwaben, von einer Dame mit Pferdemaske geritten wurde.

Elias packte Naruto am Kragen seines Poloshirts. Der Japaner verzog keine Miene. Wie immer. Es schien fast, als wäre er nicht in der Lage dazu, Gefühle zu zeigen. Oder er hatte damit gerechnet, Elias' Zorn abzubekommen.

»Wie kann das sein? Wie kommen die Bilder ins Netz?«

Naruto zuckte die Schultern. »Ich weiß nicht, Chef. Vielleicht haben uns Häcke' e'wischt. Vielleicht wollen sie uns einen St'eich spielen.«

Elias lockerte seinen Griff und schob seinen Angestellten von sich.

»Mach was, bevor das Wellen schlägt. Wenn Salvatore das mitbekommt, dann sind wir beide geliefert. Du weißt, dass er Betriebsstörungen nicht leiden kann.«

»Hab gemacht, was ich kann. Bin bloß ein kleine' P'og'ammie'e'.«

In Elias' Gesicht kämpften Bestürzung, Fassungslosigkeit und Wut um die Vorherrschaft des Mienenspiels, und es sah so aus, als könne Wut gewinnen.

»Schalt die Kameras ab«, brüllte er Naruto an. »Reiß sie von mir aus aus den Wänden, aber die Bilder dürfen nicht weitergesendet werden.«

Durch sein Geschrei wurden die Gäste auf die Filmsequenzen aufmerksam, die nun auch auf den Videoleinwänden im Club zu sehen waren.

»Das ist doch mein Boss«, schrie einer. »Und zu mir hat er am Telefon gesagt, er könnte mit mir nicht über den neuen Arbeitsvertrag reden, weil er in einer dringenden Angelegenheit steckt.«

»Wenn es der Typ aus Separee 3 ist, dann stimmt das ja auch«, antwortete ein anderer. Gelächter brandete auf.

»Sieh an, der Landtagsabgeordnete Merzenrieder lässt sich den Arsch versohlen. Da würde ich ja auch gern mal die Peitsche schwingen.«

Das Gemurmel unter den Gästen schwoll an, keines der Bilder blieb unkommentiert, es dauerte nicht lange, bis das erste Glas in Richtung der Bildschirme flog.

»Schaut euch mal den kleinen Pimmel von dem Brettschneider an. Der ist ja kaum zu sehen.«

»Deshalb suchen die Mädels ja auch zu zweit.«

Naruto flitzte von einem Separee zum anderen und versuchte, die Kameras abzuschalten. Sein Bemühen wurde vom Protestgeschrei und Herumgeschubse der Gestörten begleitet.

Elias gab Rocco ein Zeichen. Schwerfällig trottete der Riese dem Asiaten zu Hilfe. Unter Frauengekreisch und heftigem Gerummse erloschen die Bilder auf den Monitoren, die ersten männlichen Gäste erhoben sich, um das Lokal zu verlassen, wurden jedoch von ihren Übergangsbekanntschaften daran gehindert.

Die gesamte Bar war in Aufruhr. Elias flüchtete in sein Büro, schloss die Tür und ließ sich auf den Zweisitzer sinken. Auf seinem Schreibtisch flackerte ein Lichtschein, offenbar hatte er vergessen, seinen Laptop auszuschalten. Er erhob sich. Auf dem Desktop war eine Großaufnahme von Joshua zu sehen. Er lag auf einem Ledersessel, strampelte und lachte vergnügt.

»Das Lachen wird dir schon noch vergehen, du kleiner Teufelsbraten«, murmelte Elias.

37

Ein leichter Dunstfilm klammerte sich an die oberschwäbische Landschaft, es schien, als betrachtete man sie durch milchiges Glas. Die Ruhe, die diese Weite ausstrahlte, war ansteckend. Felder, Wälder, Wiesen und kleine Ortschaften verbanden sich zu einem bunten Flickenteppich. Im Angesicht dieser Kulisse hatten negative Gedanken keinen Platz, diesem pittoresken Teil der Schöpfung konnte man nur mit Ehrfurcht begegnen. Es sei denn, man hieß Jaschke und arbeitete bei der Kriminaltechnik.

»Hätten wir nicht ganz nach oben fahren können?«, maulte er. Demonstrativ blieb er stehen und ächzte angesichts des vor ihm liegenden Anstiegs zur Bussenkirche St. Johannes Baptist.

Greta Gerber schloss die Augen, holte tief Luft, sog die morgendliche Kühle in ihre Lungen und breitete die Arme aus, als könnte sie die Landschaft umarmen. Eigentlich wäre sie lieber den Schöpfungsweg gegangen, doch Jaschkes Muffeligkeit hatte dies verhindert. Schließlich erachtete sie es als die bessere Entscheidung, den Parkplatz an dem kleinen Friedhof anzusteuern und die restlichen 500 Meter zu Fuß zu gehen.

Sie war den Anstieg fast hochgerannt, hatte die Panoramakarte vor der Kirche studiert und versuchte, die schönen Bilder auf sich wirken zu lassen.

Berge, Wiesen, Farben.

ENRIQUE. PORNOS. EASY DATE.

Wälder. Sonne. Blumen.

SCHÄDEL. MORD. ERZBERGER.

Sie öffnete die Augen. Die Landschaft vor ihr hatte die Strahlkraft durch die Macht der Gedanken verloren. Die nächtlichen Ereignisse in ihrem Hausflur, die umständliche Löschung ihres Eintrags bei »Easy Date«, der tatsächlich von einigen der unsittlichen Bilder infiltriert war, die Peinlichkeit, die Technikabteilung anzusprechen, um Enriques Spur zu finden, und die ungeklärte Situation bei den Ermittlungen zum Todesfall von Alvin Blank überschatteten den Glanz der Natur. Der Ausflug verwandelte sich augenblicklich in das, was er war: eine polizeiliche Ermittlung. Ein Versuch, einen Fall zu lösen.

»Schauen Sie mal, was auf dieser Bank steht. ›Hock a bitzle na.‹ Könnten wir hier nicht unsere Romantik-Tour beginnen, bevor wir die Kirche anschauen und in das Restaurant gehen?«

Jaschke grinste sie an

»Dieser kleine Spaziergang ist der romantischste Augenblick, den Sie auf dieser Tour erleben werden«, hielt Greta dagegen. »Also genießen Sie diesen Moment. Wenn es Ihnen irgendwie möglich ist, sollte dies schweigend vonstatten gehen.«

Die Hauptkommissarin marschierte strammen Schrittes in die Kirche hinein.

»Schauen Sie nur, die Fenster. Sind die nicht prachtvoll?«, flüsterte Greta Gerber und drehte sich um die eigene Achse, wie ein Kind auf dem Rummelplatz, um die Ausstattung der Bussenkirche auf sich wirken zu lassen. Durch die bemalten Fenster fiel diffuses Licht in das Gotteshaus, auf einigen Holzbänken saßen Menschen, die in ihr Gebet vertieft waren.

»Der Altar hat die Form eines ›M‹. M wie Maria«, schob sie in Richtung Jaschke nach. »Hab ich im Internet gelesen.«

»Originell«, raunte Jaschke und ließ sich auf einer Holzbank nieder. »Hat der Typ am Telefon gesagt, wann er kommen will?«

Greta schüttelte den Kopf. Einen genauen Zeitpunkt hatte sie nicht mitgeteilt bekommen, als sie die Nummer gewählt und das Codewort genannt hatte.

»Warten Sie«, hatte eine männliche Stimme geantwortet. Mehr nicht.

»Sie können Kirchen wohl nichts abgewinnen?«

»Nein. Ich bekomme Beklemmungen, wenn ich eine Kirche betrete. Diese hohen Räume, dieser Prunk, diese düsteren Figuren. Diese einschüchternde Atmosphäre, die einem vermitteln soll, wie klein man doch ist. In Kirchen habe ich immer das Gefühl, als müsste ich mich für irgendetwas entschuldigen, dabei bin ich mir keiner Schuld bewusst.«

»Sie haben ein schlechtes Gewissen, das ist alles«, resümierte Greta und schritt den langen Gang zum Altar entlang. Die Hauptkommissarin betrachtete das Gnadenbild, das hinter dem Altar aufgestellt war, sowie die Christus-Statue. Als sie sich zu Jaschke umdrehen wollte, stand sie einem schlaksigen Mann in einem dunklen Anzug gegenüber. Seine Hohlwangigkeit, die kleinen dunklen Augen und sein Überbiss gaben ihm etwas Rattenhaftes.

»Regeneratio?«, flüsterte er.

Greta nickte.

Der Rattenmann drückte ihr etwas in die Hand und verließ die Kirche.

Jaschke hatte von seinem Erscheinen und Verschwinden offenbar nichts mitbekommen. Er saß teilnahmslos in der Bank und blätterte in einem Gesangbuch. Greta besah den Gegenstand in ihrer Hand. Es war ein kleines Holzpüppchen, ein Bussenkindle offenbar, das sich in der Mitte teilen ließ. Greta entdeckte einen keinen Zettel im Inneren, zog ihn hervor.

»Das habe ich mir doch fast gedacht«, sagte sie. Auch wenn sie ihre Ahnung bestätigt sah, war ihr doch ziemlich mulmig zumute.

38

Durch den Dreitagebart und den Verband, der wie ein Turban um seinen Kopf geschlungen war, sah Frieder aus, als sei er einem Bollywoodstreifen entsprungen. Doch anstatt mit Krankenschwestern und Ärzten eine exotische Choreografie hinzulegen, saß er aufrecht in seinem Krankenhausbett, den Beistelltisch mit dem Abendbrot vor sich.

»Kann ich euch etwas anbieten?«, fragte er seine Besucher und deutete auf den mit einer Scheibe Käse und zwei Scheiben Wurst dürftig belegten Teller.

»Noi, iss no. Was de net schaffsch, könna mir ja einer Tafel spenda«, sagte Andreas Goettle.

Laura Behrmann und Polizeiobermeister Fritz lächelten.

Frieder bestrich eine Scheibe Brot mit Butter.

»Irgendwie lande ich immer im Krankenhaus, wenn ich dir einen Gefallen tu, mein lieber Andreas. Erinnerst du dich noch, als wir in die Fänge der Hexe vom Federsee gerieten? Mann, das war eine Geschichte. Aber mal ganz ehrlich: So sehr ich die Vollverpflegung im Krankenhaus schätze, das sollte wirklich mal ein Ende finden. Sonst muss ich meine Hilfsbereitschaft dir gegenüber massiv einschränken.«

»Da kann i doch nix dafür. Des Kind hot mir jemand vor d' Tür glegt und die vom Jugendamt sen nie do. Und wie soll i ahne, dass der Jong Unglück anzieht.«

»Was ich nicht verstehe ist, warum Sie nicht zu uns gekommen sind«, unterbrach Laura Behrmann energisch. »Wir suchen den Jungen und seine Mutter seit Tagen. Sie sind in Gefahr, und wir hätten die beiden schützen können. Aber jetzt müssen wir das Schlimmste befürchten«.

Goettle senkte schuldbeladen den Blick, Frieder betrachtete das Brot auf dem Teller, als hätte es sich vor seinen Augen in etwas verwandelt, was selbst Dschungelcamp-Teilnehmer verweigerten.

Lediglich Polizeiobermeister Fritz blieb in seiner starren Haltung vor dem Bett stehen, als müsste er Frieder bewachen.

»Spätestens als Sie erkannt haben, dass sich der falsche Polizist als POM Fritz ausgegeben hat, wäre doch ein Anruf dringend notwendig gewesen. Womöglich hätten wir auch den Anschlag auf Sie verhindern können«, fuhr Laura fort. »Und jetzt? Kind weg! Ein Verletzter! Und noch mehr unbeantwortete Fragen. Das ist gelinde gesagt zum Kotzen.«

»Laura, jetzt beruhigat Sie sich doch. Wenigstens wissat mir, dass der Herr Fritz nix mit denne Enkelbetrügereia zum doe hot. Des war der gleiche Schlawiner, der des Kind abhola wollt.«

Pfarrer Goettle legte ihr eine Hand auf den Unterarm, doch die junge Frau drehte sich abrupt weg.

»Ich habe Sie immer für einen vernünftigen Mann gehalten, Herr Pfarrer, aber langsam fehlt mir sogar dafür der Glauben. Sie sind schuld, wenn dem Kind etwas zustößt«, fauchte sie den Geistlichen an. »Wie kann man sich so verantwortungslos verhalten? Wir haben doch sonst immer gut zusammengearbeitet. Wieso dieses Mal nicht?«

»Will nicht doch jemand ein Stück Brot. Ich hab heute gar keinen Appetit«, warf Frieder ein. Er sah von einem zum anderen, doch niemand erwiderte seinen Blick. Der Vorwurf der Kommissarin drückte bleischwer auf die Schultern der Beteiligten, knebelte sie, so dass niemand ein Wort sagte.

»Aber es gibt doch a Spur zu der Mutter, hen Sie gsagt«, durchschnitt POM Fritz die Stille. »Vielleicht könnta mir do neu ansetza.«

Laura Behrmann reagierte zunächst nicht, dann aber zog sie ein zusammengefaltetes Blatt aus ihrer Hosentasche und reichte es ihrem Kollegen.

»Wer isch des?«

»Roxane Grabosz, die Schwester der Vermissten, und ihr Lebensgefährte Rafael. Wir sind ziemlich sicher, dass Viviana Blank nach ihrem Verschwinden mit ihnen Kontakt hatte. Er soll es gewesen sein, der mit der Vermieterin in der Hölderlinstraße zusammengestoßen ist, als er für Joshua und Viviana Klamotten holen wollte. Frau Rebstock ist sicher, ihn erkannt zu haben.«

»Also, i kenn den net.« POM Fritz gab das Foto an Frieder weiter.

Der fuhr in die Höhe, stieß dabei seinen Teller von dem Beistelltisch, der polternd auf dem Boden zerbrach.

»Das sind sie«, krächzte er und deutete mit dem Zeigefinger auf Roxane und Rafael. »Das ist der falsche Polizist, der bei mir war. Und diese Frau war auch dabei. Die vom Jugendamt. Schnell, schnell, wir müssen sie verhaften.«

Er versuchte auf die Beine zu kommen, doch ein gewaltiger Schmerz raubte ihm das Gleichgewicht, so dass er rücklings auf die Matratze krachte.

Er berappelte sich, doch Pfarrer Goettle drückte ihn in die Kissen zurück.

»Du verhaftesch gar koin. Des übernehme mir. Gell, Frau Kommissarin.«

»Sie bleiben hier und passen auf Ihren Freund auf«, giftete Laura Behrmann. »Herr Fritz und ich schaffen das schon allein.

Das ist nämlich zufällig unser Beruf. Und ganz bestimmt nicht Ihrer!«

Schwungvoll schob sie sich an ihm vorbei und eilte zur Tür. Bevor sie die Schwelle übertrat, drehte sie sich abrupt um. »Na, was ist, Polizeiobermeister Fritz? Brauchen Sie eine Extraeinladung?«

»Aber i ben doch suspendiert!«

Laura Behrmann sah ihn überrascht an. »Wen interessiert das in dieser Situation? Ich brauche Sie. Oder wollen Sie lieber hier bleiben?«

Fritz schüttelte den Kopf und trottete seiner Kollegin hinterher.

Andreas Goettle nahm Frieder das Foto aus den Händen und betrachtete es lange. »Mir müssat a bissle meh' über den Typa und sei Frau rausfinda. Die hättet doch die Mutter und den Joshua aufnehma könna. Stattdessa liegt der Jong vor meiner Tür, und jetzt wolltat sie ihn doch zu sich hola? Des isch doch sehr seltsam.«

Frieder kratzte sich am Kopf und zuckte zusammen. »Stimmt, das ist wirklich seltsam. Und warum hat dieser Mistkerl die Jacke vom Polizeiobermeister Fritz stibitzt? Was will er damit? Vom Schnitt her ist die doch völlig oldschool.«

»Zum alte Leut bscheißa langt's. Im Seniorenheim Regenbogen hot oiner mit der Polizeijacke vom Fritz an alte Mann um sei Geld betroga. I kennt wetta, dass des au der Spitzbua gwesa isch.«

Goettle wies mit dem Zeigefinger auf den jungen Mann, der auf dem Foto eine gewisse Überheblichkeit zur Schau stellte. Frieder schüttelte sachte den Kopf.

»Die Frage ist doch, was er mit dem Geld macht? Hilft er Joshuas Mutter zu fliehen? Wird sie bedroht, und er bezahlt eine Art Schutzgeld? Ich glaube, wir müssen ein bisschen über ihn im Internet recherchieren. Wir müssen mehr über ihn wissen, um ihn zu verstehen. Und ich weiß auch schon, wer uns da helfen könnte.«

Andreas Goettle zögerte. »Du moinsch aber net den seltsama Vogel, der uns damals gholfa hot, den Mord am Kaiser von Biberach aufzudecka? Der bloß Geräusche gmacht hot anstatt zum Schwätza. Herrgott, wie hot der denn ghoissa?«

»Luka. Keine Sorge, inzwischen ist er sozialisiert. Er spricht sogar manchmal in ganzen Sätzen. Obwohl er das eigentlich nicht muss. Er arbeitet für einen japanischen Konzern und entwickelt einen Roboter, der ältere Menschen in ihrem Alltag unterstützt. Die müssen nur ›Stuhlgang‹ sagen, und schon sitzen sie auf dem Topf.«

Frieder lachte, während er Lukas Nummer eingab. Goettles Zweifel an der Entscheidung, den IT-Freak einzubinden, konnte er damit nicht vertreiben. Aber so verschroben Luka auch war – in Sachen Informationsbeschaffung im Internet machte ihm keiner etwas vor.

Roxane erschrak, als es an der Haustür klingelte. Sie war gerade dabei, einen Koffer für sich und Viviana zu packen. Nachdem Rafael von dem Obdachlosen als falscher Polizist enttarnt worden war, konnte es nicht allzu lange dauern, bis die Suche nach ihm zu einem Ergebnis führte und die wirklichen Gesetzeshüter anrückten. Sie durften Viviana nicht finden. Ihre Schwester war zu schwach, um den Befragungen standzuhalten. Wenn sie auspackte, dann war Joshuas und ihr Leben in Gefahr. Noch mehr als jetzt.

Es klingelte erneut, ein dumpfes Hämmern gegen das Türblatt folgte. Roxane schlich in den Flur. Viviana stand in der Tür ihres Zimmers, die Augen angstvoll auf sie gerichtet. Roxane legte einen Zeigefinger an die Lippen und gebot ihr durch eine wedelnde Handbewegung, dass sie sich zurückziehen solle. Ihre Schwester nickte, verschwand in ihrem Zimmer und schloss die Tür. Roxane atmete auf. Sie hörte Rafaels Schritte.

»Wer ist denn da?«, fragte er zögerlich.

»Rafilein. Ich bin es. Dein alter Freund Elias. Mach auf, ich muss mit dir reden. Ein Gespräch unter Kumpels, okay?«

Die Stimme klang eine Spur zu freundlich.

Rafael blieb vor der Tür stehen. »Es gibt nichts zu reden. Ich mach nicht mehr mit. Und jetzt hau ab.«

Ein Krachen, das Splittern von Holz, Rafaels Schrei. Einem ersten Impuls folgend, eilte Roxane die Treppe hinunter. Ein Zweimetermann schlug mit einem Baseballschläger auf den am Boden liegenden Rafael ein. Hinter ihm stand ein schmächtiger Typ mit zurückgekämmten Haaren, der dem bestialischen Tun des Schlägers zusah.

Ihr Entsetzensschrei stoppte den Koloss. Rafaels Gesicht glich einer aufgeplatzten Tomate, aus seiner Nase und seinem Mund strömte Blut. Er röchelte etwas in ihre Richtung. Jedes Wort wurde von einem roten Nieselregen begleitet. Der Schmächtige lachte, trat ihm in den Unterleib und schoss im nächsten Moment auf Roxane zu.

Sie flüchtete die Treppe hoch, bog in Richtung Badezimmer. Sie stolperte, fing sich im letzten Moment und hastete weiter. Die schweren Schritte kamen näher, sie konnte den Atem ihres Verfolgers im Nacken spüren. Atemlos eilte sie weiter. Noch zwei Meter, ein Meter. Geschafft! Mit Wucht warf sie die Tür hinter sich zu, presste sich mit dem Körper dagegen, um sie ins Schloss zu drücken. Ihr Verfolger hatte den Fuß zwischen Rahmen und Tür geschoben und versuchte, sie durch den Spalt zu fassen zu bekommen. Roxane biss ihm in die Hand. Einen derben Fluch ausstoßend zog er sich zurück, der Widerstand ließ nach. Beherzt trat Roxane auf seinen Fuß. Ein Schmerzensschrei, schließlich verschwand der Schuh, und sie konnte die Tür schließen. Sie drehte den Schlüssel im Schloss.

»Rocco, schaff deinen fetten Arsch hier hoch«, brüllte der Eindringling.

Hektisch durchsuchte Roxane den Badezimmerschrank nach einem Gegenstand, den sie als Waffe gebrauchen konnte. Eine Nagelfeile. Eine Schere. Besser als nichts.

Für einen kurzen Moment sah sie ihr Spiegelbild. Ihr Haar schien seinen Glanz verloren zu haben, ihre Augen waren rot umrandet, die Lippen zitterten. Ihr Teint hatte die aschgraue Farbe ihrer im Drogenrausch dämmernden Schwester angenommen. Sie sah aus wie eine Untote in einem dieser Zombiestreifen.

Die mit einer Nagelfeile und einer kleinen Schere bewaffnet war. Dem Bild haftete eine tragische Firnis an, etwas Verzweifeltes. Ihr Herz hämmerte gegen den Brustkorb, das Atmen fiel ihr schwer. Panische Angst ließ ihre Beine zittern.

Mit einem gewaltigen Bersten wurde die schützende Tür eingeschlagen, mit einem Sprung zur Seite rettete sie sich vor dem heranfliegenden Riesen. Er krachte mit dem Kopf gegen den Wannenrand, blieb benommen liegen. Roxane stieg über seine Beine hinweg. Leben kehrte in den Koloss zurück, er versuchte aufzustehen. Roxane quiekte, hielt Schere und Feile vor sich, um ihren Widersacher auf Distanz zu halten. Da umschlangen Arme ihren Brustkorb und hoben sie in die Höhe. Sie zappelte und strampelte, stach und piekte, doch sie kam nicht frei. Sie hörte das angestrengte Grunzen des Schmächtigen, der versuchte, ihr die Luft aus den Lungen zu pressen. Dann stand der Riese direkt vor ihr. In seinen Augen blitzte es, bevor er den Baseballschläger auf sie niedersausen ließ. Er traf sie an der Schläfe, sie verlor die Kontrolle über ihren Körper, Urin rann an ihren Schenkeln hinab. Gleichzeitig wurde sie von einer unwirklichen Ruhe erfasst. Es kam ihr vor, als würde sie nach einer unendlichen Albtraumphase in die sanften Wellen des Tiefschlafes gleiten.

»Endlich«, dachte sie, dann verließen sie die Sinne.

39

Die Fahrt nach Ravensburg hatte mehr Zeit in Anspruch genommen, als es die Strecke vermuten ließ. Der Feierabendverkehr schlängelte sich träge durch Baustellen, kam vor Dutzenden von Ampeln zum Stillstand. Hinzu kamen die Droschkenlenker, die der Straßenverkehrsordnung ihre eigenen Gesetze hinzufügten und dadurch das Chaos vergrößerten. Greta Gerber hatte große Lust, das transportable Blaulicht auf das Autodach zu klemmen, um sich ein Vorrecht zu verschaffen. Doch damit hätte sie die Tarnung als unbedarftes Ehepaar mit Kinderwunsch riskiert.

»Hätte sich dieser seltsame Doktor nicht in einem Industriegebiet niederlassen können? Musste es unbedingt in der Innenstadt sein?«, murmelte ihr Kollege Jaschke griesgrämig und starrte zum Seitenfenster hinaus.

»Ihnen wäre es wahrscheinlich lieber, wenn er seine Praxis neben dem Eisstadion eröffnet hätte, damit die angehenden Väter zum Eishockey gehen können, während ihre Frauen zu Müttern werden, was?«, erwiderte Greta Gerber grimmig.

»Da es für die werdenden Väter eh nix zu tun gibt, warum nicht? So als Ausgleich für den entgangenen Spaß im Bett.«

Die Hauptkommissarin versuchte, ihren Ärger über Jaschkes Bemerkung hinunterzuschlucken. Seine schlecht kaschierten Avancen gingen ihr langsam auf die Nerven.

»Sie sehen das falsch, werter Kollege«, gab sie schnippisch zurück. »Die Paare, die sich normalerweise auf Bussen-Tour begeben, haben sehr wohl Spaß im Bett. Und die wissen auch, dass zum Elternwerden immer zwei gehören. Da kann sich nicht einer aus der Verantwortung stehlen. Oh, sehen Sie mal. Das ist doch Frau Spengler?«

»Wer? Kenn ich nicht!«

»Anke Spengler aus Bad Schussenried. Die nach ihrer Bussentour schwanger geworden ist. Die war auch bei Doktor Wolf in Behandlung und hat ihn über den grünen Klee gelobt. Was macht die denn da? Die kann doch nicht einfach so …«

Die letzten Worte der Hauptkommissarin wurden von einem ohrenbetäubenden Quietschen und einem dumpfen Knall übertönt. Sie lenkte ihren Wagen an den Straßenrand, stieg aus und eilte zu der Stelle, an der Anke Spengler von einem Lieferwagen erfasst worden war.

»Einen Krankenwagen, schnell«, rief sie Jaschke zu, der ihr folgte.

Die junge Frau lag mit verdrehten Gliedmaßen auf dem Asphalt, aus einer Wunde am Kopf sickerte Blut. Der Fahrer des

Lieferwagens stand hilflos neben ihr und beteuerte den Umstehenden seine Unschuld. »Die isch direkt in mi neiglaufa. I konnt nemme bremsa. Des hen ihr doch bestimmt gseha. Bitte, i kann nix dafir.«

Er blickte sich um, doch keiner schien seine Schilderung bestätigen zu wollen. Stattdessen zückten einige ihre Smartphones und filmten die Szenerie.

Greta Gerber schoss auf einen der Filmer zu. »Wenn Sie das Ding nicht gleich einstecken und Erste Hilfe leisten, dann sorge ich dafür, dass Sie demnächst nur noch Bilder für Gastroentorologen senden können. Weil Ihr Smartphone in Ihrem Arsch steckt.«

Mit verschüchterten Kommentaren wie »Ha no«, »Kann mr des net anders saga« und »Nix darf mer« ließen die Hobbyfilmer ihre Gerätschaften in den Jackentaschen verschwinden.

Greta Gerber kniete neben der Verletzten und fühlte ihren Puls. Er war schwach, aber wahrnehmbar. Irgendjemand reichte ihr eine Decke, sie rollte sie zusammen und schob sie Anke Spengler unter den Kopf. Ihr Blick irrte rastlos umher, sie murmelte Unverständliches. Greta strich ihr über die Stirn.

»Bleiben Sie ganz ruhig. Nicht bewegen. Der Krankenwagen wird gleich da sein.«

Anke Spengler sah Greta Gerber an, schien sie zu erkennen. Sie versuchte sich aufzurichten. »Mein Mann … Til«, flüsterte sie.

»Wir werden Ihren Mann informieren. Machen Sie sich keine Sorgen. Mein Kollege regelt das.«

Sie versuchte zu lächeln, doch der Blick Spenglers flog immer aufgeregter umher. »Melissa. Er wird sie mir wegnehmen. Er ist ein Monster.«

Die Menschen in unmittelbarer Nähe fingen an zu tuscheln.

»Wir kümmern uns um Melissa. Niemand wird sie Ihnen wegnehmen«, versuchte Greta die Frau zu beruhigen. »Es ist nur der Schock. Wir informieren Ihren Mann, er kommt, sobald es ihm möglich ist.«

Anke Spengler rang um Atem. Ihre Finger krallten sich in Gretas Arm.

»Melissa … Sie müssen …«, brachte sie stockend hervor. Ihre Augenlider flatterten, sie war kurz davor, das Bewusstsein zu verlieren.

»Machen Sie sich keine Sorgen. Ich verspreche Ihnen, alles wird gut.«

Greta spürte, wie bedeutungslos ihre Worte in dieser Situation erschienen, aber ihr fiel nichts ein, was sie hätte sagen können.

»Wo bleibt denn der Krankenwagen?«, schrie sie der umstehenden Meute entgegen, die einen regungslosen Kreis gebildet hatte. Die ersten Smartphones wurden schon wieder gezückt, um die eigene Sensationsgier durch ein paar Likes auf den Portalen positiv bewertet zu bekommen.

Anke Spengler röchelte. Sie wollte etwas sagen, doch offenbar fehlte ihr die Kraft. Die Hauptkommissarin beugte sich über sie, um die gehauchten Laute besser verstehen zu können.

»Til … mein Mann ist …«, waren die letzten Worte, bevor die Ohnmacht Anke Spengler mit sich riss.

Der Rettungswagen hatte ein halbe Stunde benötigt, um zu der Unfallstelle zu gelangen, der Pulk hatte den Einsatz der Rettungskräfte um weitere fünf Minuten verzögert. Passanten mussten gewaltsam zur Seite geschoben werden, einige wehrten sich, indem sie die Sanitäter schubsten und auf sie einschlugen. Greta Gerber und ihr Kollege Jaschke verhinderten Schlimmeres, indem sie beherzt eingriffen und einige Angreifer mit Handschellen und Kabelbindern fixierten, bis die Schutzpolizei eintraf.

Anke Spengler hatte das Bewusstsein nicht wiedererlangt, und einer ersten Einschätzung des Notarztes zufolge lagen einige Knochenbrüche vor. Es war nicht auszuschließen, dass sie auch innere Verletzungen hatte.

Die Hauptkommissarin gab den Schutzpolizisten ihre Aussage zu Protokoll, die den Fahrer des Lieferwagens eindeutig entlastete, und bat die Kollegen, Kontakt mit Til Spengler aufzunehmen.

Die Reihen der Schaulustigen lichteten sich, die Vorstellung war zu Ende, übrig blieben nur die Ordnungskräfte, die mit den Aufräumarbeiten betraut waren. Greta saß auf der Kühlerhaube ihres Wagens und sah zu, wie die Reste des schicksalsschweren Ereignisses von der Fahrbahn gefegt wurden. Ein paar Scherben, an die sich bald niemand mehr erinnern würde.

Armin Jaschke setzte sich neben sie.

»Und jetzt? Setzen wir unsere Tour fort?«, fragte er. »Wir sind spät dran. Unser Termin ist längst vorbei.«

Die Hauptkommissarin schlug mit der Faust auf die Kühlerhaube.

»Das weiß ich auch«, schnauzte sie ihren Kollegen an.

Jaschke hob abwehrend die Arme und zog sich in das Innere des Fahrzeugs zurück.

Greta Gerber zückte ihr Smartphone und wählte die Nummer von Laura Behrmann. Nach einigen Minuten meldete sich die Kollegin. Greta berichtete kurz von den jüngsten Ereignissen.

»Laura, fahren Sie nach Bad Schussenried und versuchen Sie herauszufinden, was mit Til Spengler los ist. Er hatte doch diese Untersuchung im Krankenhaus, und ich habe die ungute Vermutung, dass ihm etwas zugestoßen ist. Sollte das stimmen, kümmern Sie sich bitte darum, dass Melissa eine vernünftige Betreuung kommt. Wir versuchen, unseren Termin bei diesem ominösen Doktor Wolf wahrzunehmen. Auch wenn wir schon reichlich spät dran sind.«

Sie blickte zu ihrem Kollegen Jaschke, der missmutig auf seine Armbanduhr sah und eine Grimasse zog.

Er konnte nur kurz ihre Aufmerksamkeit fesseln, denn das, was ihr Laura Behrmann berichtete, war so unfassbar, dass sich die Hauptkommissarin vorkam, als wäre sie in einen schlechten Film geraten. Im Haus von Roxane Grabosz und Rafael Vogt musste sich ein wahrhaftiges Massaker abgespielt haben. Ihre Kollegin berichtete von zertrümmerten Türen, zerstörten Gegenständen und von großen Mengen an Blut im Erdgeschoss und im Badezimmer. Und von den Bewohnern fehlte jede Spur.

40

Gefilterte Musik, das undeutliche Murmeln einer Männerstimme. Er spürte eine angenehme Kühle auf der Stirn, im nächsten Moment stand seine Wange in Flammen. Rafael schrie, versuchte, die Augen zu öffnen, doch es schien, als hätte ihm jemand die Lider verklebt. Eine Hand strich ihm über die schmerzende Stelle im Gesicht, ein Hauch von Chanel schwebte vorbei. Ein wohltuender Kontrast zu dem metallischen Geschmack seines Blutes im Mund und dem stechenden Gestank von verschwitzten Körpern.

Er presste die Lider auseinander und erkannte eine junge Frau, die neben ihm auf einem Stuhl saß. Sie war sehr auffällig geschminkt, unter ihrem transparenten Oberteil zeichneten sich große Brüste ab. Sie lächelte ihn an. Er versuchte dies zu erwidern, doch er hatte keine Kontrolle über seine Lippen. Es fühlte sich an, als hätte sie jemand an einen Feuerwehrschlauch angeschlossen und vergessen, den Hydranten abzustellen. Er hob den Kopf, Schwindel überkam ihn, und er ließ sich stöhnend in die Kissen zurücksinken. Die Schöne legte ihm ein feuchtes Tuch auf die Stirn, bevor sie unsanft weggezogen wurde.

»Ah, unser kleiner Goldesel ist wieder unter den Lebenden. Ein Glück, ich habe schon befürchtet, dass Roccos Art, sich Zutritt in deine heiligen Hallen zu verschaffen, ein wenig zu heftig ausgefallen ist. Er kann es halt nicht leiden, wenn er vor verschlossenen Türen steht. Da wird er stinksauer.«

Elias' grinsendes Antlitz schob sich in Rafaels Sichtfeld. Er zog den Verletzten am Kragen zu sich heran. Unter Rafaels Schädeldecke schwangen Abrissbirnen hin und her, er stöhnte.

»Keine Sorge, du darfst dich gleich wieder hinlegen, und Schwester Yvette wird sich um dich kümmern.«

Elias presste seinen Mund gegen Rafaels Ohr und senkte die Stimme.

»Ich kann dir sagen: Sie hat eine ganz besondere Art, Fieber zu messen. Du solltest sie unbedingt darum bitten. Aber vorher stellst du mir den Kontakt zu diesem Spinner Araneus her. Ich habe etwas, was er schmerzlich vermisst und wofür er sehr viel Geld bezahlt. Dank dir bin ich schneller fündig geworden als erwartet. Gute Arbeit. Wenn das alles klappt, sind wir quitt, Partner.«

Rafael schloss die Augen, sortierte die Worte von Elias, die für ihn nur langsam einen Sinn ergaben. Araneus. Darknet. Das Bild von Viviana und Joshua. Joshua bei dem Penner am Bahnhof. Elias' Überfall auf ihn und Roxane. Konnte das bedeuten, dass Elias das Kind und die Mutter in seine Gewalt gebracht hatte und nun ausliefern wollte?

Er schüttelte den Kopf, um den Gedanken abzuschütteln.

»Ich kann das nicht«, sagte er. Es klang jämmerlich.

Elias bohrte einen Finger in seine Rippen. Rafael jaulte.

»Ich habe dich ganz schlecht verstanden«, knurrte Elias. »Und das, was ich gehört habe, gefällt mir nicht. Ich sage es deshalb noch einmal. Entweder du stellst mir den Kontakt zu diesem perversen Sack her und genießt Schwester Yvettes Heilmethoden oder ich übergebe dich an Doktor Rocco, der eine ganz eigene Methode der Patientenbehandlung hat. Einen Teil davon hast du ja schon kennengelernt. Die Fortführung würde ich mir gern ersparen. Ich kann das Geräusch von brechenden Knochen nicht ausstehen.«

Rafael richtete sich auf, stemmte sich gegen die pulsierenden Schmerzwellen, die seinen gesamten Körper durchliefen. Es gelang ihm, Elias' Unterarm zu fassen, an dem er sich weiter hochzog.

»Bitte! Lass sie frei! Die bringen die beiden um!«, brachte er hervor.

»So ein Quatsch«, brüllte Elias und sprang auf. »Da will einer seine Frau und sein Kind zurück, das ist alles. Für den

Kleinen ist das ja wohl besser, als bei einem Penner in einem Eisenbahnwaggon zu leben. Und du bist auch nicht gerade das Paradestück von Vater, wenn du das zulässt. Also, was regst du dich auf?«

»Ich bin nicht der Vater«, wimmerte Rafael.

»Umso besser. Dann kann es dir doch egal sein, was mit dem kleinen Scheißer passiert. Und was die Mutter angeht – da findet sich doch etwas Neues. Ich kann dir bei deiner Suche helfen, ich lasse meine Partner doch nicht im Stich.«

Elias tätschelte Rafaels Wange und gab Yvette ein Zeichen, die sich tänzelnden Schrittes auf den Patienten zubewegte. Sie setzte sich auf die Kante der Liege und streichelte ihm sanft über den Brustkorb. Rafael versuchte, ihre Hand festzuhalten und sich erneut aufzusetzen.

»Bitte Elias. Das sind Killer, die sich da gemeldet haben. Die bringen die beiden um. Das dürfen wir nicht zulassen.«

Elias trat neben Rafael. Zweifel umzuckten seine Mundwinkel. Nur kurz, dann gewann die überhebliche Selbstsicherheit das Mienenspiel zurück. »Du bluffst. Entweder willst du die Kohle, allein für dich oder du hängst da irgendwie mit drin. Wer sind diese Frau und dieses Kind?«

»Sie ist die Schwester meiner Freundin, und der Kleine ist ihr Sohn.«

Elias stupste Yvette an und gab ihr ein Zeichen, dass sie sich zurückziehen sollte. Sie erhob sich und stöckelte aus dem Raum. Als sie die Tür hinter sich geschlossen hatte, setzte sich Elias auf den Stuhl neben dem Bett und rückte nah an Rafael heran.

»Weißt du, was ich nicht begreife? Wieso machst du wegen der Schwester deiner Ische so einen Aufstand? Und wieso zahlt irgendjemand so viel Kohle, um sie und das Kind zurückzubekommen? Was geht da ab?«

Rafael rang mit sich. Elias in diese Geschichte einzuweihen, war gefährlich. Er war unberechenbar. Womöglich sah er es als Herausforderung an, zu beweisen, dass ihm in Sachen Skrupellosigkeit keiner das Wasser reichen konnte. Wenn Rafael jedoch noch etwas für Viviana und Joshua tun wollte, dann musste er alles erzählen, was er wusste. Stockend begann er zu sprechen.

Als er geendet hatte, pfiff Elias durch die Zähne.

»Rafi, Alter. Diese Nummer bringt uns ja ganz nach oben. Sieht so aus, als würden wir ab jetzt in der Champions League der Unterwelt mitspielen.«

Er tätschelte erneut Rafaels Wange, dieses Mal ein wenig heftiger. Rafael biss sich auf die Unterlippe, um nicht zu schreien.

»Und du hast uns das möglich gemacht. Ich wusste es schon immer, dass du etwas ganz Besonderes bist. Einer, der nicht nur ein Näschen für Koks hat.«

Elias lachte. »Okay, dann testen wir jetzt mal, was diesen Höllenhunden unser Wissen wert ist. Mit läppischen 30 000 lassen wir uns nicht abspeisen, so viel ist klar. Da liegt ein Vielfaches drin. Steh auf, Rafi, du machst mir jetzt sofort einen Kontakt zu Araneus, dieser dreckigen Ratte.«

Rafael blieb liegen und starrte an die Decke. Er suchte verzweifelt nach einem letzten überzeugenden Argument, das Elias von seinem Vorhaben abbringen konnte. Er hatte Zeit für Viviana und Joshua gewonnen, doch das war es auch schon. Was kam dann? Er fühlte, wie ihn eine Panikwoge erfasste und kräftig durchrüttelte. Er machte sich schuldig, er lieferte Viviana und Joshua aus. Wenn Roxane das erfuhr, dann war alles aus.

»Bitte, bitte nicht …«, flüsterte er.

Elias rüttelte an seinem Arm. »Hör auf zu jammern und setz dich an den Rechner. It's showtime. Möge der Bessere gewinnen. Und ich sage dir: Der Bessere war noch immer ich.«

41

Rastlose Schritte. Stimmengeschwader. Alle Frequenzen. Sonnenfarben schattendurchdrungen. Metallische Schwere, die an den Schultern zieht. Brodelnder Atem, schweißnasse Stirn. Motorengedröhn, ein fliehender Vogel.

Weiter, weiter, immer weiter.

Beklemmendes Erkennen. Schicksalsgemäuer. Einschießender Schmerz. Glühendes Pochen. Weiter, weiter, es gibt kein Zurück. Ein Taumeln, Straucheln, besorgte Blicke. Gallenbitteres Lächeln. Ruhe gewinnen.

Weiter, weiter, wie weit denn noch?

Nur noch über die Straße. Klopfen. Ein Spalt. Vertraute Wärme. Hoffnung … auf … Ruhe.

»Da bist du ja, mein Engel. Endlich. Du hast dir viel Zeit gelassen. Und du weißt, wie ungern ich warte.«

»Ich bin zurück.«

Umschlingende Arme, ein klopfendes Herz, ganz nah am Ohr.

»Jetzt wird alles gut. Wirst sehen, jetzt wird alles gut.«

Sehnsuchtsworte. Angekommen. Wieder dieses bleierne Ziehen. Gewicht der Erinnerung. Atemlose Stille.

»Ich habe ein Geschenk für dich.«

42

Araneus an Lupus 666

Die Hyänen haben Beute gemacht.

Lupus 666 an Araneus

Verlier keine Zeit. Sie werden erwartet.

Araneus an Lupus 666

Es gibt ein kleines Problem. Sie haben Fragen gestellt und Antworten bekommen. Mehr, als uns lieb sein kann. Nun sind sie gierig und stellen Forderungen.

Lupus 666 an Araneus

Wissen wir, wer sie sind?

Araneus an Lupus 666

Nein, auch Hyänen sind vorsichtige Tiere.

Lupus 666 an Araneus

Was wollen sie?

Araneus an Lupus 666

Eine halbe Million.

Lupus 666 an Araneus

Geh zum Schein darauf ein. Sag ihnen, dass wir interessiert sind und dass wir einen Beweis wollen, dass sie im Besitz der Beute sind. Einen Film, Livebilder. Und dann bekommst du raus, wo diese Parasiten sich eingenistet haben. Wir werden die Welt von diesen Kakerlaken befreien.

43

»Hashtag Überraschung. Hashtag Falscher Fuffzger. Hashtag Du entkommst mir nicht. Punkt. Com.«

Andreas Goettle und Frieder sahen gespannt zu dem jungen Mann, der ihnen im Foyer des Krankenhauses mit dem Laptop auf den Knien gegenübersaß. Seit geraumer Zeit flogen seine Finger über die Tastatur, hielten immer wieder inne, um seinen seltsamen Kommentaren Raum zu geben oder durch den Vollbart zu streichen.

Andreas Goettle hätte Luka, der ihm vor einigen Jahren von Frieder in einer Shisha-Bar vorgestellt wurde, fast nicht wiedererkannt. Aus dem schmuddeligen Computerfreak war ein etwas zu offensichtlich an gängige Moden angepasster Nerd geworden. Er trug ein blau-weiß gestreiftes Button-Down-Hemd, dazu eine dunkelgraue Chinohose und Sneakers. Die Haare hatte er sich sehr kurz schneiden lassen, und seine kleinen Augen rollten hinter einer überdimensionierten Brille, die selbst Elton John nur im Karneval getragen hätte, aufgeregt hin und her.

Mit einem zufriedenen »Hashtag Bingo: Hashtag Da ist er ja«, drehte Luka den Bildschirm schließlich zu seinen Beobachtern.

»Naja, dass der ganze Sätz sprecha ka, hab i eh net glaubt«, flüsterte Andreas Goettle Frieder zu. »Wobei, es isch ja schon a bissle besser gworda, er isch nemme ganz so einsilbig.«

Frieder winkte ab und konzentrierte sich auf die Informationen, die Luka zu Rafael Vogt ermittelt hatte.

»Sieh an, sieh an. Unser falscher Polizist arbeitet eigentlich bei der Bank. Bei der Oberschwäbischen Volkssparkasse. Interessant.«

»Des isch wirklich interessant. Da hockt der ja an der Quelle, guckt, ob es a paar alte Leut gibt, bei denne was zu hola isch, und muss bloß no a passendes Gschichtle erfinda, die Leut arufa und 's Geld abhola.«

Luka nickte zufrieden, drehte den Computer wieder zu sich und präsentierte einige Klicks später das Facebook-Profil von Rafael Vogt.

»Aha, offenbar hat er auch ein Faible für schöne Autos, teure Klamotten und fährt gern ins Ausland. Und wenn diese Frau, die dieses Monstrum von einem Ring in die Kamera hält, seine Freundin ist, dann wird er auch da den ein oder anderen Euro investieren müssen. Sie scheint eine Liebhaberin von schönen Dingen zu sein.«

Der Geistliche betrachtete die Bilder. Der junge Mann und seine Frau machten auf ihn einen sympathischen Eindruck. Die beiden schienen das Leben zu genießen und glücklich miteinander zu sein. Auf fast allen Fotos lachten sie in die Kamera, alberten herum, zogen Grimassen. Da waren keine Gesten, keine Anzeichen zu entdecken, die auf eine dunkle, auf eine kriminelle Seite hätten schließen lassen. Wie konnte es sein, dass solche Menschen auf die schiefe Bahn gerieten?

»Ich tippe auf Geldprobleme«, beantwortete Frieder die ungestellte Frage. »So ein Lebensstil kostet. Das Gehalt eines Bankangestellten wird nicht ausreichen, um sich all das leisten zu können. Also hat er eine Methode gefunden, um sich Geld zu beschaffen. Aber was hat das mit Joshua zu tun? Was wollen die beiden von dem kleinen Jungen?«

»Vielleicht isch auf den Jong a Belohnung ausgesetzt? Irgendjemand muss den Kerle doch vermissa. Die boide wissat des und wolltet des Geld kassiera, indem sie den Joshua zurückbrenga.«

Andreas Goettle wandte sich an Luka. »Des isch a gewagte These, aber des könnt doch sei. Kriega mir des irgendwie raus? Vielleicht gibt es a Suchmeldung in dem Google oder wie des hoißt?«

Frieder schüttelte den Kopf. »Das glaube ich nicht. Wenn ein Lösegeld ausgeschrieben worden wäre, dann wäre das doch in der Zeitung gekommen. Dann hätte mich doch irgendjemand auf Joshua angesprochen. Zum Beispiel, wenn ich ihn zur KiTa gebracht habe oder im Biergarten mit ihm war. Wir haben uns in der Öffentlichkeit bewegt und sicher ein schräges Bild abgegeben. Seltsam genug, dass da niemand Verdacht geschöpft hat.«

»Und wenn des koi öffentliche Ausschreibung vom Lösegeld war? Sondern so a Art inoffizielle? Von Verbrecher zu Verbrecher? Soll es ja alles geba.«

Andreas Goettle sah zu Luka, der erbleichte, den Computer ergriff und hastig Befehle eingab, als gälte es, einen Schnellschreibwettbewerb zu gewinnen. In seinen Brillengläsern spiegelten sich Buchstabenreihen, aufflackernde Bilder, Farbflächen. Schließlich hielt er inne und schlug sich eine Hand vor den Mund.

»Hashtag Ohgottogott. Hashtag Garnichtgut. Punkt. Com«, sagte er, als er den Bildschirm zu Frieder und Goettle drehte. Auf einem Foto waren Joshua und eine Frau zu sehen. In dem dazugehörigen Text wurde demjenigen eine Belohnung in Aussicht gestellt, der einen Hinweis geben konnte, wo die beiden zu finden sind.

»Was ist das? Eine Plattform für Vermisstenanzeigen?«, fragte Frieder.

Luka schüttelte den Kopf. »Hashtag. Darknet«, fiepste er.

»Wie jetzt Darknet? Was hoißt des genau? Luka, schwätz mit ons.«

Der junge Mann lehnte sich zurück und räusperte sich.

»Das Darknet versammelt so genannte Hidden Services, die nur mit speziellen Browsern zu finden sind. Systemkritiker, Whistleblower tauschen über diese Services Informationen aus, aber es haben sich auch Cryptomarkets für Dienstleistungen und Waren aller Art entwickelt. Waren und Dienstleistungen, die nicht frei zugänglich sind. Drogen, Waffen, Ausweispapiere, Falschgeld, Schadprogramme, pornografisches Material jeglicher Couleur, aber auch Gefälligkeiten wie Einbrüche, Überfälle bis hin zum Auftragsmord. Die Nutzer surfen anonym, da die Browser ihre IP vollständig verschlüsseln. Sie sind somit nicht nachverfolgbar, was der Polizei die Arbeit sehr erschwert. Natürlich gibt es Spezialisten, denen es immer wieder gelingt, Täter zu überführen, aber deren Zahl ist sehr gering, und es ist nicht anzunehmen, dass sich daran in absehbarer Zeit etwas ändert ...«

»Gut, ond warum isch in diesem Darknet a Bildle von unserem Joshua?«

Frieder besah sich den Eintrag genauer und runzelte die Stirn. Er warf einen vielsagenden Blick zu Luka, der leicht nickte.

»Was isch? Was glotzat ihr so bled?«, brach es aus dem Geistlichen heraus.

»So wie es aussieht, haben Ganoven großes Interesse daran, Joshua und diese Frau, wahrscheinlich seine Mutter, zu finden. Und wenn ihnen das gelingt, dann werden sie höchstwahrscheinlich schon bald völlig von der Bildfläche verschwinden.«

»Die Krake des Bösen hielt mein Herz gefangen«, murmelte Goettle. »Des hot uff dem Zettel gstanda, als mir den Joshua gfonda hen. Des dät jetzt einen Sinn ergäba.«

Luka seufzte. Frieder schwieg.

Menschen rasten an den dreien vorbei, um Freunden, Bekannten und Angehörigen Besuche abzustatten. Pflegekräfte huschten gummisohlenquietschend durch die Flure, ein Taxifahrer gab lautstark seine Anwesenheit bekannt. Dies alles geschah in einer anderen Welt, fernab von Darknet und Hidden Services, und obwohl es seiner Realität entsprach, fühlte sich Andreas Goettle in diesem Moment wie in einer gläsernen Blase, die ihn von dieser Wirklichkeit ausschloss.

»Wir müssen etwas tun. Nur was?«

Goettle sah Frieder an, wie besorgt er war. Er musste eine Lösung finden. Ihm musste etwas einfallen, damit der an ihn erteilte Auftrag, Joshua zu einem Kind des Lichts zu formen, erfüllt werden konnte. Er musste der Krake des Bösen Einhalt gebieten, und dazu musste er in ihre Höhle einsteigen, um ihr die Tentakel auszureißen. Doch wo sollte er anfangen zu suchen?

»Wo stecksch du bloss, Bussakindle?«, murmelte er.

Er wich Frieders ratlosem Blick aus und sah zu Luka, der etwas in die Tastatur hämmerte. Mit weit aufgerissenen Augen verfolgte er das Geschehen auf dem Bildschirm und stieß ein gackerndes Lachen aus.

»Hashtag Busen. Hashtag Kindle. Hashtag Witzig.«

»Bussa. Mit zwoi ›s‹, du Sembl«, korrigierte ihn Andreas Goettle, verstummte jedoch, als er den Film sah, den der Computerfreak aufgerufen hatte.

Die Szene spielte ganz eindeutig im Rotlichtmilieu und war eigentlich alles andere als lustig. Ein betagter Herr lag mit heruntergelassener Hose auf einem Bett und ließ sich von einer spärlich bekleideten Dame auspeitschen. Die Schmerzenslaute von ihm waren von einem glockenhellen Lachen unterlegt, und ein Schwenk zeigte die Quelle des Frohsinns. Ein kleiner Junge lag auf einem Sessel und krakeelte seinen Spaß in den Raum.

»Joshua. Um Gottes Willa, wo bisch denn du neigrata?«

»Das ist Lady Maladiva«, sagte Frieder. »Die kenn ich. Ging mit mir in die Schule. Hat Sozialpädagogik studiert, bis sie herausgefunden hat, dass sie als Erzieherin der etwas anderen Art sehr viel mehr Kohle machen kann. Hat sie mir mal bei einem Jahrgangstreffen erzählt.«

Frieder errötete, als er den vorwurfsvollen Blick Goettles bemerkte.

»Und wo schafft die?«

»Hashtag Club Aphrodite. Dot. Com«, ergänzte Luka und wies auf einen Eintrag, der das Bild kommentierte.

»Dann müsse mir so schnell wie möglich do no.«

»Du kannst nicht so einfach in einen Puff hineinspazieren und den Jungen rausholen. Du hast wohl vergessen, dass ich wegen diesen Typen unbändige Kopfschmerzen habe. Du brauchst einen Plan und Unterstützung. Ich komme mit«, sagte Frieder. »Warte, ich ziehe mir nur schnell was an.«

Goettle hielt seinen Freund am Oberteil seines Pyjamas fest.

»Du bleibsch do und ruhsch dich aus. Dein Meggl hot schon gnuag abkriegt. Außerdem weiß i scho, wer mich do begleitet. I sag dir oins: Dieses Bordell erlebt bald scho sei heißeste Zeit.«

44

»Sie sind zu spät. Die Sprechstunde ist zu Ende. Kommen Sie ein andermal wieder.«

Der resolute Tonfall der Arztassistentin von Doktor Wolf ließ vermuten, dass sie keinen Widerspruch duldete. Ohne aufzublicken, ordnete sie Karteikarten in einen Kasten, heftete Blätter in einem Ordner ab, wuselte hin und her, ohne Greta Gerber und ihren Begleiter eines weiteren Blickes zu würdigen. Die Hauptkommissarin spielte kurz mit dem Gedanken, ihren Dienstausweis zu zücken und sich dadurch Gehör zu verschaffen, doch sie entschied sich dagegen. Noch war der richtige Zeitpunkt, die Tarnung aufzugeben, nicht gekommen.

»Hören Sie, wir waren Zeuge bei einem Verkehrsunfall. Eine Frau ist angefahren worden. Wir konnten nicht einfach so verschwinden. Es war unsere Pflicht, zu helfen. Das wird Doktor Wolf doch sicher verstehen.«

Die Assistentin reagierte nicht auf den Einwand, ging ungerührt ihren Aufräumarbeiten nach. Dass sie dabei mit einer fast schon theatralischen Akribie zu Werke ging, ärgerte Greta Gerber. Missmutig blickte sie ihren Kollegen Jaschke an, der achselzuckend neben ihr stand.

»Dann geben Sie uns wenigstens einen neuen Termin. Möglichst bald«, fauchte die Hauptkommissarin.

Sie versuchte ihr Smartphone aus der Jackentasche zu ziehen, um den Kalender aufzurufen. Dabei ertastete sie das kleine Püppchen, das ihr der Rattenmann auf dem Bussen überreicht und in dem sie die Telefonnummer von der Praxis vorgefunden hatte.

»Regeneratio«, murmelte sie und legte das Püppchen geräuschvoll auf den Tresen. »REGENERATIO! Verdammt noch mal.«

Die Arzthelferin erstarrte, drehte sich unsicher um und ließ den Blick zwischen Greta und der geschlossenen Tür zum Behandlungszimmer hin- und herwandern. Schließlich wandte sie sich zum Telefon, tippte eine kurze Zahlenfolge ein.

»Was gibt's?«, knarzte eine Männerstimme.

»Das Paar ist da. Regeneratio. Viel zu spät, das habe ich schon gesagt, aber ich glaube, die beiden wollen nicht gehen, ohne mit Ihnen gesprochen zu haben.«

Die Tür zum Behandlungszimmer öffnete sich.

Mit einer rabiaten Geste wies die Sprechstundenhilfe auf die Öffnung.

Greta Gerber lächelte und zog ihren Kollegen Jaschke mit sich. »Komm, Schatz. Ich habe doch gewusst, dass der Doktor kein Unmensch ist.«

Doktor Wolf wurde seinem Namen alles andere als gerecht. Die gigantische Schreibtischplatte, die bis auf einen kleinen Laptop völlig freigeräumt war, absorbierte die zierliche Gestalt des Gynäkologen nahezu. Es wirkte, als hätte man ein Kind an einen viel zu großen Tisch platziert. Er balancierte eine randlose Brille auf der Nasenspitze, und wenn an ihm wirklich etwas Wölfisches auszumachen gewesen wäre, dann noch am ehesten seine Ohren, die in einem eigenwilligen Winkel von seinem schmalen Schädel abstanden. Er taxierte seine Gegenüber, ein freundliches Lächeln umspielte seine Lippen, was ihm eine gewisse Gütigkeit verlieh.

»Da sind wir. Man hat uns gesagt, dass Sie uns helfen können«, begann Greta Gerber. »Ein Kind zu bekommen. Ein eigenes Kind. Regeneratio, wenn Sie verstehen.«

Doktor Wolf hob eine Hand, die notdürftig verbunden war.

Er erhob sich, ging um den Tisch herum und setzte sich auf die Kante.

»Wir wissen, warum Sie hier sind. Das müssen wir nicht erörtern«, sagte er sanft. »Kinder sind Zukunft. Für Sie und für uns alle. Und Sie haben sich dafür entschieden, die Zukunft mitzugestalten. Das ist gut, das ist sogar sehr gut.«

Er musterte Greta, und es schien ihr, als scannte er jeden Millimeter ihres Körpers, wobei er an ihrem Busen offensichtlich besonders viel Scanbedarf ausgemacht hatte. Sie verschränkte die Arme vor der Brust.

»Wir haben schon alles ausprobiert, aber es will nicht klappen«, sagte sie, um die peinliche Stille zu beenden. Sie sah zu Jaschke, der einvernehmlich nickte.

Doktor Wolf erhob sich. »Die Gründe für Ihre Kinderlosigkeit sind nicht wichtig. Es gibt tausende Erklärungsmöglichkeiten, und keine davon wird sie beruhigen. Sie wollen ein Kind bekommen, genau darum sind Sie hier. Und ich helfe Ihnen, diesen Wunsch zu erfüllen. Und zwar in seiner absoluten Gesamtheit.«

»Was soll das heißen: In seiner absoluten Gesamtheit? Ich meine, davon dürfen wir doch hoffentlich ausgehen. Wir wollen kein halbes Kind.« Jaschke lachte übertrieben laut, doch weder Doktor Wolf noch Greta Gerber stimmten mit ein.

»Humor ist gut. Und wichtig für die Kinder. Lachen stärkt das Immunsystem und verbindet Menschen. Wirkt auch gegen Schmerzen«, entgegnete Doktor Wolf.

Er wanderte in seinem Zimmer herum, hob Gegenstände an, stellte sie wieder zurück und wirkte wie ein Forscher, der durch eine noch nie gesehene Exponatensammlung schritt.

»Mein Mann ist etwas nervös«, warf Greta Gerber ein. »Normalerweise sind seine Witze besser. Aber dennoch: Was bedeutet es, wenn Sie sagen, dass von Ihnen der Kinderwunsch in einer absoluten Gesamtheit erfüllt wird?«

Doktor Wolf runzelte die Stirn und sah die Hauptkommissarin lange an. »Liegt das nicht auf der Hand? Wissen Sie, bei den meisten Paaren, die hierherkommen, leiden die Frauen mehr darunter, keine Kinder bekommen zu können, als die Männer. Sie sind traurig, weil sie es nicht erleben können, das Kind in sich heranwachsen zu spüren. Sie wollen schwanger sein, mit allem, was dazu gehört. Sie wollen mit dem Ungeborenen reden, sie wollen über den wachsenden Bauch streicheln, sie nehmen Schmerzen und Unwegsamkeiten in Kauf. Sie wollen sich vorbereiten, sich mit anderen Eltern austauschen, den Umgang mit dem Kind lernen. Die Natur hat dafür neun Monate eingerichtet. Und genau diese Zeit braucht es, damit sich Kind und Mutter aneinander gewöhnen, um eins zu werden. Ein Kind zu empfangen, ohne diese Zeit zu erleben, kann nicht als komplett bezeichnet werden. Dieses spezielle Erleben ist unsere Spezialität. Das bekommen Sie nur bei uns.«

Greta Gerber lehnte sich zurück und versuchte, sich einen Reim auf das Gesagte zu machen. »Soll das heißen, sie vermitteln nicht nur Kinder, sondern täuschen auch eine Art Schwangerschaft vor?«, fragte sie.

Doktor Wolf schüttelte den Kopf und lächelte in einer Art, als hätte er diese Frage erwartet.

»Vortäuschen. Das ist kein schöner Begriff für das, was passieren wird. Ihre Schwangerschaft wird mehr sein als die pure Simulation. Sie werden sie so echt wie möglich erleben. Mit allen Untersuchungen, die dazu gehören. Mit wachsendem Bauch, mit Gymnastik, mit Geburtsvorbereitungskursen. Und am Ende werden Sie ein gesundes Kind zur Welt bringen. Ganz ohne Schmerzen und ganz ohne Risiko. Sie werden es innerhalb kürzester Zeit schaffen, Ihren gewohnten Körper zurückzuerhalten. Ohne Anstrengung, ohne Diät, ohne Umstellung, ohne Rückbildungsgymnastik. Eine schönere Geburt kann man sich gar nicht vorstellen. Und das Beste ist: Keine Behörde der Welt wird je anzweifeln, dass es Ihr leibliches Kind ist, das Sie empfangen haben.«

»Und das Kind? Wo kommt es her? Wer sind seine Eltern?«

Doktor Wolf setzte sich wieder auf die Schreibtischkante und sah Greta Gerber an. »Sie sind seine Eltern. Es ist ein Ergebnis Ihrer Liebe. Mehr müssen Sie und das Kind nicht wissen. Das ist die beste Lösung für alle Beteiligten.«

»Aber das ist doch nicht legal. Das ist doch eine Form von Kinderhandel«, schaltete sich Jaschke ein. Sein Gesicht war stark gerötet, er schwitzte. Die Hände hatte er zu Fäusten geballt, war kurz davor, aufzuspringen. Greta Gerber machte ihm ein Zeichen, dass er sich beruhigen sollte, doch Jaschke ließ sich nicht so leicht besänftigen.

»Mit dieser Nummer kommen Sie niemals durch. Dieser Schwindel fliegt irgendwann auf. Spätestens, wenn die Behörden davon Wind bekommen. Und dann sind Sie dran.«

Doktor Wolf rollte einen Bleistift auf der Tischplatte hin und her und beobachtete diese Bewegung, als sähe er sie zum ersten Mal.

»Sie können es sich ja noch einmal überlegen«, sagte er sanft. »Aber verlieren Sie nicht zu viel Zeit. Es gibt viele Paare, die unser Angebot nicht in Zweifel ziehen und sofort bereit wären, Eltern zu werden. Und wie der Zufall es will, gäbe es zur Zeit eine Möglichkeit, Ihre Frau sofort in Schwangerschaft zu versetzen.«

Greta rückte an den Rand ihres Stuhls und beugte sich verschwörerisch nach vorn. »Es gibt nichts zu überlegen. Die Frage ist, was diese Behandlung kostet. Unsere Mittel sind beschränkt, ich weiß nicht, ob wir uns das leisten können.«

»Über die Modalitäten werden wir uns ganz sicher einig.«

Doktor Wolf zog ein Formular aus einer Schublade und legte es vor Greta Gerber hin. Sie überflog das Geschriebene.

»Ich kann keinen Betrag entdecken«, sagte sie.

»Bei der Bezahlung handelt es sich auch mehr um eine Gefälligkeit«, erwiderte Doktor Wolf. »Wir erfüllen Ihren Herzenswunsch und Sie den unseren. Im übertragenen Sinne.«

Er lachte und hielt Greta den Stift hin. Sie zögerte.

»Hier steht, dass wir uns beide einem medizinischen Check unterziehen lassen müssen. Warum muss er denn als Vater …«

»Unsere Schwangerschaften werden von beiden Elternteilen getragen. Es ist uns enorm wichtig, dass Sie beide in einem erstklassigen gesundheitlichen Zustand sind. Das ist sozusagen Vertragsbestandteil.«

»Und wenn es nicht so ist?«

Doktor Wolf legte die Hände vor sich und betrachtete sie lange.

»Dann kommen wir leider nicht ins Geschäft.«

45

Kriminalrat Seidel versuchte, sich seine Anspannung nicht anmerken zu lassen, doch spätestens als er gedankenverloren den vierten Löffel Zucker in seine Tasse Kaffee rührte, war Greta klar, dass er unter besonderem Druck stand. Er wies stumm zu einem Tablett, auf dem Getränke angerichtet waren, doch Greta Gerber und Laura Behrmann kamen seiner Aufforderung, sich zu bedienen, nicht nach.

»Ich will es nicht verhehlen. Die Staatsanwaltschaft sitzt mir in dieser Mordsache Alvin Blank mächtig im Nacken. Seine Frau und sein Sohn sind weiterhin verschwunden, dazu kommt noch der Überfall auf die Schwester von Viviana Blank und ihren Lebensgefährten. Wie hängt das zusammen? Was haben wir?«

Laura Behrmann rutschte unruhig auf ihrem Stuhl hin und her.

»Es gibt eine Spur zu dem Jungen, das heißt, es gab eine Spur. Er wurde vor dem Pfarrhaus von St. Joseph abgelegt. Pfarrer Goettle und seine Haushälterin Frau Münzenmaier haben ihn versorgt. Und ab und zu hat er den Nachmittag bei Frieder verbracht, diesem Typen, der in einem Eisenbahnwaggon am Bahnhof lebt. Und da verliert sich die Spur.«

Kriminalrat Seidel knallte seine Tasse auf den Unterteller.

»Ich glaube, ich spinne«, brüllte er. »Sagen Sie mir bitte, dass das nicht wahr ist.«

»Doch, ist es«, sprang Greta Gerber ihrer Kollegin bei. »Die Geschichte geht leider weiter. Frieder wurde überfallen, dabei wurde ihm das Kind geraubt. Aber wir wissen jetzt, wer dieser falsche Polizist ist, der die beiden älteren Herrschaften betrogen hat. Rafael Vogt. Der Lebensgefährte von Roxane Grabosz, der Schwester von Viviana Blank. Die beiden wollten das Kind an sich nehmen, doch Frieder hat den Schwindel bemerkt, weil Rafael die Uniformjacke von Herrn … Au!«

Greta Gerber massierte ihr getroffenes Schienbein, während Laura einen Finger über die Lippen legte. Dem Biberacher Polizeichef war dies nicht entgangen.

»Er hat die Jacke von Herrn Fritz benutzt. Ich bin nicht ganz so bescheuert, wie Sie es vermuten, Frau Behrmann. Also hören Sie bitte auf, die Frau Hauptkommissarin zu misshandeln. Aber ich verstehe immer noch nicht, was diese reichlich verworrene Geschichte mit dem Mord an Alvin Blank zu tun hat?«

»Das wissen wir leider auch noch nicht. Aber so, wie die Spurenlage nach dem Überfall bei Rafael Vogt vermuten lässt, war seine Wohnung der letzte Aufenthaltsort von Viviana Blank. Womöglich hat sie sich dort versteckt. Vielleicht haben die Täter nach ihr und ihrem Kind gesucht?«

Greta knetete die Unterlippe, während sie Lauras Bericht lauschte.

»Ich frage mich, was die Täter von Viviana Blank wollen? Warum versteckt sie sich und geht nicht zur Polizei, wenn sie bedroht wird?«

Laura Behrmann zog die Augenbrauen nach oben und sah ihre Chefin zweifelnd an.

»So brutal, wie sie sich Zugang zur Wohnung verschafft haben, muss man von ziemlich skrupellosen Gesellen ausgehen. Sie scheinen Rafael Vogt ziemlich zugesetzt zu haben, wie die Blutspur im Hausflur beweist. Und oben im Badezimmer hat auch ein Kampf stattgefunden. Wir vermuten, dass sich seine Freundin dort eingeschlossen hat. Allerdings hielt die Tür nicht stand. Und ganz unversehrt ist Frau Grabosz auch nicht geblieben. Die Spusi hat Blut von ihr gefunden.«

»Und wo sind die beiden jetzt? Und wo ist diese Viviana Blank?«, fragte Kriminalrat Seidel.

»Wir wissen es nicht«, antwortete Laura Behrmann.

»Dafür wissen wir, dass Viviana Blank bei einem Doktor Wolf in Ravensburg wegen ihres Kinderwunsches in Behandlung war«, setzte Greta Gerber nach. »Und dieser Doktor Wolf hat ganz eigene Methoden, Frauen zu einer Schwangerschaft zu verhelfen. Er vermittelt Kinder, vermutlich aus dem Ausland, und versetzt die Frauen in eine simulierte Schwangerschaft.«

Greta lachte, als sie die verdutzte Miene ihres Chefs sah.

»Ich weiß, wie das klingt. Aber es stimmt. Die Frauen werden zum Schein schwanger, und nach neun Monaten kommt das Kind ins Haus. Angeleiert werden die Deals übrigens von einer Agentur namens Bussenkindle. Deren Betreiber Erzberger ist ein alter Bekannter, der auch schon in Sachen Menschenhandel unterwegs war.«

Der Kriminalrat nippte an seinem Kaffee, verzog angewidert das Gesicht und stellte die Tasse ab.

»Woher wissen Sie das alles? Ich meine, das mit der Scheinschwangerschaft? Und mit den Kindern aus dem Ausland? Und dieser Agentur?«

Greta warf Laura einen hilfesuchenden Blick zu, doch die betrachtete nur ihre Schuhspitzen.

»Ich habe recherchiert, vor Ort«, sagte sie schließlich in einem forschen Ton.

»So wie ich Sie kenne, haben Sie dieser Agentur und Doktor Wolf einen Besuch abgestattet. Mensch, Frau Gerber, wie oft denn noch? Solche Ermittlungsergebnisse haben vor Gericht keinen Bestand. Welche Anklagepunkte sollen wir da denn vorbringen?«

Kriminalrat Seidel öffnete den Knopf an seinem Kragen, als könnte er seinen angestauten Zorn dadurch befreien.

»Kinderhandel und Adoptionsbetrug. Das sind ja wohl keine Bagatelldelikte. Womöglich hängt der Tod von Alvin Blank ebenfalls mit diesen Geschäften des Doktor Wolf zusammen. Der geht nämlich sehr akribisch zur Sache und kann alle Leistungen unter dem Deckmantel der Gynäkologie verstecken. Womöglich rechnet er mit den Eltern und zusätzlich mit den Krankenkassen ab. Wobei wir über die Bezahlung noch keine Angaben haben. Aber es gibt in Bad Schussenried ein Paar, das ebenfalls bei Doktor Wolf erfolgreich in Behandlung war. Leider hatte die Frau einen Unfall und liegt noch im Koma, aber wir könnten ihren Mann befragen, der kann uns sicher weiterhelfen.«

Laura Behrmanns Miene verfinsterte sich. Sie schüttelte den Kopf.

»Nein, kann er leider nicht mehr. Wir haben versucht, ihn zu erreichen, hatten aber nur seine Mutter am Apparat. Er ist vor drei Tagen verstorben. An Nierenversagen.«

Kriminalrat Seidel wischte sich mit einer Hand über das Gesicht.

»Das darf doch alles nicht wahr sein.«

»Til Spengler hatte nur noch eine Niere«, fuhr Laura fort. »Die andere muss ihm vor einiger Zeit entnommen worden sein. Allerdings nicht in Bad Schussenried. Dort konnte man sich an einen solchen Fall nicht erinnern.«

Greta erbleichte. »Was haben Sie da eben gesagt?«

»In Bad Schussenried konnte man sich nicht an eine Nierenoperation erinnern.«

»Das ist es«, rief Greta Geber. »Die Gefälligkeit, von der im Vertrag von Doktor Wolf die Rede ist. Kind gegen Niere. Oder ein anderes Organ. Anstatt Bezahlung.«

»Jetzt geht die Fantasie aber mit Ihnen durch, Frau Gerber. Das ist doch abscheulich und pervers obendrein.«

Greta ignorierte den Einwand ihres Chefs. »Natürlich ist es das, aber nicht von der Hand zu weisen. Nehmen wir mal an, dass dieser Doktor Wolf Kinder aus dem Ausland bezieht, und er bezahlt sie mit der Vermittlung von Organen, die kerngesunden Menschen entnommen werden. Immerhin verlangt er von beiden Elternteilen einen Gesundheitstest. Und nur, wenn dieser in Ordnung ist, kann das Geschäft zustande kommen.«

»Und ab und zu stirbt jemand an den Folgen der Spende«, ergänzte Laura Behrmann. »So wie Til Spengler.«

Greta nickte. »Und wer sich widersetzt, stirbt wie Alvin Blank.«

Kriminalrat Seidel erhob sich von seinem Platz, ging zum Fenster und sah hinaus. Die Polizistinnen hatten das schon oft erlebt und wussten, dass es seine spezielle Art war, Gedanken zu sortieren.

»Sollten Ihre Thesen nur zu einem geringen Prozentsatz zutreffen, dann fällt das nicht mehr in unseren Zuständigkeitsbereich. Da müssen die Kollegen von der K 4 ran«, sagte er schließlich. »Für die Bekämpfung von organisierter Kriminalität sind wir auch personell nicht aufgestellt. Außerdem fehlen die Beweise. Aufgrund des bloßen Verdachts stellt uns der Staatsanwalt sicher keinen Durchsuchungsbefehl für die Praxis von Doktor Wolf aus. Und selbst Erzbergers Vergangenheit reicht nicht aus, um weitere Schritte gegen ihn einzuleiten.«

Greta Gerber erhob sich von ihrem Platz und stellte sich vor ihrem Chef auf. »Nun ja, zum einen könnten Sie die Suspendierung von Polizeiobermeister Fritz zurücknehmen. Wir wissen schließlich, dass er nichts mit den Betrügereien zu tun hatte. Dann wären wir einer mehr und somit personell auch für die Lösung dieses Falls aufgestellt. Wir wissen ja nicht, ob es sich wirklich um organisierte Kriminalität handelt. Bislang ermitteln wir in einem Mord- und in mehreren Betrugsfällen. Das interessiert die K 4 doch nicht. Und dann können wir nur hoffen, dass Frau Spengler aus dem Koma erwacht. Wenn sie nur ansatzweise meine These bestätigt, dann stutzen wir dem Wolf die Klauen.«

Kriminalrat Seidel seufzte.

»Na gut, rufen Sie Polizeiobermeister Fritz an. Er soll seinen Dienst wieder aufnehmen. Und dann finden Sie diesen Vogt. Den Haftbefehl lasse ich vorbereiten. Und es wäre auch nicht schlecht zu wissen, wo sich seine Lebensgefährtin, Frau Blank und ihr Söhnchen aufhalten.«

»Mit Polizeiobermeister Fritz an unserer Seite schaffen wir das spielend. Ich bin so froh«, jubelte Kommissarin Behrmann. Sie stürmte auf ihren Chef zu, umarmte ihn und drückte ihm einen Kuss auf die Wange.

Seidel gab sich geziert. »Frau Behrmann, ich muss doch sehr bitten.«

»Entschuldigung«, murmelte die Kommissarin verschämt, drehte sich um und rannte zum Büro hinaus, um ihrem Kollegen die frohe Botschaft mitzuteilen.

Hauptkommissarin Gerber lächelte. »Sie ist erleichtert, weil sie sich eine Mitschuld an der Suspendierung gegeben hat. Ich freue mich, dass wir bald wieder komplett sind. Danke, Chef.«

Kriminalrat Seidel bemühte sich, keine Regung zu zeigen, doch Greta sah genau, dass ein Hauch von Zufriedenheit seine Miene eroberte.

»Bevor Sie mich auch noch küssen, gehen Sie lieber wieder an die Arbeit. Es gibt eine Menge zu tun.«

Es war nicht der erhoffte Rückruf von POM Fritz, der Greta Gerber am Nachmittag mit unterdrückter Nummer erreichte.

»Ich bin es«, sagte Darius. »Ich wollte nur hören, wie es dir geht und ob wir uns sehen können. Ich vermisse dich.«

Ein dicker Kloß blockierte ihre Stimmbänder, so dass sie nur ein schwaches »Hallo« zustande brachte.

»Ich weiß gar nicht, was los ist. Du meldest dich nicht mehr, du hast deinen Eintrag bei ›Easy Date‹ gelöscht, bist nicht mehr zu erreichen. Und ich habe das dumpfe Gefühl, das hat alles etwas mit mir zu tun. Habe ich etwas falsch gemacht?«

Greta wusste nicht recht, was sie erwidern sollte. Natürlich war es längst an der Zeit, Darius reinen Wein einzuschenken und auch von ihm die Wahrheit einzufordern. Sie hätte ihn einweihen müssen, dass sie für eine Beziehung eigentlich keine Zeit hatte, dass dies ihr Los als Polizistin zu sein schien, weil sie immer und zu jeder Zeit einsatzbereit sein musste. Und dass ihre Liebe zum Beruf offenbar keine zweite neben sich duldete. Doch wo sollte sie beginnen? Das Lügenkonstrukt war zu komplex, um es in einem Telefonat zu entwirren.

»Nein, du hast nichts falsch gemacht«, antwortete sie stattdessen. »Es ist mein Fehler.«

»Welchen Fehler meinst du? Dass wir miteinander geschlafen haben? Oder hat es mit diesen seltsamen Bildern zu tun, die von dir auf ›Easy Date‹ aufgetaucht sind? Die sind längst verschwunden. Und das hat doch jeder gesehen, dass die Fotos gefaked waren.«

Greta Gerbers unterdrückte einen Fluch. Es hätte ihr zumindest erspart bleiben können, dass Darius die Bilder gesehen hat.

»Nein, mit den Fotos hat es nichts zu tun«, presste sie hervor.

»Was ist es dann? Sag es mir. Lass es mich bitte verstehen.«

Greta rang nach Worten, sie fühlte sich in die Enge getrieben. Außerdem gefiel ihr der Winselton in seiner Stimme nicht. Er passte nicht zu ihm.

»Ich habe den Fehler gemacht, dass ich dir vertraut habe«, platzte es aus ihr heraus. »Und ich habe den Fehler gemacht, dass ich dir nicht gesagt habe, wer ich in Wirklichkeit bin. Aber offenbar hast du das ja schon herausgefunden, wie der Zeitungsartikel neben deinem Laptop bewies. Ich bin nicht Maya Krämer, ich bin Hauptkommissarin Greta Gerber, und du hast das gewusst. Womöglich ist Darius auch nicht dein richtiger Name, wahrscheinlich ist alles, was du mir von dir erzählt hast, erstunken und erlogen. Vielleicht bist du sogar dieses perverse Schwein Enrique, der sich an Pornobildchen aufgeilt …«

»So siehst du mich also«, antwortete Darius.

Greta erschrak.

»Tut mir leid, das mit Enrique ist mir rausgerutscht.«

Darius schnaubte. »Okay, du hast Recht. Ich bin so wenig Darius wie du Maya Krämer. Und vielleicht habe ich aus einem ähnlichen Grund gelogen wie du. Aber das werde ich dir ganz bestimmt nicht am Telefon erzählen. Ich sage dir nur eins: Pass gut auf dich auf, Greta Gerber. Du bist dabei, dich mit Leuten anzulegen, denen du nicht im entferntesten das Wasser reichen kannst. Und nimm diese Warnung bitte ernst. Sonst wird es kein Wiedersehen geben.«

»Behalte deine dämlichen Ratschläge für dich«, brüllte Greta Gerber in ihr Telefon. »Und das Wiedersehen kannst du dir sonstwo hinschieben.«

Die letzten Worte hörte Darius nicht mehr. Er hatte aufgelegt.

46

Ihre Haut. Wie weich sie war. Als wären Samt und Seide eine besondere Verbindung eingegangen, für die es nur einen Namen gab: Vivianas Haut.

Er fuhr mit der Hand ihren Rücken entlang bis zur Wölbung ihres fantastischen Hinterns. Sie schnurrte wie eine Katze und hob ihr Becken ein wenig an. Er kam dieser stummen Aufforderung nach, schickte seine Finger weiter auf die Reise, zwischen ihre Beine, der Spalte entlang bis zu dem kleinen Ring, der ihre empfindlichste Stelle zierte. Er umkreiste das Schmuckstück mit den Kuppen, fühlte ihren Atem an seinen Wangen, der immer fordernder wurde, hörte ihr sanftes Stöhnen. Sie drückte ihr Becken gegen seine Hand, während er sie bespielte wie ein Virtuose sein Instrument.

Er küsste ihren Hals, ihre Ohrläppchen, drückte seine Erregung gegen sie, doch sie war ihren Weg schon zu weit gegangen, um ihn noch mitnehmen zu können: Es war der Moment, der nur ihr gehörte, den sie nicht mehr teilen wollte. Er forcierte den Druck seiner Finger, ließ den kleinen Ring flattern, ihre Beckenstöße, ihr Atmen wurden heftiger, bis sie schließlich mit einem langgezogenen Laut den Höhepunkt ihrer Lust bekundete und alle Bewegungen langsam abebbten. Sie öffnete die Augen, sah ihn an und lächelte.

»Und was ist mit mir?«, fragte er. »So kannst du mich hier nicht liegen lassen.« Er deutete auf seine Erektion.

»Natürlich nicht«, sagte sie sanft. Sie drückte ihn auf den Rücken, rollte sich auf ihn. Ihre Lippen berührten seinen Hals, seine Brust, seinen Bauch. Er spürte ihre Zunge, die den Bauchnabel umkreiste und Millimeter für Millimeter tiefer glitt. Er schloss die Augen und gab sich ganz ihrer Liebkosung hin.

»An was denkst du?«

Ihre Frage versetzte die spiegelglatte Oberfläche der postkoitalen Entspannung in Schwingung. Wellenförmig schwappte sie auf ihn zu, zog immer weitere Kreise. Eine Frage wie diese konnte nicht unbeantwortet bleiben, sonst zogen die Wellen größere Bahnen, gewannen an Bedeutung.

»Ich frage mich, ob du wirklich hergekommen bist, um mich zu erschießen«, sagte er schließlich.

Viviana errötete. Sie fühlte sich ertappt. Ja, sie hatte die Pistole zwischen den Sofakissen in Roxanes Wohnzimmer gefunden und an sich genommen. Und ja, sie hatte ihm zumindest einen Schrecken einjagen wollen. Damit er mit seinen Drohungen aufhörte. Damit er die Scheußlichkeiten unterließ, die sie in Panik versetzten. Ja, sie hatte die Pistole auf ihn gerichtet, der Blick tränenverschleiert und ein zitterndes »Warum?« auf den Lippen.

Aber hatte sie wirklich geglaubt, abdrücken zu können?

»Nein, wahrscheinlich nicht«, sagte sie.

Er drehte sich zu ihr, sah ihr in die Augen und streichelte ihre Wange.

»Was wolltest du dann mit der Pistole?«

»Mich schützen.«

»Dich schützen? Vor wem?«

»Vor dir.«

Er lächelte und drückte ihr einen Kuss auf die Wange.

»Du musst keine Angst haben. Ich wollte, dass du zu mir zurückkommst. Weil wir, und nur wir, zusammengehören. Das musste ich dir beweisen. Klar und deutlich. Und jetzt bist du da.«

»Ja, jetzt bin ich da.«

47

Rafael schloss das Smartphone an den PC an und übertrug die Bilder, die Elias von dem Kind und seiner Mutter gemacht hatte. Sein Kopf dröhnte, sein Magen rebellierte, sein gesamter Körper wehrte sich gegen das, was er tun sollte. Einen Hochverrat begehen. An Viviana und ihrem Söhnchen.

Die Fotos waren unterbelichtet, zudem unscharf, und dennoch erschrak Rafael, als er das erste Motiv betrachtete. Bei der Frau, die gefesselt neben Joshua in einem Separee abgelichtet worden war, handelte es sich nicht um Viviana, sondern um Roxane. Er wischte sich über die Augen, als könnte er das vermeintliche Trugbild verscheuchen, doch es ließ sich nicht vertreiben.

»Was ist?«, raunte Elias, der hinter ihm stand und Rafaels Zögern bemerkte. »Mach weiter.«

Rafael schüttelte den Kopf. »Das ist nicht die Frau, die gesucht wird. Viviana ist dunkelhaarig. Du hast die falsche erwischt. «

»So ein Quatsch. Ich habe dich doch mit ihr gesehen, als ihr den Penner besucht habt, um den Kleinen abzuholen. Jämmerliche Vorstellung. Erzähl keine Märchen und schick das Bild los!«

»Die Frau auf dem Bild ist Vivianas Schwester. Meine Freundin. Lass sie bitte aus dem Spiel. Sie hat mit der Geschichte nichts zu tun.«

Rafael merkte, wie schwach er sich anhörte. Er konnte nicht annehmen, dass sich Elias dadurch von seinem Vorhaben abbringen ließ. Er war mit dem Virus der Gier infiziert, der mächtiger war als die Vernunft.

Elias stutzte, presste die Augen zusammen und rückte näher, um das Foto genau zu betrachten. Er gab Rafael eine Kopfnuss.

»Du willst mich reinlegen, du Kanaille«, raunte er ihm ins Ohr. »Aber da müssen schon andere kommen. Schick jetzt das Bild los!«

Rafael klappte den Laptop zu und wischte ihn mit einer raschen Bewegung vom Tisch. Der Deckel sprang ab, das Display barst. Er rammte Elias seinen Ellenbogen in den Magen, schob sich an der schmerzgekrümmten Gestalt vorbei und eilte in Richtung Ausgang.

»Haltet ihn auf«, brüllte Elias, der sich aufrappelte und hinter ihm herhinkte.

Rafael raste durch den Showroom, bahnte sich den Weg, riss Barhocker um, schob Körper zur Seite. In den Augenwinkeln sah Rafael zwei Schatten auf sich zu fliegen. Seine Beine drohten ihren Dienst zu quittieren, er spürte, wie sich seine Muskeln in Gelee verwandelten, er knickte ein, fing sich wieder. Fünf Meter trennten ihn von der Eingangstür, von der vermeintlichen Freiheit. Noch vier, noch drei.

Dann wurde er an der Schulter gepackt, herumgewirbelt, er fiel und krachte mit dem Kopf gegen die Wand. Er hielt sich schützend die Hände vor das Gesicht, um die Tritte abzuwehren. Er hörte ein Knacken, als bräche man ein Stück Holz, kurz darauf schoss eine glühende Schmerzwelle durch seinen Brustkorb. Das Atmen fiel ihm schwer, er hechelte. Dann verlor er das Bewusstsein.

Als er wieder erwachte, saß ihm Roxane gegenüber. Sie war gefesselt, ein Knebel verschloss ihren Mund. Sie schwitzte, starrte ihn mit großen Augen an, stieß Laute aus, die er nicht deuten konnte.

»Roxane, Liebling«, flüsterte er. »Es tut mir alles so leid.«

Er richtete sich auf, kämpfte gegen die Höllenqual in seinem Brustkorb an. Jemand hatte ihm einen Verband angelegt, viel zu fest, jeder Atemzug wurde zur Pein. Er wollte zu ihr gehen, sie in den Arm nehmen, sie trösten, ihr schwören, dass alles wieder ins Lot käme, doch seine Beine gaben nach, er fiel und landete vor ihren Füßen.

»Mir kommen gleich die Tränen«, höhnte Elias, der hinter Roxane trat und sich zu ihr hinunterbeugte, um einen Kuss auf die Wange anzudeuten.

»Da liegt er, dein Prinz. Im Staub. Ist das nicht süß?«

Roxane grunzte, drehte sich von Elias ab und zerrte an den Fesseln.

»Vielleicht will er dir einen Heiratsantrag machen. Nur schade, dass es zu keiner Hochzeit kommen kann, weil die Braut schon bald nicht mehr unter uns weilt«, wisperte er in ihr Ohr.

»Du mieses Schwein«, japste Rafael und versuchte sich aufzurichten. Elias stieß ihm einen Fuß in den Rücken.

Minutenlang bildeten die drei ein Stillleben der Marter, bis sich Elias aus seiner Erstarrung löste und zu Rafael hinunterbeugte.

»Ich bin kein Unmensch. Und ich lasse meine Partner auch nicht im Stich. Wenn du das Bild verschickst, versichere ich dir, dass der süßen Senorita nichts passiert. Der Junge wird übergeben, wir kassieren das Geld, und um alles andere kümmert sich Rocco. Ist das ein Angebot?«

Rafael stöhnte, Elias nickte zufrieden.

»Gut, dann sind wir uns ja einig.«

48

Araneus an Lupus 666

Die Hyänen haben Fotos geschickt. Sieht so aus, als hätten sie nur einen Teil der Beute. SIE ist nicht die, die wir suchen.

Lupus 666 an Araneus

Das sehe ich. Im Moment ist das Kind wichtiger. Und keine Sorge: Wir werden auch für SIE Verwendung finden. SIE ist jung und schön. Pommerenkes Erben brauchen Nachschub. Weißt du, wo das Bild entstanden ist?

Araneus an Lupus 666

Ja, sie haben Fehler gemacht. Die Kulisse hat sie verraten.

Lupus 666 an Araneus

Gut. Kümmere dich um das Kind. Und um SIE. Und achte darauf, dass beiden nichts geschieht, während die Hy-

änen brennen. Und noch etwas, Araneus: Es gilt, eine Scharte auszuwetzen. Du hast uns eine Schabe ins Haus geholt. Sie ist neugierig und interessiert sich sehr für Melissas Mutter. Sie schläft momentan tief und fest. Sorge dafür, dass sie in Orpheus' Armen bleibt.

49

Gegen 22 Uhr spuckten zwei Taxen vor dem Aphrodite Club sechs dunkel gekleidete Fahrgäste aus, die entschlossenen Schrittes auf den Eingang zumarschierten. Die Art, wie sie sich bewegten, erinnerte an den Einmarsch von Gladiatoren in eine Arena, und in der Tat hatte das Sextett eine ganz andere Mission als die reine Triebbefriedigung. Zumindest war es nicht das sexuelle Verlangen, das es zu befriedigen galt, sondern eher ein geistliches, soziologisches, in einigen Fällen auch ein christliches.

Vor der Eingangstür hob der Anführer, ein untersetzter Geselle mit einem Wildwuchs an Bart im Gesicht, die Hand, die anderen blieben stehen und bildeten einen Halbkreis.

»Woiß jeder, was er zum doe hot?«, fragte der Leiter dieser Truppe und wurde im nächsten Moment von einem enormen Niesen durchrüttelt.

Einer der Herren prustete los. »Saget Se mol, Herr Pfarrer, welches Tier musste denn für Ihren Bart sterba? Oder vermisst Frau Münzenmaier seit kurzem an Wischmob?«

Die anderen Männer kicherten, und ein Uneingeweihter hätte die Vermutung hegen können, dass Frauenstimmen zu vernehmen waren.

»Sie erinnern ein bisschen an Räuber Hotzenplotz. Oder nein, besser! An Wolfgang Thierse.«

Wieder war ein unterdrücktes Giggeln zu hören. Einige Herren schoben ihre Hutkrempen tiefer in die Stirn, um nicht völlig aus der Tarnung zu fallen.

»So, sen ihr jetzt fertig? Wenn mir da dren sen, guckat mir uns erschd amol um. Und wenn die Lage sondiert isch, no goht's los.«

»Sag mal, Ilona, musst du dich denn ständig zwischen den Beinen kratzen. Das sieht derartig obszön aus«, sagte ein kleiner Mann, der einen Pepitahut trug und in einem Anzug steckte, der dazu einlud, noch weitere Menschen unterzubringen.

»Wieso, des macht mei Alter drhoim au die ganze Zeit. Und der Jogi Löw au.«

»Ist doch kein Wunder, dass Männer sich am Sack kratzen. Die Hosen jucken wie verrückt. Die sind auch viel zu eng.«

»Tja, Eleni, des kommt von de viele Süßigkeita. Und weil du koi Bewegung hasch. Den einziga Sport, den du kennsch, isch Ritter Sport.«

»Sei du doch still, Lisa. Ich bin jede Woche zweimal auf dem Laufband im Fitness-Studio.«

»Ha, dann schalt's doch au mol an.«

»Ruhä! Kreizkrabbasack.«

Der Mann, der nicht Wolfgang Thierse war, zog seinen Bart herunter. Sein Gesicht war gerötet, und seine Mundwinkel zuckten. Andreas Goettle wusste zwar aus der Vergangenheit, dass es nicht einfach war, die Grünen Minnen anzuführen, aber offenbar nahmen die Damen an Schrulligkeit zu. Die Idee, dem Amüsier-Etablissement einen Besuch abzustatten, um dem Pfarrer den Rücken freizuhalten, während er Joshua suchte, fiel bei ihnen jedoch auf fruchtbaren Boden, war es doch ein gegebener Anlass, gegen Ausbeutung, Prostitution und die Herabstufung der Frau zum Lustobjekt zu protestieren.

»Jedes Mol des Theater«, schimpfte der Pfarrer. »Sparet euch des für da drinna uff. Mir müsset des Buale rette, alles andere isch jetzt egal.«

»Ich bin so aufgeregt. Ich war ja noch nie in einem Bordell«, sagte der Herr, der sonst auf den Namen Mandy Biselski hörte. »Stimmt es wirklich, dass es darin nur Puffreis zu essen gibt?«

»Ja, und der Ausgang heißt Auspuff.«

»Hoffentlich isch da drenna koiner, der mi kennt«, erwiderte der Mann, der in einem anderen Leben Ilona Schultheiß war.

»In dem Aufzug erkennt dich nicht einmal dein eigener Vater.«

»Des dät mi au wundera. Den kenn i ja au net.«

Andreas Goettle verdrehte die Augen und schickte ein Stoßgebet zum Himmel. »Herr, ich möchte nicht an der Krone deiner Schöpfung zweifeln, aber wenn i nomol so blede Witz hör, dann muss i davon ausgehe, dass du ons alle veräppelsch.«

Ohne ein weiteres Wort schritt er voran. Seine Begleiter, die keine Männer waren, folgten ihm. Und machten sich innerlich bereit, ihren ersten Bordellbesuch des Lebens anzutreten.

Wären die sechs Herrschaften nicht in erregter Erwartung einer neuen Erfahrung gewesen, dann hätten sie womöglich die schlaksige Gestalt bemerkt, die sich am Ende des Parkplatzes in ihrem Kleinwagen verbarg und auf das Zeichen für ihren Einsatz wartete. Im Inneren des Fahrzeugs roch es nach Benzin, der dürre Geselle sog den stechenden Duft ein, als handelte es sich um eine besonders aromatische Essenz.

Er lächelte, er liebte das Bouquet des Kraftstoffs, der für ihn alles verkörperte, was die Bezeichnung verriet. Die Kraft, ein Fahrzeug anzutreiben. Der Stoff, der, einmal entfacht, die Macht besaß, Dinge zu zerstören, Angst und Schrecken zu verbreiten.

Er war dieser Macht verfallen, sie hatte von ihm Besitz ergriffen. Sie spendete ihm Trost, wenn er den Herabwürdigungen, den Kränkungen, den Schmähungen der anderen ausgesetzt gewesen war. Sie verachteten ihn, weil er nicht so klug war wie sie. Weil er nur selten zur Schule ging. Weil er kein Geld hatte, um sich coole Kleider zu kaufen, und nur das trug, was ihm seine Mutter von den Flohmärkten mitbrachte. Weil er dünn war und abstehende Ohren hatte. Und hässliche Zähne. Weil seine Mutter trank, sich mit Männern einließ, die nicht gut für sie waren. Und für ihn auch nicht. Das Licht des lodernden Feuers ließ jeden Schmerz vergessen, machte ihn unverwundbar. Da konnten sie ihn noch so oft verfolgen, ihn Ratte nennen, verprügeln und Steine nach ihm werfen.

Als er älter wurde, hatte er bemerkt, dass es ihn erregte, wenn ein Gebäude vor ihm in Flammen aufging. Es war viel besser, als sich auf die Bilder in den Illustrierten seiner Mutter einen runterzuholen. Was er beim bloßen Anblick von Feuer empfand, dafür gab es keine Worte. Unbändige Lust und Ekstase bildeten nur in Nuancen das Gefühl ab, das in ihm aufquoll, und es wurde noch stärker, wenn er das Gebrüll der Tiere in den Stallungen hörte, die ihren Todeskampf gegen die Flammen verloren. Oder das ängstliche Gekreische von Menschen, die auf der Straße standen und zusahen, wie das Feuer ihre Existenz vernichtete. In diesen Momenten war er glücklich.

Ein Scheinwerferlicht flammte auf. Kurz, kurz, kurz.

Das Zeichen.

Es ging los.

»Regeneratio«, krächzte der Rattenmann und kicherte in erregter Vorfreude.

Heute durfte er wieder glücklich sein. Richtig glücklich.

50

Greta Gerber blätterte zum wiederholten Male in den Unterlagen, die ihr Doktor Wolf ausgehändigt hatte. Nach dem Gespräch mit Kriminalrat Seidel sah sie keine andere Möglichkeit, als sich zum Schein auf den Deal einzulassen und die Dienste des Gynäkologen in Anspruch zu nehmen. Wenn sie den blutigen Geschäften des Arztes Einhalt gebieten wollte, musste sie wissen, was hinter den angesprochenen Gefälligkeiten steckte. Außerdem war es vielleicht eine ganz interessante Erfahrung, schwanger zu sein. Wenn es schon im wirklichen Leben nicht klappte.

Greta Gerber hatte sich über den eigenen Kinderwunsch nie so recht Gedanken gemacht. Natürlich fand sie Babys süß, und sie war auch fasziniert, mit welchem Einfallsreichtum und welcher Hingabe Kinder miteinander spielten und sich diese unverdorbene Sicht auf Dinge bewahrten. Kichernde Teenager auf der Straße, die darüber tuschelten, in wen sie gerade verschossen waren, erinnerten sie an ihre Jugend, und selbst die aufgesetzte Coolness der selbsternannten Ghettoboys konnte sie nachvollziehen. Jede Generation musste sich von der vorherigen abgrenzen, sei es durch Musikgeschmack, Styling, Lebensart.

Natürlich gab es Grenzen. Drogenmissbrauch, Gewalt oder faschistische Tendenzen würde sie als Mutter bei ihren Kindern unterbinden. Sie würde versuchen, sie frei zu erziehen, sie ermutigen, selbstbewusst durch das Leben zu gehen, sich nichts gefallen zu lassen, aber sie würde ihnen auch beibringen, anderen mit Respekt gegenüberzutreten.

Doch trotz dieser Eckpfeiler ihrer vermeintlichen Kindererziehung blieb das Bild von der Mutter in ihr schwach. Den Beruf aufzugeben, ihre Unabhängigkeit zu opfern, die Freiheit, nur sich selbst gegenüber verantwortlich zu sein – das alles kam für sie nicht in Frage. Die sich eigentlich auch nicht stellte, solange der richtige Vater noch nicht gefunden war.

Sie dachte an Darius, oder wie immer er auch hieß. Eine trübe Mischung aus Wut und Trauer stieg in ihr hoch. Eine weitere Enttäuschung in ihrem Liebesleben, bevor das Liebesleben so richtig begonnen hatte. Vielleicht hätte sie ihm die Chance geben sollen, sich zu erklären. Vielleicht hätte alles plausibel geklungen, vielleicht war es reiner Zufall, dass der Zeitungsbericht neben dem Computer zu sehen war. Vielleicht hätte sie seine Warnung hinterfragen sollen. Was bedeutete es, dass sie in Gefahr war? Wer stand hinter der vermeintlichen Bedrohung? Diese kranke Seele Enrique?

Sicher nicht. Sobald sie dazu Zeit fand, würde sie sich einem Kollegen aus der Technik anvertrauen, ihm ihr Smartphone übergeben. Vielleicht ließ sich die Spur zu Enrique ja nachverfolgen.

Und wie sollte sie sich Darius gegenüber verhalten? Ihn anrufen? Nein, unmöglich. Ihr Stolz hatte die Tür zum Herzen bereits verrammelt. Wie konnte sie zu einem Mann Vertrauen aufbauen, der sie schon von Anfang an belog?

Sie sah ihr Smartphone an. Es blieb stumm.

Laura Behrmann stürmte ins Zimmer und riss Greta Gerber aus den Gedanken. Die Kommissarin war totenblass und atmete schwer.

»Laura, was ist los?«

»Der Aphrodite Club in der Aspacher Straße brennt. Sieht nach Brandstiftung aus, offensichtlich gibt es Verletzte. Ich fahr da gleich mal hin. Und noch etwas. Das Krankenhaus in Ravensburg hat angerufen«, sagte sie atemlos.

Greta Gerber richtete sich auf, ein kalter Schauer lief ihr über den Rücken

»Ist etwas mit Frau Spengler?«

Laura Behrmann schöpfte Atem, bevor sie antwortete.

»Ja«, sagte sie tonlos.

51

Die Protestaktion der Grünen Minnen hatte gerade erst begonnen, als ein schriller Schrei ertönte.

»Es brennt. Nichts wie raus.«

Die verdutzten Gäste, die sich eben noch gegen Frauen in Männerkleidern wehren mussten, die ihnen Schweineschnauzen auf die Garderobe sprühten, sahen sich ratlos um. Aus dem hinteren Teil des Gebäudes drang dichter Rauch in die Räumlichkeiten, Kunden, die sich eben noch im Separee vergnügt hatten, flohen hustend und keuchend in Unterwäsche nach draußen. Das Gekreisch ihrer Unterhalterinnen mischte sich mit dem grellen Pfeifen der Rauchmelder und dem Geschrei der Security, die versuchten, sich dem aufbrandenden Chaos in den Weg zu stellen.

Sie bellten Befehle, drohten, schlugen, wurden jedoch letztlich von der Lawine panisch Flüchtender überrannt.

Während nahezu alle Anwesenden den Weg ins Freie suchten, kämpfte sich Andreas Goettle in den Gebäudeteil, der nach und nach von Rauch erobert wurde. Er hielt sich den Ärmel seiner Jacke vor Nase und Mund, doch das Atmen fiel ihm zunehmend schwerer. Der Qualm reizte seine Augen, die Hitze wurde ihm unerträglich.

»Joshua, Buale, wo bisch du?«, krächzte er.

Eine Tür wurde aufgerissen und ein in weißem Anzug gewandeter Schönling stürmte heraus. In seinem Blick lag etwas Panisches, aber auch etwas Irres. Eine Strähne hing ihm in die Augen, er presste einen ziemlich lädierten Laptop an sich. Er sah Goettle überrascht an, als wäre der ein den Flammen entstiegener Dämon.

»Hau ab. Du hast hier nichts zu suchen«, fauchte Elias und versuchte, Andreas Goettle einen Stoß zu versetzen. Der Pfarrer, der den blauen Gürtel in Karate besaß, wich dem Angriff aus, Elias taumelte ins Leere und prallte gegen eine Wand. Der Computer fiel zu Boden und barst in zwei Teile. Goettle versetzte den Trümmern einen Tritt, der sie in Richtung Flammenwand schlittern ließ.

»Wo isch Joshua?«, schrie der Geistliche Elias an.

Der konnte seine Überraschung nicht verbergen. Offensichtlich hatte er mit dieser Frage in dem Moment der Bedrohung nicht gerechnet. Pfarrer Goettle packte den Clubchef am Kragen und schüttelte ihn.

»I will wissa, wo der Bua isch!«

Elias verzog die Lippen zu einem spöttischen Grinsen.

»Araneus? Dich habe ich mir ganz anders vorgestellt. Irgendwie bedrohlicher.«

»Koi Ahnung, wovon du schwätzsch, aber wenn de net glei sagsch, wo Joshua isch, dann dreh i dir dei Nos um, dass es neiregnet.«

»Erst die Kohle. 500 000. Wie abgemacht.«

»Machs Maul uff«, brüllte Goettle.

Rechts von ihm flog eine Tür aus den Angeln. Ein junger Mann und eine Frau, beide mit Stuhlbeinen bewaffnet, stolperten durch den Rahmen und starrten Goettle und Elias an. Der Pfarrer lockerte durch den überraschenden Moment seinen Griff. Elias zog sein Knie hoch, traf Goettle zwischen den Beinen. Der Pfarrer sackte zusammen und rang nach Luft, während Elias ihm weitere Faustschläge verpasste. Elias packte Goettle an seiner Anzugsjacke und schleifte ihn in einen angrenzenden Raum.

»Rafi, hilf mir. Das ist Araneus, das Schwein. Der wollte uns reinlegen«, bellte Elias in Richtung Rafael, der wie paralysiert auf der Stelle stand und die Szenerie beobachtete.

»Komm mit, wir müssen raus hier«, flehte Roxane und zog Rafael am Arm.

»Geh«, sagte er zu ihr. »Ich habe noch etwas zu erledigen.«

Konrad Erzberger saß in seinem Auto und zog nervös an seiner Zigarette. Der Rattenmann hatte ganze Arbeit geleistet. Er hatte in einem ungesicherten Teil des Geländes sein Feuer gelegt, das wie erwartet auf das Gebäude übergegriffen hatte. Und offenbar hatte er nicht an Material gespart. Ein veritables Flammenmeer hatte den Club verschluckt. Und wie geplant, waren die Gäste und die Angestellten des Clubs panisch ins Freie hinausgestürmt, nur seine »Beute« konnte er nicht entdecken.

In der Ferne hörte er Sirenen, blaue Blitze kündigten das Eintreffen der Rettungskräfte an. Er stieß einen Fluch aus.

Er hob das Nachtsichtglas an die Augen und suchte die Dunkelheit nach einer Bewegung ab.

Tatsächlich: Fernab von dem Trubel, der sich vor dem Gebäude abspielte, huschte eine Gestalt über den unbeleuchteten Teil des Parkplatzes. Eine Person, die offenbar von dem zweiten, nur wenigen bekannten Zugang wusste, über den normalerweise prominente Gäste in den Club geschleust wurden. Erzberger hatte ihn oft benutzt, wenn er einigen Geschäftspartnern, die für ihre besonderen Dienste belohnt wurden, Zutritt verschaffte.

Die Gestalt eilte auf eine Gruppe von abseits geparkten Fahrzeugen zu. Sie war nur mit einer Korsage und hohen Lederstiefeln bekleidet, presste etwas an sich, sah sich immer wieder um.

Schließlich kam sie an einem Pkw an, hantierte an dem Schloss, öffnete die Tür.

Erzberger grinste: »Die Hyänen tragen Lack und Leder«, murmelte er, ließ den Motor an und rollte auf seine Beute zu.

Kommissarin Behrmann hatte Mühe, in dem Tohuwabohu, das vor dem Club Aphrodite herrschte, den Überblick zu bewahren.

Die Feuerwehr war mit vier Löschzügen angerückt, mindestens ein Dutzend Schläuche schossen Wasserfontänen gegen die Feuergiganten.

Ihre Kollegen von der Schutzpolizei hatten alle Hände voll zu tun. Zum einen galt es, diejenigen aufzuhalten, die unerkannt entkommen wollten, zum anderen sorgte eine kleine Gruppe von Frauen in Männerkleidern mächtig für Wirbel. Sie skandierten Parolen gegen Prostitution und Ausbeutung von Frauen, rissen sich die Oberbekleidung vom Leib und hüllten die halbnackten Angestellten des Clubs ein, die draußen bibberten.

Laura Behrmann erkannte ihre Schulfreundin Lisa Pfäffle, die einen Schnurrbart an der Backe kleben hatte und einen Schutzpolizisten beschimpfte, der ihr den Zugang zu dem Club verwehrte.

»Lisa, was machst du hier?«

Die Leiterin der Kindertagesstätte Sonnenschein machte einen derangierten Eindruck. Ihre Dreadlocks waren rußverschmiert und standen wild vom Kopf ab. Das viel zu weite Herrenhemd war zerrissen, und offenbar hatte sie im Gewühl einen Schuh verloren. Sie starrte Laura an, und erst jetzt bemerkte die Kommissarin, dass sie weinte.

»Der Herr Pfarrer isch da no dren. Mir müssat den hola«, jammerte sie und versuchte, sich erneut an ihrem Widersacher vorbeizuschieben.

Der stemmte sich gegen sie, was Lisa mit einem wütenden Geheul quittierte.

Laura Behrmann sah auf den Eingang, aus dem sich mit letzter Kraft eine Frau schleppte. Sie schaffte nur wenige Meter, dann brach sie zusammen. Sie war nicht dem Etablissement gemäß gekleidet, in ihrem Gesicht klaffte eine Wunde, Rauch und Ruß hatten ihre Spuren hinterlassen.

Sanitäter kümmerten sich um sie, legten sie auf eine Trage, doch sie richtete sich immer wieder auf.

»Wo ist Joshua?«, wimmerte sie.

In dem Moment wusste Laura Behrmann, wen sie vor sich hatte. Die Bilder im Internet, die junge Frau mit dem Faible für alles Schöne.

»Sie sind Roxane Grabosz«, sagte die Kommissarin. Die Angesprochene sah sie mit trüben Augen an. »Was machen Sie hier?«

Sie erhielt keine Antwort.

»JOSHUA! WO IST MEIN KLEINER LIEBLING?«

Laura gefror das Blut in den Adern.

Vom anderen Ende des Parkplatzes waren der Hilfeschrei und das schrille Kreischen einer Frauenstimme zu vernehmen. Ein Mann brüllte Unverständliches, ein Kind schrie. Ein Schuss. Türen schlugen, Reifen quietschten. Ein Fahrzeug raste davon.

Laura sprintete zu einem Streifenwagen und ließ sich auf den Beifahrersitz fallen. »Los, folgen Sie dem Wagen«, herrschte sie den jungen Polizisten an. »Und zeigen Sie mir alles, was in Ihrer Karre steckt.«

»Kein Problem. Dann halten Sie sich mal gut fest.«

Er startete und gab Vollgas, während die Kommissarin per Funk die Fahndung nach dem Fluchtfahrzeug durchgab.

Ein ohrenbetäubender Knall ließ sie herumfahren.

»Oh mein Gott«, entfuhr es ihr.

Mit vor Schreck geweiteten Augen sah sie, wie der hintere Teil des Aphrodite Clubs zusammenbrach.

52

Greta Gerber saß im Flur der Notaufnahme in der Oberschwabenklinik und wartete darauf, einen der diensthabenden Ärzte zu sprechen. Sie hatte sich sofort nach Laura Behrmanns Kurzbericht in den Wagen geschwungen und war von Biberach nach Ravensburg gerast.

Anke Spengler war aus dem Koma aufgewacht, einer ersten Auskunft gemäß war sie aber noch zu schwach, um vernommen zu werden. Dennoch hoffte die Hauptkommissarin, dass es ihr ermöglicht wurde, sie wenigstens kurz zu sprechen. Sie war eine wichtige Zeugin, von ihrer Aussage hingen weitere Ermittlungen gegen Doktor Wolf ab. Und es galt, keine Zeit mehr zu verlieren. Sollte sich ihr Verdacht durch eine Aussage von Anke Spengler bestätigen, war es gut, den Überraschungsmoment auf ihrer Seite zu haben und den Arzt aufzusuchen, bevor er Verdacht schöpfen konnte, dass gegen ihn ermittelt wurde.

Greta starrte die gläserne Tür an, die den Warte- vom Patientenbereich trennte, doch es war keine Bewegung hinter der milchigen Scheibe auszumachen. Sie checkte ihre WhatsApp-Nachrichten. Eine Schulfreundin aus Freiburg hatte ein Bild ihrer Katze geschickt, ein Kollege aus dem Rauschgiftdezernat einen Gruß aus seinem Urlaubsdomizil. Und da war noch etwas. Das Foto eines Grabsteins. »Hier ruht Maya Krämer, geborene Greta Gerber«, war darauf zu lesen. Unter ihrem Namen waren ihr Geburtsdatum und das Datum des morgigen Tages eingemeißelt. Absender unbekannt.

Sie schluckte, um das flaue Gefühl im Magen zu besänftigen. Obwohl das Bild nicht zusätzlich untertitelt war, vermutete sie, dass Enrique hinter der makabren Botschaft steckte. Oder war das mehr? Eine Drohung? Die Ankündigung eines Anschlags? Um was zu bewirken?

Sie ballte die Fäuste. Damit ging dieser Stalker zu weit. Sobald die Techniker seine Spur gefunden hatten, würde sie diesen Spinner persönlich aufsuchen und ihm Benehmen beibringen.

Ein Anruf von Laura Behrmann holte sie in die Gegenwart zurück. Was sie hörte, verbesserte ihre Laune schlagartig.

»Ich glaube, wir kommen der Lösung unserer Fälle ein ganzes Stück weiter. Wir haben Erzberger geschnappt. Er wusste, dass das Kind von Viviana Blank im Aphrodite Club versteckt war, und hat es gewaltsam an sich gebracht. Dabei hat er eine Prostituierte verletzt. Streifschuss am Oberarm. Er wollte fliehen, aber weit ist er nicht gekommen.«

»Was wollte er mit dem Kind?«

»Wissen wir noch nicht, er ist nicht sehr gesprächig. Das kann sich aber bald ändern. Die Kollegen von der Schutzpolizei haben einen schmierigen, kleinen Burschen in der Nähe des Tatorts festgenommen, der in seinem Auto saß und dem Feuer zugesehen hat. Sie haben gesagt, er hatte seine Hand in der Hose und hat an seinem Dings rumgemacht. Und siehe da. Der Typ ist kein unbeschriebenes Blatt, schon mehrfach wegen Brandstiftung vorbestraft. Er ist psychisch zwar nicht ganz klar, aber das wird ihm nichts nützen. Seit er das weiß, singt er wie ein Vögelchen. Er will von Erzberger den Auftrag bekommen haben, das Feuer zu legen. Und da ist noch etwas. Immer wenn er sich unbeobachtet fühlt, brummelt er einen Begriff vor sich hin. Regeneratio. Das haben wir doch schon mal gehört, oder?«

»Ja, haben wir«, versicherte Greta Gerber. »Und so wie es aussieht, haben wir unseren Doktor Wolf jetzt an den Eiern. Das sind tolle Neuigkeiten, Laura. Gut gemacht.«

»Es gibt da leider noch etwas, was ich Ihnen sagen muss.«

»Das klingt nicht so gut.«

»Nein.«

»Jetzt spannen Sie mich nicht auf die Folter.«

»Bei dem Brand ist ein Teil des Gebäudes eingestürzt. Und so wie es aussieht, haben es ein paar Leute nicht rechtzeitig nach draußen geschafft. Von dem Inhaber, dem schönen Elias, fehlt noch jede Spur, und auch von Rafael Vogt.«

»Rafael Vogt? Unser Enkeltrickbetrüger? Was hat der im Bordell verloren? Hat er seine Beute verjubelt oder wie?«

Greta zischte verächtlich.

»Nein, er wurde von dem schönen Elias gefangengehalten und gezwungen, irgendein dubioses Geschäft abzuwickeln. Wir haben seine Lebensgefährtin befragt, aber sind aus ihrer Aussage nicht ganz schlau geworden. Es hat wohl auch etwas mit dem Sohn von Viviana Blank zu tun.«

Greta Gerber massierte sich die Schläfen. Das waren eindeutig zu viele Informationen für ihren ohnehin schon übermüdeten Geist.

»Okay, wir klären das, wenn ich zurück bin. War es das?«

Eine kurze Pause entstand. Die Hauptkommissarin spürte, dass es da noch eine Neuigkeit gab und dass Laura mit sich rang, sie auszusprechen.

»Nein, das ist noch nicht alles. Es wird noch eine dritte Person vermisst. Es handelt sich um Pfarrer Goettle. Er hat nach Joshua gesucht und ist nicht mehr aufgetaucht. Laut Auskunft der Feuerwehr ist die Wahrscheinlichkeit, dass in den Trümmern jemand lebend geborgen wird, gleich Null.«

Greta Gerber ließ das Telefon sinken. Das Verhältnis zwischen ihr und Andreas Goettle war in den vergangenen Jahren etwas abgekühlt. Seine selbstgewählte Mission, die Polizei bei ihrer Arbeit unterstützen zu müssen, ging ihr zuweilen auf die Nerven. Aber dennoch: Das war wirklich keine gute Nachricht.

53

Kriminalrat Seidel hatte für seine Verhältnisse an diesem Morgen ausgezeichnete Laune. Die letzten beiden Tage waren zwar anstrengend gewesen, doch die durchgeführten Verhöre hatten viel Licht in das Dunkel ihrer Fälle gebracht. Die Aussage des Brandstifters Ottmar Krause hatte eine wahre Lawine an neuen Erkenntnissen ausgelöst. Ohne Not hatte er gestanden, dass er das Feuer am Aphrodite Club gelegt hatte und dass er den Auftrag von Konrad Erzberger, den er seinen »Meister« nannte, bekommen hatte.

Erzberger verweigerte bislang die Aussage, dennoch hatte die Staatsanwaltschaft keinen Moment gezögert, den Durchsuchungsbeschluss für die Büroräume der Bussenkindle-Agentur auszustellen. Der Kollege der IT-Forensik hatte fieberhaft daran gearbeitet, den PC von Erzberger auszuwerten. Keine leichte Aufgabe, da der Agenturbetreiber ausschließlich über den TOR-Browser im Internet unterwegs gewesen war. Dennoch war Seidel überzeugt, dass es ihnen gelingen würde, eine Lücke im verschlüsselten System zu finden. Es war alles eine Frage der Zeit.

Roxane Grabosz konnte nach ihrer Befragung nach Hause gebracht werden. Die junge Frau wirkte wie paralysiert, viel war aus ihr nicht herauszubekommen. Was wenig verwunderlich war, schließlich galt ihr Verlobter immer noch als vermisst. Die Feuerwehr hatte die Brandstätte abgesucht, aber keine Leichen gefunden. Noch nicht.

Doch selbst wenn Rafael Vogt lebend gefunden wurde, dann musste sich Roxane darauf einstellen, ihn eine lange Zeit nur im Gefängnis besuchen zu können. Mindestens zwei Fälle der Enkeltrickbetrugsserie gingen eindeutig auf seine Kosten, bei den anderen sah es so aus, als hätte er zumindest daran mitgewirkt. Sie bestritt, davon gewusst zu haben, ebenso wenig konnte sie zu der Verbindung ihrer Schwester zu Doktor Wolf aussagen. Es sei eine normal verlaufende Schwangerschaft gewesen, behauptete sie. Dass Joshua kein leibliches Kind ihrer Schwester sei, dass er womöglich das Resultat eines kriminellen Handels sei, überraschte sie.

Hauptkommissarin Gerber hatte zwar Zweifel an ihrer Aussage angemeldet, doch letztlich bestand kein Grund, die junge Frau weiter zu befragen.

Roxane hatte bei ihrer Entlassung einen gefassten und starken Eindruck hinterlassen und den Wunsch geäußert, sich um Joshua kümmern zu dürfen. Es sei schließlich ihr Neffe, und sie sei die einzige Bezugsperson für das Kind, das nach der turbulenten Zeit intensive Zuwendung benötige. Zudem hatte ihre Schwester eine Sorgerechtsverfügung auf sie ausgestellt.

Seidel hatte nichts dagegen einzuwenden, behielt sich aber vor, das Dokument prüfen zu lassen. Im Grunde war er froh, den kleinen Jungen loszuwerden. Gegen sein Gebrüll nahm sich jede Polizeisirene wie liebliches Harfengezupfe aus, und um seine stimmliche Ausdauer hätte ihn jeder Heavy-Metal-Sänger beneidet.

Und gerade eben war aus der Oberschwaben-Klinik der Anruf gekommen, dass Anke Spengler vernehmungsbereit war. Greta Gerber hatte sie schon befragt und konnte sie zu einer Aussage gegen ihren Gynäkologen überreden.

Es klopfte an der Tür; ohne ein »Herein« abzuwarten, betraten Polizeiobermeister Fritz und ein weiterer Herr das Büro.

Kriminalrat Seidel stürmte auf seinen Mitarbeiter zu und begrüßte ihn überschwänglich.

»Mein lieber Herr Fritz. Willkommen zurück. Ich freue mich sehr, Sie zu sehen. Welch ein Glück, dass sich dieser unsinnige Verdacht, an den ich natürlich nie geglaubt habe, nicht bestätigt hat. Wir haben Sie hier sehr vermisst …«

Fritz salutierte, seine Miene blieb ernst.

»Mir hen an Anruf aus der JVA kriegt. Konrad Erzberger hot sich in der Nacht in seiner Zelle uffknüpft.«

Kriminalrat Seidels Lächeln erlosch.

»Aber das ist doch nicht möglich …«,

»Doch, ist es«, unterbrach der unbekannte Begleiter von Fritz. »Er hat sich mit einem Gürtel erhängt, den er gar nicht hätte haben dürfen. Sein eigener war ihm auch bei seinem Einzug abgenommen worden. Da haben andere ihre Hände im Spiel.«

Kriminalrat Seidel musterte den Mann mit den markanten Gesichtszügen, der neben POM Fritz stand. Er schätzte ihn auf Ende 30. Modischer Kurzhaarschnitt, sportliche Figur, legere Kleidung.

»Und wer sind Sie?«

Sein Gegenüber zog einen Dienstausweis aus seiner Jackentasche.

»Hauptkommissar David Morland, Landeskriminalamt.«

Seidel musterte den Ausweis mit erhobenen Augenbrauen. »Das LKA interessiert sich für Erzberger?«

Morland nickte. »Nicht nur für ihn. Erzberger war nur derjenige, der Köder für kinderlose Paare auslegte. Die Hintermänner, also diejenigen, die für die Beschaffung der Kinder zuständig sind, sitzen in Serbien, Rumänien oder Albanien. Wir sind schon lange an ihm dran, um mehr über die Drahtzieher zu erfahren. Aber das ist ja nun nicht mehr möglich.«

Kriminalrat Seidel überhörte den unausgesprochenen Vorwurf, der in den letzten Worten mitschwang.

»Es gibt einen weiteren Verdächtigen, der an dieser Sache beteiligt ist. Ein Doktor Wolf in Ravensburg. Hauptkommissarin Gerber ist gerade zu ihm unterwegs. Und glauben Sie mir, die lässt nicht locker, bis sie ein Geständnis aus ihm herausgepresst hat.«

»Hauptkommissarin Gerber kann von Glück sagen, wenn sie ihn antrifft. Das große Spurenverwischen hat schon begonnen. Und wenn er tatsächlich noch in Ravensburg sein sollte, dann sollten Sie für sie beten. Und für Viviana Blank.«

54

Viviana Blank saß auf dem Beifahrersitz eines schwarzen Porsche Cayenne und betrachtete die oberschwäbische Landschaft, die an ihr vorbeiflog. »Dancing with Tears in my Eyes«. Die Melodie, die aus den Boxen erklang, passte zu ihrer melancholischen Stimmung. Nach Tanzen, Lachen, Leben war ihr zumute, und doch haftete dem Ganzen etwas Schweres an. Der Ballast der Vergangenheit, den sie nun zurücklassen wollte. Aber war das möglich? Konnte sie die Bilder der letzten Wochen und Monate tilgen, die schaurigen Momente vergessen? Sie sah IHN an. ER, der auf besonders grausame Art versucht hatte, sie zurückzuerobern. Und letztlich Erfolg damit hatte. Weil sie IHM verfallen war. Weil ER ihre Hilfe brauchte. Und ihre Liebe. Und sie seine starke Schulter und seinen genialen Geist. ER würde für alle Probleme eine Lösung finden. Nicht wie all die Männer, mit denen sie bisher zusammen war. Und doch fürchtete sie sich ein wenig. Vor ihrer Entscheidung, mit IHM zu gehen. Vor IHM.

ER konzentrierte sich auf die Straße, und doch blieb IHM nicht verborgen, dass sie düsteren Gedankenbildern nachhing.

»Was ist mit dir?«, fragte ER und legte ihr eine Hand auf den Oberschenkel. »Bereust du deine Entscheidung?«

Sie antwortete nicht sofort. Sie drehte sich zu Joshua um, der in seinem Maxi Cosi lag und schlief. Friedlich sah das aus, dabei hatte er in den letzten Wochen mehr Turbulenzen erlebt als die meisten Menschen in ihrem ganzen Leben. Sie konnte nur hoffen, dass nichts davon in sein Unterbewusstsein gelangt war und eines Tages hervorbrach. Ab jetzt sollte er ein gutes Leben haben. Das schwor sie sich.

Roxane hatte sich zunächst gegen Vivianas Idee, das Land mit Joshua zu verlassen, gesträubt. Sie hatte ihr geraten, zur Polizei zu gehen, das sei sie Alvin schuldig. Sie hatte den seltsamen Begleiter ihrer Schwester misstrauisch beäugt, diesen kauzigen Gnom mit den dunklen Augen, den Viviana mit »ein Freund« vorgestellt hatte. Ihre Schwester glaubte keinen Moment daran, dass ER nur ein Freund war. Doch sie war zu erschöpft, um Fragen zu stellen. Und sie hatte auch nicht mehr die Kraft, Viviana vor einer weiteren Dummheit zu bewahren.

Roxane hatte in ihr ein ungeliebtes und dennoch vertrautes Gefühl geweckt. Verrat, ja, Viviana fühlte sich als Verräterin. Obwohl sie Alvin gewarnt hatte, sich auf den wahnsinnigen Deal einzulassen. Ihr war klar gewesen, dass er sein Leben riskierte, wenn er der Organentnahme zustimmte. Doch Alvin wollte ein Kind, um jeden Preis der Welt. Ein Baby. Und er wollte eine Schwangerschaft mit Viviana durchleben. Er wollte sehen, wie ihr Bauch wuchs. Er wollte mit ihr alle Vorbereitungskurse besuchen. Das Modell von Doktor Wolf entsprach ganz seinen Vorstellungen, und schon bald gab es kein anderes Thema mehr für ihn. Und dann war es dem Gynäkologen gelungen, ihr die Furcht zu nehmen. Was sollte schon passieren? Ein gesunder Mensch kann mit einer Niere oder einem Teil der Leber weiterleben, und es gab viele Bedürftige, die dringend auf ein Spenderorgan warteten.

Alvin hatte es als einen Tausch betrachtet, eine Win-Win-Situation. Ein Stück von ihm für einen Lebenstraum. Sie wäre bereit gewesen, auf ein Kind zu verzichten, sie hielt die Idee für den puren Wahnsinn.

Außerdem hatte sie sich verliebt.

In IHN.

Weil er sie behandelte, wie sie noch nie zuvor von einem Menschen behandelt worden war, auch von Alvin nicht. Er war so einfühlsam, fast zärtlich, er nahm sich Zeit, ging auf sie ein, hörte zu, fand immer eine klare Lösung. Und er war souverän, konnte überzeugen. Sie bemerkte, dass auch er für sie Gefühle hegte, ihr mehr als eindeutige Komplimente und Geschenke machte, sie täglich anrief, um sich nach ihrem Zustand zu erkundigen.

Viviana hatte gegen das stetig stärker werdende Verlangen angekämpft, indem sie alle Argumente, die gegen diese Liaison sprachen, wie ein Mantra vor sich hinbetete. Er entsprach überhaupt nicht ihren Vorstellungen von einem Traummann. Er war sehr viel älter als sie. Er war nicht besonders groß, auch nicht muskulös gebaut. Sie war mit Alvin verheiratet, den sie irgendwie noch liebte, der jedoch bereits so auf das Kind fixiert war, dass er sie nur noch als Gebärende wahrnahm.

Je mehr sie versuchte, ihr Verlangen zu unterdrücken, desto größer wurde es. Er hatte etwas Geheimnisvolles, Tiefgründiges an sich, er war klug, den schönen Künsten zugetan, und wenn er von etwas schwärmte, dann war das für sie reine Poesie. Ihr Gefühl für ihn wurde schließlich übermächtig, sie konnte nicht anders. Sie trafen sich, wann immer es die Zeit zuließ, hatten Sex. Harten Sex, bei dem er seine Dominanz auslebte. Und sie genoss es, neue Erfahrungen zu machen. Schmerzhafte Erfahrungen, aber auch die lustvollsten in ihrem Leben.

Die Gewissensbisse hörten jedoch nicht auf, und sie war sich bewusst, dass sie die mühsam mit Alvin aufgebaute Existenz gefährdete. Sie konnte ihm nicht mehr ins Gesicht sehen, wenn er von einer gemeinsamen Zukunft sprach. Sie wich seinen Berührungen aus, sah, wie es ihn kränkte, wie er litt, wie er versuchte, eine Normalität aufrechtzuerhalten. Vielleicht half ihm die Vorfreude auf das Kind, sein Kind, wie er es inzwischen nannte, dabei, einen eventuell vorhandenen Verdacht zu verdrängen, vielleicht wollte er auch nicht sehen, dass sie sich von ihm abwandte. Auch damit er nicht die Wunden sah, die ER ihr im Liebesspiel zugefügt hatte.

Gehen oder bleiben?

Unzählige Male hatte sie sich diese Frage gestellt.

Bewährtes Terrain oder Neuland? Sicherheit oder Risiko? Zuneigung oder Liebe?

Gehen oder?

Bleiben oder?

Gehen? Bleiben?

Gehen? Bleiben!

Sie hatte ihn für einen vernünftigen Mann gehalten. Sie hatte geglaubt, dass er es, wenn schon nicht verstehen, aber akzeptieren konnte, dass sie bei Alvin blieb. Sie hatte erwartet, dass er über das Ende der Liaison hinwegkam.

Sie hatte sich geirrt.

Er hatte sich in eine von Wut und Rache getriebene Bestie verwandelt. Drohungen gegen ihren Mann, gegen sie und ihr Kind waren an der Tagesordnung. Dieser Mann war nicht nur im Bett ein Monster, das Böse schlummerte unter seiner unscheinbaren Fassade und wurde von purem Hass genährt. Sie hatte ihn bekniet, es gut sein zu lassen, die Trennung als beste Lösung anzusehen. Sie hatte gebettelt, gefleht, geweint.

Er gab nicht auf und fand schließlich seine Lösung. Die Alvin das Leben kostete. Bei seiner OP, zu der er sich vertraglich verpflichtet hatte, wurde er ausgenommen wie ein Stück Vieh. Er hatte es ihr erzählt, in aller Ausführlichkeit, und sich an ihrem Ekel, ihrer Abscheu geweidet.

Viviana wusste, dass er nicht aufgeben und sie zurückholen würde. Mit den grausamsten Mitteln, die Angst war seine treueste Gefährtin.

»Man könnte meinen, dass du froh bist, dass Alvin nicht mehr am Leben ist«, hatte Roxane ihr vorgeworfen.

So war es ganz und gar nicht.

Gar nicht.

Nicht.

Ein bisschen.

Es erleichterte, die Entscheidung zu treffen, wegzugehen.

Mit ihm.

Und mit Joshua.

Weil er darauf bestanden hatte.

»Und wo willst du hin?«

Er hatte ihr von seiner Villa am Meer vorgeschwärmt, von seiner Yacht, von all den Annehmlichkeiten, die auf sie warteten. Dort wollte sie hin.

»Dann hau doch ab, du Miststück«, hatte Roxane Viviana nachgebrüllt, als sie ihre Koffer und die Reisetasche für Joshua an ihr vorbeigetragen hatte. »Lass uns hier allein mit der Scheiße, die du uns eingebrockt hast. Dafür wirst du in der Hölle schmoren, Kurwa. Mitsamt deinem Cayenne-Futzi. Für mich bist du tot.«

Kurwa. Von der eigenen Schwester als Hure beschimpft zu werden, schmerzte sie sehr. Aber irgendwie verstand sie Roxanes Wut. Sie hatte ihre Schwester in diese Geschichte hineingezogen, auch wenn sie nicht darum gebeten hatte, Joshua zu verstecken. Wenn Roxane nicht eigenmächtig gehandelt hätte, hätte die Geschichte für alle gut ausgehen können.

Auch wenn Viviana nicht alles verstehen konnte, was Roxane ihr vorgeworfen hatte. Dass sie der Grund für den Überfall sei, dass sie Schuld trage an der Entführung und dass wegen ihr der Brand in diesem ominösen Club gelegt worden war. Dass Rafael vermisst wurde und womöglich tot war, hatte Viviana schockiert, aber alles, was Roxane unter Tränen erzählte, klang so irreal, dass sie es nicht glauben konnte.

Dann hatte er auf die Uhr gesehen, sie zur Eile aufgefordert.

»Du kannst mitkommen«, hatte er zu Roxane gesagt. »Die Villa ist groß genug für uns alle.«

Doch ihre Schwester hatte ihnen nur den Rücken zugedreht.

Und nun spürte sie seine Hand auf dem Oberschenkel, hörte ihr Söhnchen regelmäßig atmen, blickte in die vor ihr liegende Weite.

»Nein, ich bereue nichts«, sagte sie.

55

Als Renate Münzenmaier die Wohnung im Gemeindehaus betrat, fiel ihr vor Schreck die Einkaufstasche aus der Hand.

»Was isch denn des für a Granadesauerei? Welcher Dräggbibr isch denn do neidabbt?«

Den Dielenboden, der normalerweise in einem äußerst repräsentativen, weil sauberen Zustand war, verunstalteten schwarze Schlieren und Schuhabdrücke, die sich bis vor die Küche und von dort die Treppe nach oben zogen. Ein scharfer Geruch ging von den Spuren aus, als hätte der Verursacher in einer Räucherkammer übernachtet und im Anschluss ein Moorbad genommen.

»Der kann was erleba«, knurrte die aufgebrachte Haushälterin und stürmte in das Obergeschoss. Dort bot sich ihr ein ähnliches Bild, mit dem Unterschied, dass der Weg ins Bad mit völlig verdreckten, verrußten Kleidungsstücken markiert war.

»Was isch jetzt des? Badetag bei der Schornsteinfegerinnung, oder wie?«, murmelte Frau Münzenmaier und ging weiter.

Der Zustand des Badezimmers fügte sich nahtlos in das Bild der Verwahrlosung ein. Die Kacheln waren rußverschmiert, die ehemals weißen Handtücher lagen am Boden.

»Den Dreck kann er selber wegmacha«, raunte die erboste Haushälterin.

Sie hämmerte mit der Faust gegen die Schlafzimmertür von Andreas Goettle, bereit, ihm eine Gardinenpredigt zu verabreichen, wie er sie an Grobheit, aber auch an Deutlichkeit noch nie hatte erdulden müssen.

Der Pfarrer öffnete die Tür, legte einen Finger an den Mund und schob sich auf Zehenspitzen schleichend heraus.

»Leise, die boide schlofat no.«

»Was in Gottes Noma hen Sie denn schon wieder agstellt? Und wer sind die boide?«, fauchte ihn Renate Münzenmaier an. Sie dachte gar nicht daran, leise zu sein. Unterdrückter Ärger führte zu Schlaf- und Verdauungsstörungen, hatte sie in einer Frauenzeitschrift beim Frisör gelesen, und diesen Gefahren wollte sie sich bestimmt nicht wegen Goettles Eskapaden aussetzen.

»Des verzähl i Ihne bei ner guta Tass Kaffee, den Sie mir machet«, erwiderte Pfarrer Goettle und zog sie mit sich.

Eine halbe Stunde später war der Zorn Renate Münzenmaiers verflogen. Kreideweiß saß sie Andreas Goettle gegenüber und versuchte, seinen Bericht über die nächtlichen Ereignisse nachzuvollziehen.

Der Pfarrer hatte sich bereits die dritte Tasse eingeschenkt und machte sich am Kühlschrank zu schaffen.

»Hen mir eigentlich nix meh von dem Hefezopf von neulich?«

»Dass Sie jetzt ans Essa denka könnat. Sie wäret um oi Haar im Puff verbrannt. Und des Buale isch au weg. Maria und Josef, bei Ihre Gschichta soll mr koine graue Hoor kriega.«

»Die graue Hoor hen Sie schon ghett, als mir ons kennaglernt hen. Da kann i nix dafir. Aber es stimmt scho, wenn der Vogt dem Elias koine mit dem Stuhlbein zonda hätt, no däts mi wahrscheinlich nemme geba. Und der Elias hot es mir zum verdanka, dass mir ihn aus dem Inferno nausgschloift hen. Zum Nebaausgang. Ond des war knapp, kann i Ihne sage. A paar Minuta später, ond mir hättet des Dach uff der Meggl kriegt.«

»Ond warom sen Se net zur Polizei? Oder ins Krankenhaus?«

Pfarrer Goettle zögerte mit seiner Antwort. Er betrachtete das Stück Rauchfleisch in seiner Hand und legte es kopfschüttelnd zurück.

»Mer sen net zur Polizei, weil i des dem Rafael versprocha hab. Der hot schließlich mei Leba grettet. Und ins Krankenhaus hättet die ons doch gar net neiglassa. Mit denne dreckige Klamotta.«

Frau Münzenmaier rollte genervt mit den Augen.

»Wenn i do gwesa wär, hätt i euch au net neiglassa. Wie sen ihr denn überhaupt hier herkomma?«

»Ha gloffa. Des isch ja et so weit. I hätt natürlich au a Auto kurzschließa könna, so wie früher, wenn mir in der Boiz versackt sen ond koi Bus meh gfahre isch, aber …«

Renate Münzenmaier hielt sich die Ohren zu. »Davon will i nix wissa. Wie soll denn des jetzt weiterganga?«

Goettle zuckte mit den Schultern.

»I hab dem Rafael gsagt, dass er sich stella soll. Der Kerle hot a gutes Herz, isch aber a bissle bled. Er hot viel aus Liebe zu seim Mädle gmacht, sagt er. Irgendwann war der so tief im Schlamassel dren, dass er nemme vor- und nemme zurückkonnt. Ond hot älles bloß no schlemmer gmacht. Aber klar: Strof muss sei.«

»Und was isch mit dem andere, dem Elias?«

»Der isch a ganz anders Kaliber. An den Anblick von schwedische Gardina isch der gewöhnt. Und darin wird er sei Expertentum no vergrößra.«

»Und Joshua? Wo isch der Bua?«

Andreas Goettle sah sie traurig an.

»Wenn i des wisst, Frau Münzenmaier. Wenn i des no wisst.«

56

»Wir haben ihr Telefon geortet. Sie waren in Richtung tschechische Grenze unterwegs, aber wir haben die Verbindung verloren«, sagte Laura Behrmann und sah in die Runde.

»Mist, womöglich hat sie ihr Smartphone ausgeschaltet«, schaltete sich Hauptkommissar David Morland ein, der ein paar Minuten zuvor in Begleitung von Kriminalrat Seidel den Einsatzraum betreten hatte und als Vertreter des Landeskriminalamts vorgestellt wurde.

Greta Gerber hatte ihn angestarrt, als hätte sie einen Abgesandten des Planeten Pluto vor sich. Sie verweigerte ihm den Handschlag und gab sich ungewöhnlich wortkarg.

»Ich kann es nicht begreifen, dass sie mit diesem Doktor Wolf durchbrennt, der mit ziemlicher Sicherheit am Tod ihres Mannes schuld ist.«

Laura Behrmann schüttelte den Kopf.

»Es isch ja no gar net raus, ob des der Doktor isch, mit dem se abhaut«, gab POM Fritz zu bedenken.

»Gemäß der Beschreibung von Roxane Grabosz ist er es. Er hat sie begleitet, als die beiden Joshua abgeholt haben«, warf Greta Gerber ein. »Und wie mir seine Angestellte bestätigt hat, hat sie Viviana Blank schon oft mit ihm zusammen gesehen. Auch außerhalb der Praxis. War wohl nicht das erste Mal, dass er etwas mit einer Patientin anfing. So wie es aussieht, hatte er auch eine Affäre mit Anke Spengler. Allerdings dauerte die nicht besonders lang. Ihr Mann Til hatte davon Wind bekommen und den Doktor bedroht.«

»Dann war des vielleicht koin Zufall, dass sich die Narbe bei Til Spengler regelmäßig entzündet hot. Vielleicht hot mr den schlampig operiert?«

Greta Gerber nickte, und POM Fritz schnaubte.

»Nicht nur das. Til Spengler litt nach der Operation ständig unter Infektionskrankheiten, war oft bettlägerig. Eine Lungenembolie aufgrund unterlassener Thromboseprophylaxe war für ihn tödlich.«

»Unfassbar. Aber was ich wirklich nicht verstehen kann: Wie kann man sich auf einen Mann einlassen, der eine so grausame und perverse Idee entwickelt, Kinder gegen Organe zu vermitteln? Der zudem den Tod von inzwischen zwei Menschen mit zu verantworten hat? Haben diese Frauen denn gar kein Gewissen?«

Kriminalrat Seidel war außer sich. Er schwitzte, wie immer, wenn er sich aufregte.

»Es ist nicht so selten, dass sich Frauen zu Kriminellen hingezogen fühlen«, sagte David Morland. »Es gibt sogar einen Begriff dafür. Hybristophilie. Womöglich steckt ein archaisches Muster dahinter. Töten und Schlachten waren seit jeher männlich. Das interpretieren einige Frauen als Stärke. Ein Mann, der zu solchen Taten fähig ist, der bietet Schutz und Sicherheit. Eine andere Erklärung wäre, dass die Frau über die Beziehung zu einem kriminellen, meist brutalen Täter ihre eigene dunkle Seite ergründen will.«

Greta Gerber brannte die Frage auf der Zunge, ob auch Lügner ein archaisches Muster bei Frauen heraufbeschworen, aber sie schluckte sie hinunter. Ihr privater Zorn auf Darius David Morland gehörte nicht hierher, und keiner ihrer Kollegen hätte ihn nachvollziehen können.

Morlands Smartphone klingelte, und mit einer entschuldigenden Geste nahm der Hauptkommissar das Gespräch an. Seine Miene wurde ernst, als er das Telefonat beendete.

»Schlechte Nachrichten?«, erkundigte sich Kriminalrat Seidel.

»Sehr schlechte Nachrichten. ›Pommerenkes Erben‹ haben ihre Fanbase informiert, dass neues Material unterwegs ist.«

»Können Sie uns das bitte übersetzen, Herr Morland«, knurrte Hauptkommissarin Gerber. »Wir sind nicht so geübt in LKA-Sprech.«

David Morland überhörte geflissentlich den spitzen Ton ihrer Bemerkung.

»Pommerenkes Erben nennt sich ein Darknet-Forum für Snuff-Filme. Die Betreiber haben sich nach dem Serienmörder und Gewaltverbrecher Heinrich Pommerenke benannt, der 1959 unzählige Frauen getötet hat. Der Unterschied zwischen ihm und seinen Nachahmern ist, dass sie ihren Namensgeber an Grausamkeiten bei weitem übertreffen und die Taten filmen. Die Follower im Forum können live dabei zusehen, wie ein Mensch so lange gefoltert, misshandelt oder missbraucht wird, bis er stirbt.«

»Ich muss gleich kotzen«, warf Laura Behrmann ein.

»Dann erzähle ich Ihnen besser nicht, dass Pommerenkes Erben sich an den Leichen sexuell vergehen.«

»Jetzt muss ich wirklich kotzen«, würgte Laura Behrmann hervor, hielt eine Hand vor den Mund und eilte aus dem Besprechungszimmer hinaus.

»Und was hat das alles mit unserem Fall zu tun?«, fragte Greta Gerber.

Morland hob die Hand, um ihr zu signalisieren, dass er ihre Frage nicht sofort beantworten konnte. »Unsere Cyberexperten haben sich als Follower in das Forum eingeschlichen, um diesen Perversen irgendwie auf die Spur zu kommen. Eines der Opfer war eine junge Frau aus Rumänien, die von Erzberger nach Deutschland gebracht worden war. Ich erspare Ihnen Details über ihr Ende. Aber so sind wir auf ihn und die Agentur Bussenkindle gestoßen. Wir beobachten ihn schon geraume Zeit und haben nur auf den Moment gewartet, bis er wieder als Schleuser in Erscheinung tritt. Aber offenbar hatte Erzberger dazugelernt und verstand es wesentlich besser als früher, seine Spuren zu verwischen. Weil er im Darknet unterwegs war.«

Er sah Greta an. Ihr war, als wollte er um Verzeihung bitten.

»Aber der Erzberger isch doch he. Der kann doch denne Pomeranze nix schicka«, warf Polizeiobermeister Fritz ein.

»Richtig. So wie es aussieht, gibt es einen anderen Lieferanten für neue Ware. Einer, der ein besonderes Angebot im Gepäck hat. Eine junge Frau und ein Baby.«

Im Besprechungszimmer des Kommissariats wurde es totenstill.

57

Viviana rutschte unruhig auf ihrem Sitz hin und her. Irgendetwas stimmte nicht. Ihr Orientierungssinn war zwar nicht sehr stark ausgeprägt, aber es war eindeutig, dass sie nicht in Richtung Süden unterwegs waren. Auf ihre Frage, wohin er fuhr, antwortete er nicht.

»Kümmere dich um den kleinen Schreihals. Das ist ja nicht zum Aushalten«, fauchte er.

Joshua brüllte seit Minuten ununterbrochen. Sie versuchte ihn zu beruhigen, indem sie ihn streichelte, auf ihn einsprach, ihm den Schnuller gab, doch das Geschrei nahm kein Ende.

»Vielleicht hat er Hunger? Bei dem nächsten Parkplatz könnten wir anhalten, damit ich ihn füttern kann«, sagte Viviana.

»Wir halten an, wenn ich es für richtig halte«, schnauzte er sie an.

Viviana legte ihm eine Hand auf den Oberarm, doch er streifte sie mit einer harschen Geste ab.

»Was ist? Habe ich etwas falsch gemacht?«

Er starrte weiter geradeaus auf die Fahrbahn und antwortete nicht.

Joshua brüllte, als ahnte er Unheil.

Plötzlich riss er das Steuer herum und lenkte den Porsche auf einen Parkplatz. In etwa dreihundert Meter Entfernung stand ein weiteres Fahrzeug, sie fuhren direkt darauf zu und hielten neben dem Pkw an.

Viviana war froh, dass er ihr Bitten doch noch erhört hatte, damit sie sich um Joshua kümmern konnte. Der Junge war nassgeschwitzt, das kleine Gesicht leuchtete feuerrot, er strampelte und schrie. Sie schnallte sich ab, stieg aus, nahm den Kleinen aus dem Maxi Cosi und drückte ihn an sich. Sein kleiner Körper glühte, es schien, als hätte er Fieber.

Sie sah ihn besorgt an. Er stand neben der Limousine. Das Fenster auf der Fahrerseite des Pkw glitt herunter, er sprach mit einer Person, die Viviana nicht erkennen konnte. Ihre Unruhe wuchs. Was hatte das zu bedeuten? Sein plötzlicher Stimmungswandel, dieser böse Blick, dieses Treffen auf einem menschenleeren Parkplatz. Wer saß in dieser schwarzen Limousine?

Joshua verstummte. Er hechelte und sah sie mit glasigen Augen an.

Flieh, sagte dieser Blick. Flieh.

Panisch sah sie sich um. Ihr Smartphone lag in seinem Fahrzeug. Ausgeschaltet, so wie er es befohlen hatte. Der Weg in die Freiheit sollte ohne Störungen verlaufen, hatte er gesagt. Sie hatte es ihm geglaubt. Es war unerreichbar, Hilfe war unerreichbar.

Er drehte sich zu ihr um, streckte die Hand nach ihr aus.

»Komm, ich will dir jemand vorstellen. Zwei gute Freunde von mir.«

Joshua wimmerte.

Sie schüttelte den Kopf, presste den Jungen fest an sich und ging rückwärts. Die Autotüren der Limousine öffneten sich, zwei Männer stiegen aus. Beide waren dunkel gekleidet, einer hatte seine langen grauen Haare zu einem Pferdeschwanz zusammengebunden und trug eine Silberkette mit einem Amulett um den Hals. Der andere war kleiner, ein wenig rundlich, doch er reagierte schnell. Als sie ihn auf sich zuschießen sah, rannte sie in Richtung Wald. Er brüllte, sie solle stehenbleiben.

Vivianas Füße schienen den Boden nicht zu berühren. Zweige schlugen ihr ins Gesicht, sie strauchelte über Wurzeln, hastete weiter.

Die Schritte ihrer Verfolger kamen näher. Ein kurzer Blick über die Schultern. Sie waren nur noch wenige Meter entfernt. Viviana heulte und schrie. Tränen verschleierten ihre Sicht, ihre Lunge schmerzte, die Füße drohten ihren Dienst zu quittieren.

Dann umschlang sie ein Arm, der sie nach oben riss. Sie trat um sich, doch sie blieb in fester Umklammerung. Ein Schatten schob sich von rechts heran und entriss ihr Joshua. Der Dicke grinste vor Freude und hielt das Baby wie eine Trophäe über seinen Kopf. Sie wurde zu Boden geschleudert, der Dünne kniete auf ihrem Rücken und und zerrte an ihren Armen. Er fesselte ihre Hände, ihre Beine und drehte sie auf den Rücken

Doktor Wolf trat von hinten heran und beugte sich über sie. Er schüttelte den Kopf und grinste schief.

»Hast du wirklich an eine gemeinsame Zukunft geglaubt? Du und ich, ein Paar? Wie naiv kann man sein! Du und dein Versager von Mann, ihr wart für mich ein Geschäft. Eines, das mir nur Verlust eingebracht hat. Seine Niere wurde abgestoßen, sein Herz war unbrauchbar, die Leber angegriffen. Organschrott, nichts weiter. Und der Sex mit dir war mittelmäßig. Du siehst, es gibt keinen Grund, mich mit dir weiter zu beschäftigen. Zumal es Leute gibt, die für dich und den Jungen einen guten Preis bezahlen.«

»Bitte nicht«, flehte sie.

Er machte ein Zeichen, der Hagere knüllte ein Stofftaschentuch zusammen und stopfte es ihr in den Mund. Sie begann zu würgen, doch es gelang ihr nicht, sich vom Knebel zu befreien.

»Ich wünsche euch beiden eine gute Reise«, sagte er.

Dann wandte er sich ab und stapfte davon.

58

Als Pfarrer Andreas Goettle zusammen mit Rafael und dem schönen Elias die Kriminaldirektion betrat, bemerkte er die angespannte Atmosphäre, die von den Polizisten ausging. Greta Gerber telefonierte, bellte Befehle in die Telefonmuschel und hob nur kurz die Hand, um Goettle zu signalisieren, dass sie ihn gesehen hatte. Laura Behrmann starrte auf ihren Bildschirm, ebenso wie der Mann, den der Geistliche noch nie zuvor gesehen hatte. Selbst der sonst so in sich ruhende Polizeiobermeister Fritz schien sich an der allgemeinen Unruhe angesteckt zu haben und fertigte eifrig Notizen von den Koordinaten, die von der Hauptkommissarin durchgegeben wurden.

»Kommet mir oglega? Na könnat mir au wieder ganga«, polterte Goettle, um sich Gehör zu verschaffen.

»Ich weiß sowieso nicht, wieso ich hier bin«, knurrte Elias und versuchte, seine mit einem Springseil gefesselten Hände zu befreien.

»Aber i woiß es, des langt«, antwortete Pfarrer Goettle und gab seinem Gefangenen eine Kopfnuss, die der mit einem übertriebenen Wehgeschrei kommentierte.

Das weckte die Aufmerksamkeit von Laura Behrmann. Sie ging um ihren Schreibtisch herum und stieß ihren Kollegen Fritz an.

»Das ist doch Rafael Vogt. Der Ihre Jacke gestohlen und sie dazu verwendet hat, alte Menschen um ihr Geld zu betrügen. Wie haben Sie den denn dingfest gemacht, Herr Pfarrer? Und überhaupt: Wie sind Sie denn aus dem Gebäude gekommen? Also, ich bin wirklich froh, Sie zu sehen.« Laura Behrmann stürmte auf Goettle zu und umarmte ihn. »Gottseidank«, flüsterte sie.

POM Fritz konnte nicht verbergen, dass ihn die Szene anrührte. Er wischte sich verstohlen eine Träne aus dem Augenwinkel.

»Und der andere Typ? Was isch des für an Vogel?«, fragte er, um seine Fassung zu wahren.

»Zwoi mol Enkeltrickbetrüger, oimol geständig.«

Goettle schob Rafael nach vorn.

»Ond oimol uneinsichtig.«

Der Geistliche zog Elias neben sich. »Bei dem findet ihr no meh Verstöße. Gegen Recht und Ordnung und gega die zehn Gebote sowieso. Von dem hen ihr lang was.«

Elias protestierte lautstark und brüllte nach einem Anwalt.

POM Fritz nahm sich seiner an und führte ihn in die Arrestzelle.

»Des Springseil krieg i aber wieder. Des ghert der Frau Münzenmaier ihrm Enkele und isch bloß glieha.«

Kommissarin Behrmann trat auf Rafael Vogt zu.

»Und Sie? Was hat Sie denn geritten, alte Menschen um ihr mühsam Erspartes zu bringen? Die Sucht nach schönen Dingen, mit denen Sie in den sozialen Medien herumprotzen können?

Oder wollten Sie vor Ihrer Freundin angeben? Wie auch immer – Sie sind verhaftet, Rafael Vogt. Wegen des Verdachts des mehrfachen Enkeltrickbetrugs. Sie haben das Recht, gegen die Beschuldigungen zu schweigen und einen Anwalt hinzuzuziehen …«

»Ich will ein Geständnis ablegen. Ich habe diese Straftaten begangen, aber nicht aus Geldgier. Also, nicht nur. Ich wollte Roxanes Schwester helfen. Weil sie Angst hatte, dass dieser Gynäkologe ihr das Kind wegnimmt und dass sie sich operieren lassen muss, weil Alvins Organe abgestoßen wurden.«

Laura Behrmann nickte. »Wir kennen die Geschichte. Sie ist leider nicht wahr. Sie wurde nur vorgetäuscht, um das Verhältnis von Viviana zu Doktor Wolf zu vertuschen. Viviana hatte sich von dem Perversling getrennt, und der Herr Doktor hat seinen Besitzanspruch an sie auf höchst gruselige Weise deklariert. Indem er ihr gezeigt hat, wozu er fähig ist. Daher der Kopf in ihrem Badezimmer.«

»Was? Aber das ist …«

»Oglaublich«, ergänzte Goettle den Satz von Rafael.

»Das ist es, in der Tat. Aber noch unglaublicher ist, dass sie nun unterwegs sind …«

»Frau Kommissarin, Sie sollten nicht zu viel über laufende Ermittlungen ausplaudern«, sagte der Unbekannte, der sich mit David Morland, LKA, vorstellte.

»Landeskriminalamt?«, schnappte Andreas Goettle und verschränkte die Arme vor der Brust. »Wieso fraget ihr denn net mi, wenn ihr euer Gschäft net alloi schaffet. I hätt euch au helfe könna.«

»Ich glaube, in diesem Fall reicht der kirchliche Beistand nicht aus. Da geht es um dunkle Mächte, in die selbst der liebe Gott nicht hineinsehen kann.« David Morland lächelte.

»Sie moinat des Darknet. Awa, da kenn i mi aus«, protzte Goettle.

Rafael erbleichte. »Oh Gott«, murmelte er. »Ich habe Viviana einen falschen Ausweis besorgt. Und eine Pistole.«

»Sie haben was getan? Sind Sie noch ganz dicht?«

»Etzat Frau Behrmann, der Rafael wollte halt seiner Schwägerin helfa.«

Die Kommissarin bebte vor Wut und wollte schon zur nächsten Tirade ansetzen, doch Hauptkommissarin Gerber hatte den Telefonhörer gesenkt und kam ihr zuvor.

»Kollegen haben Wolfs Wagen gesichtet. Auf der Autobahn Richtung Gera. Sie bleiben an ihm dran.«

»Wir informieren das SEK. Die Kollegen sollen nicht im Alleingang versuchen, ihn aufzuhalten«, wandte David Morland ein. »So wie es aussieht, ist Wolf bewaffnet.«

59

Eine Stunde später wurde der Porsche von Doktor Wolf von einem Polizeiwagen überholt, der vor ihm einscherte und ihn mittels Anzeige auf dem Dach-Display zum Anhalten aufforderte. Der Gynäkologe dachte gar nicht daran, zog nach links und drückte das Gaspedal durch. Der Motor des Cayenne heulte auf, der Wagen raste an der Polizei vorbei, die sofort die Verfolgung aufnahm. Wolf gab seinen 440 Pferden unter der Motorhaube die Sporen. Seine Hände krampften sich am Lenkrad fest, der Wagen der Verfolger wurde im Rückspiegel immer kleiner.

Ein Gefühl des Triumphs durchflutete ihn. Sie konnten ihn nicht stoppen, niemals. Er war für sie nicht greifbar. Sobald er in Dresden war, würde er seine Kontaktleute bitten, ihm einen neuen Wagen und eine neue Identität zu beschaffen. Und dann konnte das Spiel von vorn beginnen.

Ein Geräusch über ihm stoppte seinen Gedankengang. Ein Polizeihubschrauber flog in geringer Höhe neben ihm, ein Polizist im Cockpit machte Handbewegungen, die ihn zum Anhalten bewegen sollten.

Einen Augenblick dachte der Gynäkologe an die Waffe, die ungeladen im Handschuhfach lag. Bei Tempo 250 Munition einzuschieben, war nicht die beste Idee, außerdem wusste Wolf nicht einmal, ob das Ding funktionierte. Viviana war so naiv, sie hätte sich ohne weiteres eine Schreckschusspistole andrehen lassen. Der Hubschrauber drehte ab und zog nach oben. In etwa 500 Meter Entfernung lieferten sich zwei Lkws ein Elefantenrennen. Wolf stieg auf die Bremse, sah die Rückwand der schweren Fahrzeuge auf sich zu rasen. Es schien, als wären die beiden Kolosse stehengeblieben. Ein Blick in den Rückspiegel verriet, dass die Polizei aufholte, ihn schon fast erreicht hatte. Er hatte keine andere Wahl. Er bremste ab und lenkte seinen Wagen auf die Standspur.

Keine zehn Minuten später war er von schwer bewaffneten Polizisten umringt, die alle durcheinanderschrien. Wolf verstand kein Wort, die Befehle prallten an ihm ab. Jemand drehte ihm die Hände auf den Rücken, legte ihm Handschellen an, einer schob ihm die Beine auseinander, tastete ihn nach Waffen ab. Irgendeiner faselte etwas über Rechte und Anwalt und fuchtelte mit der Pistole aus seinem Handschuhfach vor seiner Nase.

Schließlich trat der Einsatzleiter auf ihn zu.

»Wo sind Viviana Blank und ihr Sohn?«, raunte er.

Doktor Wolf zuckte die Schultern. »Keine Ahnung. Ich habe diesen Namen nie gehört.«

60

»Sie haben Wolf. Aber Viviana Blank und Joshua waren nicht in dem Fahrzeug. Und er ist natürlich stumm wie ein Fisch. So ein verdammter Mist.« Greta Gerber trat nach ihrem Papierkorb, der umstürzte und seinen Inhalt im Büro verteilte. »Er muss sich mit jemandem getroffen und die beiden übergeben haben.«

»So eine Scheiße!«, brüllte Morland. »Daran hätten wir denken müssen. Pommerenkes Erben haben sie bereits übernommen.«

»Womöglich liegat die scho irgendwo im Keller«, brummte Fritz. »I darf gar net dro denka.«

»I au net«, stimmte Pfarrer Goettle zu. »Jetzt kann uns bloß no oiner helfe«, sagte er und schickte ein stilles Gebet zum Himmel.

61

Es ist nicht verbürgt, ob der liebe Gott, der von Pfarrer Goettle als letzte Rettungsinstanz angerufen wurde, wirklich bei Bodo Herre auf dem Gepäckträger saß, als dieser von einem schwarzen Mercedes um die Vorfahrt gebracht wurde und nur durch eine Vollbremsung einen Unfall verhindern konnte. Und wenn es tatsächlich so gewesen ist, dass der liebe Gott bei Bodo Herre auf dem Gepäckträger saß oder zumindest als Mentalrucksack mitreiste, dann musste er sich erst einmal die Ohren zuhalten, denn die Schimpfkanonade, die der Altpunker von sich gab, war gewaltig. Und der ambitionierte und beim Allgemeinen Deutschen Fahrrad Club engagierte Radfahrer wollte es dabei nicht bewenden lassen.

Schon oft hatte er in Leserbriefen seinen Unmut über die Gedanken- und Rücksichtslosigkeit der Autofahrer gegenüber zweirädrigen Verkehrsteilnehmern zum Ausdruck gebracht. Er hatte auf Facebook eine eigene Gruppe gegründet, die sich für die Rechte der Radfahrer einsetzte und nicht davor zurückschreckte, Verfehlungen seitens der Autofahrer zu filmen und in der Gruppe hochzuladen. Nicht selten fanden die Denunzierten ihre Vehikel zerkratzt oder mit abgetretenen Seitenspiegeln vor, wenn auf den Social-Media-Kanälen zur Hatz aufgerufen worden war. Umerziehung nannte Herre das.

An diesem Abend hatte er seine Kamera nicht dabei, so dass er den Affront des Mercedesfahrers gegen sein geltendes Recht nicht öffentlich an den Pranger stellen konnte. Also musste der Missetäter noch vor Ort gestellt und auf sein egoistisches Verhalten aufmerksam gemacht werden.

Bodo Herre nahm die Verfolgung auf. Der dichte Feierabendverkehr, der sich zähflüssig durch die Frankfurter Innenstadt bewegte, kam ihm dabei zu Hilfe, rote Ampeln trugen ihren Anteil bei, und schließlich kam er neben dem schwarzen Mercedes mit den stark getönten Scheiben zu stehen. Er klopfte an das Fenster, und als keine Reaktion erfolgte, hämmerte er mit der Faust auf das Autodach.

»Hallo, wir müssen reden«, krakeelte er so laut, dass einige Passanten stehenblieben und das drohende Klassenkampf-Szenario beobachteten. Ein aufgebrachter Radler mit Irokesenschnitt, Ramones T-Shirt, Combat Jeans und Springerstiefeln gegen einen Mercedesfahrer. Das versprach spannend zu werden.

Die getönte Scheibe fuhr herunter, ein pausbäckiges Gesicht erschien und starrte Bodo Herre an.

»Du glaubst wohl, du kannst dir alles erlauben«, fing er an. Er schäumte vor Wut, ein Speicheltröpfchen traf den Autofahrer an der Stirn. »Du denkst, weil du eine dicke Karre fährst, gehört die Straße dir. Weil eine dicke Karre Macht bedeutet, und wer die Macht hat, der macht auch die Gesetze. Aber so ist es überhaupt nicht. Eine dicke Karre ist nur ein Zeichen für einen kleinen Pimmel, und weder dein Auto noch dein Ringelwürmchen geben dir das Recht, das Recht anderer mit Füßen zu treten.«

Dem Feisten war es anzusehen, dass er keine Ahnung hatte, wovon der aus der Zeit Gefallene sprach.

»Halt die Fresse und verzieh dich«, kam es vom Beifahrersitz.

So durfte niemand mit Bodo Herre reden. Nicht, wenn er dabei war, einem Autofaschisten Manieren beizubringen.

Der Altpunk schob seinen Kopf in das Fenster, um dem Beifahrer sein Missfallen über dessen Äußerung ins Angesicht zu schleudern.

Er stutzte. Da brüllte ein Baby. Gedämpft, aber eindeutig zu vernehmen.

»Aha, zum Kinderzeugen hat der kleine Pimmel ausgereicht«, ätzte Herre und beugte sich noch ein wenig weiter in das Auto hinein, um die Quelle des Geschreis ausfindig zu machen. Zu seiner Überraschung war der Rücksitz leer.

»Fuck off, du Kanaille«, schrie der Beifahrer und schlug nach ihm. Er traf ihn an der Augenbraue, direkt an seinem Piercing. Herre befühlte die getroffene Stelle und betrachtete mit ungläubigem Staunen das Blut an seinen Fingern. Die Scheibe fuhr hoch, die Ampel sprang auf Grün, der Mercedes rauschte davon. Und noch einmal meinte Herre, Babygeschrei zu hören. Auf seine Ohren war Verlass, vierzig Jahre härteste Rockbeschallung hatte ihnen nichts anhaben können. Und Bodo war einer, der eins und eins zusammenzählen konnte. Wenn das Kind nicht in der Fahrerkabine war, dann musste es im Kofferraum sein. Bei Bodo klingelten alle Alarmglocken. Dicke Karre, kleiner Pimmel, und das Kind fährt im Kofferraum mit. Sein Kopfkino sandte ihm Bilder, mit denen die schlimmsten Verstöße von Autofahrern gegen Radfahrer auf Youtube nicht mithalten konnten.

Bodo Herre hatte zwar seinen Fotoapparat nicht dabei, aber er besaß ein fotografisches Gedächtnis. Dies versetzte ihn in die Lage, sich das Kennzeichen zu merken, das er bei der nächsten Polizeidienststelle angab.

Bei seiner Berichterstattung war er so aufgeregt, dass er glatt vergaß, den Autofahrer wegen Verletzung des Vorfahrtsrechts anzuzeigen.

Und so saß der liebe Gott an diesem Abend vielleicht nicht auf dem Gepäckträger von Bodo Herres Fahrrad, aber zumindest hatte er dem 55-Jährigen die Gabe geschenkt, aufmerksam durch das Leben zu gehen und für seine sowie die Rechte anderer einzustehen. Dass er durch seinen Einsatz zwei Menschen, einer Frau und einem Kind, das Leben rettete und es der Polizei ermöglichte, die Betreiber eines der grauenvollsten Foren im Darknet zu verhaften, erfuhr er erst aus der Zeitung. Und die hatte er nur gekauft, weil ein Leserbrief von ihm veröffentlicht worden war, in dem er sich über die Mitnahmezeiten von Fahrrädern in öffentlichen Verkehrsmitteln mokierte. Beides war für ihn unerklärlich.

62

Polizeiobermeister Fritz saß mit Andreas Goettle im Biergarten des Pflugkellers und genoss das Lammfilet, das in der Speisekarte eigentümlicherweise unter der Rubrik »Ebbes von der Truathenne« geführt wurde.

»Ja, bei denne Viecher kann mr ja schon mol durcheinanderkomma. An Breggel Floisch isch älleweil besser als an Haufa Gmias«, lautete Goettles Kommentar, bevor er sich für den Rostbraten entschied.

Fritz schob sich einen Bissen in den Mund, legte sein Besteck ab und lehnte sich zufrieden kauend zurück.

»Des hem mir ons verdient, Herr Pfarrer«, sagte er und lächelte. »So viel Fäll uff oin Schlag hem mir no nie glöst. I dät saga, des isch einmalig in der Polizeigeschichte.«

»Ja, eigentlich müsst mr euch an Orda verleiha«, stimmte Goettle zu. »Aber außer dem halblebiga Bericht in der Zeidong isch ja nix passiert. Dabei hätte mr über die letzte Wocha a Buch schreiba könna.«

Der Polizeiobermeister nickte. »Vielleicht mach i des, wenn i in Rente ben. I hab so viel erlebt, da könnt mr a paar Biacher schreiba«, entgegnete Fritz und hob sein Weinglas. Pfarrer Goettle erwiderte die unausgesprochene Trinkaufforderung mit seinem Weizenbier. Beide nahmen einen großen Schluck, ließen einen Wonneseufzer folgen und widmeten sich wieder ihren Speisen.

»Was wird jetzt eigentlich aus dem Joshua und seiner Mutter? Dürfat di zsammableiba?«, fragte Goettle mit vollem Mund.

Fritz zuckte mit den Schultern. »Darüber wird des Jugendamt entscheida müssa. Im Moment isch er no bei ihr, und die lebt zur Zeit bei ihrer Schwester. Aber ob des auf Dauer guat goht? Die boide hen psychisch schwer glitta.«

»Awa, bis de beim Jugendamt oin erreichsch, macht der Jong Abitur. Und dann isch es au voll egal.«

»Naja, fest stoht, dass dr Joshua des letzte Bussakindle isch, des dieser Ärdalomb von Doktor zur Welt brocht hot. Der sitzt jetzt a Weile.«

»I könnt mir vorstella, des Gschäftsmodell zum übernemma.«

Pfarrer Goettle tupfte sich mit einer Serviette Sauce vom Kinn und legte sie neben seinem Teller ab.

»Herr Pfarrer, da dirfat Se net amol dran denka«, entrüstete sich POM Fritz.

Pfarrer Goettle winkte ab.

»Noi, net mit Kindervermittlung. I will oifach Toura zum Busse macha und gemeinsam mit de Leut um den Kindersega bitta. I kenn viele Fraua, die no koine Kender hen. Die Frau Biselski zum Beispiel oder die Frau Theadopolou, die Frau Gerber, Frau Behrmann.«

»Meine Kolleginna lasset Se bitte aus dem Spiel, so lang i no im Dienst ben. Die brauch i no. Und bei de andere boide liegt es vielleicht an der Eistellung gegenüber Männer, dass die no koin abkriegt hen.«

»Stemmt. Die haltet Männer in Salzsäure für a gelöstes Problem. Außerdem isch in ihre Auga jeder Mann, der a eigene Meinung hot, generell im Unrecht. Außer mir natürlich.«

»Tja, dann nix wie weg mit dem Zölibat.«

Polizeiobermeister Fritz lachte.

»Des verleb i nemme, dass des abgschafft wird«, warf Goettle ein. »Aber vielleicht meine Kender.«

Der Pfarrer wusste nicht, was ihn mehr amüsierte. Die gelungene Pointe oder das verdutzte Gesicht seines Gegenübers.

63

Greta Gerber stand vor der Wohnung des ominösen Enrique und atmete tief durch. Den Technikern war es sehr schnell gelungen, die IP-Adresse herauszufinden, von der die Bilder und Nachrichten abgeschickt worden waren. Ein Anruf beim Netzbetreiber, und schon hatte sie Namen und Anschrift ihres Stalkers.

Ihre Bestürzung verwandelte sich sofort in kalte Wut, als sie den Namen las. Sie bebte vor Zorn, so dass sich niemand traute, eine abfällige Bemerkung oder einen Witz über ihr Engagement bei einer Partnerbörse zu machen. Im Grunde war jeder froh, nicht in der Haut dieses Enrique zu stecken, denn Greta hatte keinen Zweifel daran gelassen, dass sie diesem Idioten persönlich die Meinung geigen wollte. Und zwar so, dass er es ein für allemal unterließ, Frauen zu belästigen.

»Soll ich mitkommen?«, hatte David Morland gefragt. »Wir könnten auf der Fahrt reden.«

»Worüber denn?«, blaffte ihn die Hauptkommissarin an.

»Über die letzten Wochen. Über uns. Über die Zukunft.«

Greta zischte verächtlich, doch eine innere Stimme riet ihr, zuzustimmen. Klare Verhältnisse, in jeder Hinsicht. Das war es doch, was sie wollte. Und das Verhältnis zu David alias Darius war alles andere als klar.

»Okay, das mit Enrique regle ich allein«, sagte sie. »Und wir reden heute Abend. Ich rufe dich an.«

Eine Stunde später stand sie vor einem Mehrfamilienhaus in Ulms Altstadt und drückte auf einen Klingelknopf. Ihr Herz schlug ihr bis zum Hals, als der Summer ertönte. Sie drückte die Haustür auf und rannte die Treppen hinauf.

»Wer ist denn da?«, tönte es von oben.

Sie gab keine Antwort. Drittes Obergeschoss. Sie wusste Bescheid.

Oliver Raible fiel fast die Kinnlade herunter, als er sie sah.

Er war nur in Shorts und T-Shirt bekleidet und erweckte den Eindruck, als hätte er geschlafen. Seine Haare standen ihm wirr vom Kopf ab, seine Augen waren gerötet.

»Greta, das ist ja eine Überraschung. Warum hast du nicht angerufen, dann hätte ich mich schick gemacht und uns etwas gekocht. Ich habe gar nichts im Haus. Spätschicht. Ich bin nicht zum Einkaufen gekommen.«

»Das ist nicht nötig. Ich will nicht lange bleiben«, sagte Greta und schlug ihrem Ex-Freund mit der flachen Hand ins Gesicht.

»Die ist für Enrique. Und die hier«, noch einmal klatschte ihre Hand auf seine Wange, »… ist für dich.«

Oliver rührte sich nicht, starrte stumm vor sich hin und wusste nicht, was er erwidern sollte.

»Sag mir wenigstens, warum du das getan hast. Ich würde es gern verstehen«, fauchte Greta und holte noch einmal aus. Dieses Mal gelang es Raible, ihr Handgelenk zu ergreifen und den Schlag zu unterbinden. Mit einem wütenden Grunzen befreite sich Greta.

»Ich kann dir das erklären, aber komm erst mal rein. Muss ja nicht jeder hier im Haus mitkriegen«, flüsterte er.

»Was soll keiner mitkriegen? Dass du ein Stalker bist, der Köpfe von Frauen auf Sexbildchen montiert?«, schrie Greta Gerber. »Der Frauen auflauert und ihnen geheimnisvolle Nachrichten schickt, um sie einzuschüchtern? Sag bloß, das wissen deine Nachbarn noch nicht.«

Raible zog die zeternde Hauptkommissarin am Ärmel ihrer Jacke mit sich in die Wohnung. Greta riss sich los und gab ihm einen Stoß gegen den Brustkorb, so dass er mit dem Rücken gegen die Wand prallte.

»Also, was soll das?«, presste sie hervor.

Raible wand sich, rang nach Worten. Der sonst so souverän Wirkende verhielt sich wie ein beim Rauchen auf dem Schulhof ertappter Teenager.

»Ich war so wütend, als ich entdeckt habe, dass du dich auf dieser Dating-Plattform angemeldet hast, anstatt mir eine zweite Chance zu geben«, stammelte er. »Und ich war eifersüchtig. Der Gedanke, dass du dich mit anderen Männern triffst, mit ihnen flirtest und mit ihnen womöglich schläfst, hat mich fertiggemacht. Da bin ich wohl durchgedreht.«

Er sah sie flehend an. »Ich habe gedacht, dass du dich jemand anvertrauen willst, wenn du dich bedroht fühlst. Und ich hatte gehofft, dass ich dieser jemand bin. Ich hatte erwartet, dass du mich früher oder später anrufst. Weil du nicht allein sein willst. Ich wollte dir doch nur einen kleinen Schreck einjagen. Mehr nicht.«

Greta Gerber schnaubte. Sie hatte den Gerichtsmediziner einmal geliebt, aber das war lange her, und offenbar hatte die Zeit seinem Gehirn übel mitgespielt. Aus dem ehrgeizigen, charmanten und liebenswerten Mann war ein satter, von Neid zerfressener, erbärmlicher Drecksack geworden. Einer, der glaubte, sie mit Schwachsinnstaten und Widerwärtigkeiten zurückgewinnen zu können. Dabei war er es doch gewesen, der das Ende ihrer Beziehung verschuldet hatte, weil er aus vermeintlich beruflichen Gründen das Land verlassen wollte. Was letztendlich jedoch gescheitert war.

Es stimmte, sie hatte ihm keine zweite Chance gegeben. Weil er sich nicht für sie entscheiden konnte. Weil er glaubte, ihre Gefühle an- und ausschalten zu können wie eine Nachttischlampe.

Sie spürte seine Hände auf ihren Hüften, er versuchte, sie an sich zu ziehen. Sie wehrte ihn ab.

»Vergiss es. Und wage es nicht, mich weiter zu belästigen. Sonst sorge ich dafür, dass du demnächst den Operationssaal nur noch betreten darfst, um ihn sauberzumachen.«

Entschlossen schritt sie zur Tür, drehte sich aber noch einmal zu Raible um. »Und noch etwas: Es wäre besser, wenn du Enrique sterben lässt. Sonst erfahren alle auf ›Easy Date‹, was für eine Null er im Bett ist.«

Ungeliebt, missverstanden, beleidigt, betrogen. Und unglaublich einsam.

So in etwa sah die Gefühlsgemengelage von Greta Gerber nach der Begegnung mit Oliver Raible aus. Nicht unbedingt die beste Voraussetzung für eine Aussprache mit David Morland alias Darius.

Sie hatten sich im Garten des Weinlokals »Zum goldenen Rebstock« verabredet, und offenbar hatte sich David besser auf den Abend mit ihr vorbereitet. Er trug eine dunkelgraue Chino-Hose und ein hellblaues Hemd sowie schwarze Sneakers, und Greta bemerkte, dass sein Erscheinen auf die anderen weiblichen Gäste Eindruck machte. Greta fühlte sich in seiner Gegenwart ein wenig underdressed. Aber sie beruhigte sich, indem sie sich den wahren Grund des Treffens vor Augen führte. Es sollte eine Aussprache werden, keine Balz. Da war es ihr nur recht, dass er sie so erlebte, wie sie nun mal war.

»Du siehst gut aus«, sagte er. »Ein wenig müde. Aber das ist ja auch kein Wunder nach dem Stress der letzten Zeit.«

Greta nickte. Ja, sie war müde. So sehr, dass sie sich gar nicht so richtig über ihre beruflichen Erfolge freuen konnte. Fast teilnahmslos hatte sie es zur Kenntnis genommen, wie stolz ihr Chef der Presse gegenübergetreten war, mit geschwellter Brust die hohe Aufklärungsquote seiner Direktion gelobt und ihren Namen mehrfach erwähnt hatte.

»Du bist eine sehr gute Polizistin, Greta Gerber. Und eine sehr schöne Frau, Maya Krämer.«

Greta spürte, dass sie errötete. Seine Worte weckten etwas in ihr, was sie nach der letzten Begegnung unterdrückt hatte. Diese sanfte Berauschtheit, das Prickeln im Bauch taten ihr gut und zauberten ihr für einen Moment ein Lächeln ins Gesicht.

»Ich habe dir nicht die ganze Wahrheit gesagt, das stimmt«, fuhr er fort. »Ich habe geschwindelt, was den Namen und was den Beruf anging. Aus den gleichen Gründen wie du. Zum einen habe ich keine guten Erfahrungen gemacht, wenn ich einer neuen Bekanntschaft offenbart habe, dass ich Polizist bin. Ich weiß nicht, welches Bild in die Köpfe der Menschen projiziert wird, wenn sie das hören, aber es ist kein beziehungsförderliches.«

Greta nippte an ihrem Wein und nickte.

»Ich weiß, was du meinst.«

»Und dann habe ich gegen Erzberger ermittelt. Das machte jeden Menschen, der meine wahre Identität kannte, zu einer Bedrohung. Ein falsches Wort in ein falsches Ohr, und ich wäre enttarnt gewesen. Das durfte ich nicht riskieren.«

Er griff nach ihrer Hand, und sie ließ es geschehen.

»Aber ich will auf Dauer nicht allein sein. Und dann sehe ich diese tolle Frau im Internet, die klug, schlagfertig, witzig und sexy ist. Mit der ich mich auf Anhieb verstanden habe und sofort verbunden fühlte. Und wie es der Zufall so will, finde ich heraus, dass sie ebenfalls bei der Polizei arbeitet. Mehr noch: dass sie in dem gleichen Fall ermittelt. Was hätte ich tun sollen? Dich nie mehr wiedersehen? Das ging nicht. Früher oder später wären wir uns über den Weg gelaufen. Mein Fehler war, dass ich mich nicht früher geöffnet habe. Und den bereue ich zutiefst.«

David führte ihre Hand an seine Lippen und küsste sie.

»Haben wir noch eine Chance?«

In Gretas Kopf herrschte Chaos. Sie konnte es nicht leugnen. Sie mochte David sehr, er hatte alles, was sie an einem Mann schätzte. Und sie hatte sich schließlich bei dem Dating Portal angemeldet, um einen Mann kennen zu lernen. Doch irgendetwas hinderte sie, seine Frage zu beantworten. War es die Vorstellung, sich wochenlang nicht zu sehen, weil sie beide in Ermittlungen steckten? War es die Aussicht, dass er Biberach verließ, nachdem sein Fall abgeschlossen war? Eine Fernbeziehung war nun wirklich das Letzte, was sie wollte.

»Ich weiß es noch nicht«, sagte sie schließlich. »Gib mir noch ein bisschen Zeit.«

64

Renate Münzenmaier beobachtete über den Rand der Zeitung ihren Chef, der nervös in der Küche umherging und nicht so recht wusste, was er mit sich anfangen sollte. Sie wusste, dass er nur darauf wartete, dass sie die Zeitung weglegte, damit er sie studieren konnte. Doch diesen Gefallen wollte sie ihm nicht tun, und so kostete sie jede Minute ihrer Hoheit über das Druckstück aus.

»Hen Sie des glesa?«, fragte sie, wohl wissend, dass ihn diese Frage ärgern würde.

»Wie denn, wenn Sie die Zeidong hen?«, knurrte er.

Frau Münzenmaier ging nicht darauf ein.

»Hier isch ein Artikel über einen Mann, der meh als dreißig Johr in am Erdloch im Wald glebt ond bloß Wurzla ond Käfer gfressa hot.«

Goettle verdrehte die Augen.

»Ja ond? So wichtig isch des ja net.«

»Des saget Sie. Aber stellat Sie sich des mol vor. Der Spenner hot dreißig Johr nix von der Welt mitkriagt. Der woiß net, dass es die Mauer nemme gibt. Der kennt koin Euro. Der woiß et amol, dass die Merkel Kanzlerin isch. Isch des net irre?«

»So bsonders isch des au net«, murmelte der Pfarrer.

Seine Haushälterin machte keine Anstalten, die Zeitung herauszurücken.

»Doch, des isch scho bsonders. Der Typ isch weltfremder als an Außerirdischer. Für den isch Internet a Fremdwort. Handy, Smartphone, Tablet, Youtube, Facebook, Twitter, älles Neuland für den. 911, Fukushima, Stuagart oisazwanzig, Feinstaubalarm, Trump, Putin – des isch älles an dem vorbeiganga. Des isch doch oglaublich.«

Renate Münzenmaier ließ die Zeitung sinken und sah Andreas Goettle zu, wie er sich die Schuhe anzog.

»Halt amol, was machet Sie denn? Wo wellat Sie denn na?«

»Sie hen mi überzeugt. I gang in dr Wald ond such mir au a Erdloch.«

Fröhlich pfeifend verließ Goettle das Pfarrhaus.

ENDE

Nachwort

Wie immer darf ich an dieser Stelle darauf hinweisen, dass die Geschichte und alle darin vorkommenden Personen frei erfunden sind. Möge so ein Fall – Kind gegen Organspende – nie eintreten, wobei das Darknet selbst für so eine abstruse Idee einen Marktplatz böte.

Insbesondere die Situation auf dem Jugendamt bedarf eines besonderen Hinweises. Freilich bedienen die Situationen das Klischee, dass sich Sachbearbeiter nicht zuständig fühlen und die Verantwortung auf andere abwälzen. Aber: Mittlerweile ist es so, und das weiß ich aus Erfahrung, dass gerade in Ämtern, die mit existenziellen Fragen der Bürger konfrontiert sind, das Personal knapp ist. Die wenigen, die sich wirklich über alle Maßen engagieren, müssen viel von dem Zorn, durch Warte- oder Bearbeitungszeiten hervorgerufen, abfangen, was oft gesundheitliche Folgen hat. Vielleicht denken Sie, liebe Leserin oder Leser, beim nächsten Amtsgang daran – da arbeiten auch nur Menschen. Dennoch: Es hilft, sich vorab über die Öffnungszeiten zu informieren.

Bedanken möchte ich mich bei meiner Erstleserin Silke und Hauptkommissar Gregor Belgardt, die durch ihre Anstöße das Buch noch besser gemacht haben. Mein Dank gilt ferner meinem Lektor Michael Raffel, der mit gutem Auge und viel Gespür für Text (und Autor) zu Werke gegangen ist. Bedanken möchte ich mich auch beim gesamten Silberburg-Team für die gute und konstruktive Zusammenarbeit und natürlich bei meiner Lebensgefährtin Regina, meiner Familie, Freunden und Bekannten für das Verständnis und für die Geduld, wenn Pfarrer Goettle hie und da für Terminverschiebungen gesorgt hat.